마지막 한 해

마지막 한해

이만희 감독과 함께한 시간들

문숙 지음

창비

차례

01 프롤로그

02 마지막 한해

03 에필로그

01

프롤로그

2006년 마우이 섬

계곡 쪽에서 들리는 이름모를 새들의 구구거리는 소리는 바람이 잠잠한 날일수록 유난히 구성지게 울린다. 먹다 남은 고양이밥을 먹으려고 발코니 주위를 맴도는 새들이 가까이에서 짹짹거리는 소리도 한 가락을 더하며 가끔씩 흔들리는 대나무 풍경소리와 함께 잔잔한 합주곡을 연출한다.

낮은 회색 구름으로 뒤덮인 뉴욕의 겨울 하늘을 뒤로하고 멀리 바다가 보이는 바람 많은 섬으로 이사를 온 지도 벌써 2년이 가까워온다. 최고의 문화와 그 문화를 누리며 사는 수많은 사람들로 가득 차 있던 뉴욕과는 사뭇 다르게, 지금 내가 사는 하이쿠라는 동네는 골짜기가 많고 문명과는 동떨어진 한적한 시골 분위기가 난다. 마을로 나가는 구불구불한 이차선 도로는 아무리 바빠도 빨리 달릴 수가 없는데다 암탉이 병아리를 데리고 길을 건너기라도 하면 다 건너갈 때까지 길 가운데 차를 세우고 기다려야 한다. 놓아기르는 말이나 염소 들이 철조망 저편에서 한가히 풀을 뜯는가 하면 배가 부른 놈들은 길가 쪽으로 나와 철망 너머로 지나가는 차들을 넘겨다보며 심심풀이를 하고 있다.

하와이 군도의 일곱개 섬 중 두번째로 큰 섬인 마우이는 두개의 커다란 분화구로 만들어졌다. 내가 사는 곳에서는 태양신이 태어나 살고 있다는 3900미터 높이의 할레아칼라 분화구가 허리에 구름을 걸치고 있는 것이 올려다 보인다. 해발고도와 위치에 따라 동네마다 기후대가 달라서 아주 추운 기후에서 아주 더운 기후까지 다양하며, 하루에도 여러번 날씨가 바뀌는 바람에 햇볕의 각도에 따라서 이곳저곳 늘 무지개가 생기곤 한다. 마우이 섬은 호놀룰루가 있는 오아후 섬에 비해서 동양인보다 백인이 많은 섬이다. 전에 살던 뉴욕의 맨해튼 81번가와는 모든 면에서 극적으로 다른 분위기의 동네이다.

뒤뜰의 바나나나무에는 바나나들이 주렁주렁 달려 있고 사진에서만 보던 거대한 할리코니아 꽃들이 거대한 잎사귀 사이에 강렬하게 피어 있다. 사계절이 뚜렷한 기온대에서만 피는 들꽃이나 코스모스 같은 은은한 색깔의 풀꽃들을 유난히 좋아하는 나에게 거대하고 열정적인 할리코니아 꽃은 커다란 새의 부리 같은 꽃잎이 여러개 달려 외계인을 연상시킨다. 꽃꽂이라도 해볼까 싶어 내 키보다도 훨씬 큰 잎사귀 중간에 솟은 꽃대를 자르려 하면 팔뚝만한 굵은 가지가 나를 압도하기 일쑤고, 자른 꽃을 다듬어 집안으로 들여오려면 어린아이를 안고 들어오는 듯 힘이 든다.

내가 살고 있는 집은 멀리 바다가 바라다보이는 3600평쯤 되는 언덕 귀퉁이에 나무로 지어진 농가이다. 미국식 곡물창고풍의 허름한 집을 구입한 뒤 내부를 깨끗하게 개조하여 소박한 농가의 분위기가 물씬 풍기게 만들었다. 번쩍거리거나 화려하게 장식하지 않은 단순소박한 공간이 내 성격에도 맞는 것 같고 나를 편하게 한다. 게다가 나무와 짚을 엮어 만든 아담한 오두막도 한 채 딸려 있다. 태양열로 물을 데워 목욕을 하게 되어 있는 원시적인 방법이 특별히 마음에 든다.

겨울마다 계속되는 우기가 아직 가시지 않아 질척하던 지난 봄, 집 안 고치는 일을 마무리하는 중에, 한국에서 배우생활 할 때 친분이 있던 선배 언니로부터 전화가 왔다. 영화배우 이혜영 씨의 인터뷰 기사를 읽었는데, 내 이름이 언급되어 있으니 한번 읽어보면 좋겠다는 것이었다. 한국 뉴스나 정보가 늘 늦거나 아니면 전혀 접할 수 없는 곳에 사는 나에 비해 로스앤젤리스의 한국인 사회에서 생활하는 그 언니는 한국에 관한 모든 것에서 늘 나에게 도움을 주는 분이었다. 며칠이 지나 나는 선배 언니가 보내준 편지 한 통을 받았다. 짤막한 편지와 함께 신문에서 복사한 기사가 들어 있었다.

　그가 떠난 지도 어언 30년이 넘었다. 그 일이 있은 후 나는 너무나 많은 풀리지 않는 의문들을 안고 한국을 떠나왔고, 어느 한곳에도 발을 붙이지 못한 채 말문을 굳게 닫고 내가 품은 의문들의 답을 찾기 위해 떠돌았다. 기가 좋은 산을 찾아 오르고 강을 찾아 흐르며 지구의 숨소리가 들리는 붉은 사막에 드러누워 하늘을 보고 희디흰 사막에 누워 별을 바라보며 거대한 원시림 속의 이끼낀 나무숲에서 노래도 불렀다. 이름도 모르는 자그마한 섬의 수없이 많은 새들과 한무리가 되기도 했고 외진 고원의 들짐승들과 섞이기도 했다.

　뉴욕을 떠나 이곳으로 오기 직전 우연히 영화 「삼포 가는 길」을 다시 보게 된 이후로 나의 심중에는 많은 변화가 일어났다. 고국에 대한 그리움이 표면으로 드러나기 시작했고, 쫓듯 혹은 쫓기듯 방랑하던 나의 마음속 오래된 우울증의 실마리가 잡히며 풀리기 시작했다. 이제는 성숙한 인간으로서 모든 것을 있는 그대로 받아들이고 표현할 수 있는 때가 충분히 무르익었다는 확신이 들었다. 나 자신과 주변에서 일어났던 모든 일이 이미 걸러지고 승화되어 아름다운 노래로 변해 뇌리에 자리하고 있었다. 나는 알고 있는 노래를 부르기만 하면 되는 새였고 그 노래는 무한한 우주 안에서 아름다운 영원의 노래였다.

이혜영 씨의 인터뷰 기사 중 나를 놀라게 한 것은 기사에 내 이름이 나온다는 사실이 아니었다. 자신의 아버지인 영화감독 고(故) 이만희(李晚熙, 1931~75) 씨에 대해 기억하고 있는 것이 거의 없다고 솔직하게 밝힌 대목이었다. 나는 생각지도 않았던 사실이었다.

오래 전 한국을 떠난 후 세계 곳곳에서 한국영화의 역사가 거론될 때마다 그의 작품이 늘 한국 영화예술을 상징하는 작품으로 상영된다는 것을 나도 들어 알고 있었다. 각국의 국제영화제에서 상영되는 것은 물론이고 서서히 한국 영화예술에 대한 세계인의 관심도가 높아지면서 미국의 몇몇 대학들도 한국인의 정서와 예술을 이해하고 소개하는 프로그램의 일환으로 종종 그의 영화를 상영하며 연구하고 있음을 알고 있었다. 뉴욕 현대미술관 모마(Museum of Modern Art)에서는 한국 영화역사의 예술성이 거론될 때마다 그의 작품이 상영되었고, 최근에는 워싱턴 D. C.의 스미스쏘니언 미술관에서도 그의 작품 「삼포 가는 길」과 「물레방아」를 통해 한국 서민문화의 단아한 정서를 서양 예술계에 소개한 일이 있다.

한국인만의 독특한 서민문화를 소박하고 정결한 화면에 표현한 그의 작품이 한국인의 정서를 대표하는 영화로 세계인에게 소개되는 것은 지극히 당연한 일이라 생각했다. 그러나 그가 어떤 사람이며 어떻게 살았는지, 어떻게 작품을 만들었으며 무엇이 그에게 그렇게도 침울하면서도 단아한 영상의 소재를 제공했는지는 알려져 있는 것이 없었다. 강하고 거칠기만 한 충무로 영화계바닥에서도 터프한 옹고집의 천재로 알려졌던 이만희 감독의 작품이 어떻게 해서 그리도 정적이며 애절한 영상의 서정시인 것인지…… 아는 사람이 있을 리 없었다.

꾸밈없고 거친 듯하면서도 묵묵하던 그의 행동의 뒤편에서 무엇이 그를 행복하게 했고 무엇이 그를 슬프게 했는지, 강철같이 강하기만 하던 이미지 뒤에 숨은 우울한 정서는 무엇인지, 마지막 순간까지 영화를 만들다가 필름을 손에 쥐고 쓰러질 때까지 우울한 그의 영혼이 표현한 사랑의 언어는 어떤 것이었는지, 그리고 그의 사랑과 그의 영화는 어떤 관계가 있었는지…… 아직도 내가 모르는 척 그냥 지나쳐버릴 수만은 없는 일이었다.

정열적인 그의 짧은 인생의 마지막 목격자였던 나의 작은 가슴이 차분히 정리되어 가라앉기 시작하며 단단해지는 것이 느껴졌다. 이제는 내가 30년간 굳게 다물고 있던 입을 열 때가 된 것이 확실했다.

집 안에 살면서 집수리를 한다는 것은 쉬운 일이 아니다. 매일같이 쿵쾅거리는 소음에서부터 끝없이 나오는 먼지, 드나드

는 사람들, 그 성가심은 이루 말할 수 없다. 예전 플로리다 주
에 살 때 예쁜 터에 자리한 허름한 집을 사서 집수리를 한번 해
보고 나서 출산의 고통을 겪을 때처럼 다시는 이런 일을 않겠
다고 맹세를 했었는데 그동안 잊어버린 모양이다. 몇달째 쿵쾅
거리는 통에 정신이 하나도 없고 일도 손에 잡히지 않았다. 이
제 다시는 집수리를 하지 말아야지 하고 다시 한번 결심했다.
그래도 대강 수리를 마무리하고 나니 남의 집을 사서 들어가는
것과는 비교할 수 없는 편안함이 있다. 나의 생활습관과 내 몸
의 동선에 맞추어 디자인한 소박한 실내가 나만의 공간으로서
훨씬 편리하고 아늑했다.

큰길 쪽에서 들어오는 입구에 빨간 나무문을 걸어버리니 자
동차가 집 쪽으로 접근할 수가 없어서 오가는 사람 없이 한적
한 농가의 분위기로 돌아왔다. 바깥세상과는 완전히 두절되어
단지 강아지 한 마리와 고양이 네 마리가 널찍한 뜰 어딘가에
서 한가로이 낮잠을 자면서 나를 지켜주고, 아침저녁으로 집안
일을 도우러 들락거리는 주이와 수아가 있을 뿐이다.

나는 일주일에 두세 번씩 바닷가로 난 길을 따라 차로 15분
정도 떨어진 '파이아'라는 동네로 장을 보러 간다. 크지 않은 동
네지만 아직도 옛날식으로 유기농 식품을 전문으로 파는 커다
란 가게가 있다. 예전에는 파인애플 농장에서 일하던 동양사람
들이 살던 플랜테이션 타운이었지만 농장들이 남아메리카로 이

주하면서 지금은 미국 본토에서 온 젊은 백인들이 주류를 이루고 있다. 예전 건물들을 그대로 살려서 개조한 터라 운치가 있고 분위기가 아름다운 동네다. 장을 보러 나간 김에 나는 가끔 까페에 들르기도 하고 해변에서 필요한 물건을 파는 가게들을 둘러보기도 한다. 파이아는 아직도 이 부근에 많이 흩어져 살고 있는 머리를 틀어올린 현대판 젊은 히피족들이 모이는 동네이고 근처의 호키파라는 유명한 윈드써핑 해변 때문에 세계적인 윈드써핑 선수들이 집단적으로 모여 사는 곳이기도 하다. 장을 보고 집으로 돌아가는 길에는 종종 호키파 해변이 한눈에 내려다보이는 언덕에 차를 세우고 바람이 거센 그곳에 서서 윈드써퍼들을 바라보곤 한다. 잠자리 날개 같은 조그만 보드로 거센 바람과 높은 파도를 타고 공중으로 떠오른다. 불꽃으로 덤벼드는 불나방들처럼 바람이 세차고 파도가 높은 날일수록 수십명의 윈드써퍼들이 떼지어 쏜살같이 파도를 가르며 바람을 탄다. 정말 아름답고 환상적인 광경이다. 나도 예전에 윈드써핑을 해보고 싶어 레슨을 받은 적이 있었지만 보는 것처럼 쉬운 일이 아니었다. 그러나 이곳에서 보는 윈드써퍼들은 한순간에 파도를 타고 공중을 날아오르는가 하면 공중에서 몸을 날려 한바퀴 돌아내려 다시 파도를 타며 바람을 가른다. 목적은 오직 한가지, 재미이다.

그동안 여기 살면서 윈드써퍼들을 몇 사람 알 기회가 있었다. 그들은 자기가 가진 것을 모두 팔아치우고 재미있게 원하는 대로 살기 위해 이곳에 와서 아무 일이나 해서 끼니를 때우며 시간나는 대로 윈드써핑을 한다고 했다. 오스트리아에서 20년 전에 이곳으로 온 미키는 세계윈드써핑대회에서 챔피언을 하기도 했다. 간혹 그런 젊은이들이 한없이 부럽다. 그들에 비해서 나는 인생을 너무 어둡고 우울하게만 살아오지 않았나 생각하곤 한다. 거친 바람에 밀리고 높은 파도와 싸우느라 늘 힘에 겨워 허우적거리는 내가 때로는 한심하게 여겨지기도 한다. 윈드써핑을 하는 이들은 그 거센 바람을 가르고 날며 높은 파도를 탄다. 말할 수 없는 자유로움을 만끽하며 새처럼 바람을 타고 공중을 날아오른다. 그들에게 바람과 파도는 두려움의 대상이 아니다. 두려움을 정복할 수 있는 자만이 느끼는 즐거움의 대상이다.

고통의 기억은 두려움을 낳는다. 마음속 깊이 온통 자리한 사랑은 그 두려움으로 가려버릴 수는 있지만 빼앗아갈 수는 없다. 사랑을 택하는 순간 우리는 이미 불에 타는 듯한 고통을 함께 들이키고 만다. 그래도 우리는 용감하게 그 사랑을 택한다. 그리고 깊고 진실한 사랑을 위해 우리 자신을 태우고 희생하기를 마다하지 않는다. 그 사랑의 경험은 무엇과도 바꿀 수 없는 영롱한 진주가 되고 우리 가슴속에서 우주를 향해 영원히 빛을 발하는 별이 된다. 두려움이라는 구름에 싸여 고통의 가슴앓이를 하는 동안 내 가슴속에 만들어진 한 알의 커다란 진주는 나도 모르는 사이에 구름을 뚫고 빛을 발하고 있었다.

어디에 가 있든지 매년 그가 떠난 4월이 되면 나는 호되게 병을 앓는다. 집수리를 끝내고 몸과 마음은 안정되어가고 있었지만 우기 막바지에 이른 날씨는 비를 몰아치고 강한 바람까지 대동하여 나의 병을 여지없이 악화시켰다. 가슴이 막히고 머리가 아픈데다 소화도 안되어 음식을 먹기가 힘들 정도가 되자 나는 은근히 겁이 나기 시작했다. 이러다 외딴 곳에서 소리 없이 죽어버리기라도 하면 어쩌나 싶어 허무하고 슬퍼지기까지 했다. 그러면서 한편으로는 행여 그런 일이 생기기 전에 아직도 내 머릿속에 어제 일처럼 생생하게 남아 있는 그의 이야기를 적어놓아야겠다는 강한 충동이 일었다.

플로리다에서 미대 신입생이었을 때의 일이다. 필수과정으로 영어과목 두 개를 수강하고 학점을 따야 했다. 한 과목은 대중 앞에서 이야기하는 스피치 과목이었고 다른 하나는 자신의 생각을 표현해야 하는 글쓰기 과목이었다. 스피치 과목에서는 무난하게 많은 것을 배우고 좋은 점수를 따는 데 문제가 없었다. 그러나 글쓰기 과목은 항상 자신이 없고 힘들었다. 내게 영어는 제2의 언어이니 당연히 그러려니 생각하고 가외의 도움을 받기 위해 담당 교수님을 찾았다. 교수실 책상 앞에 앉은 나는 교수님께 어려움을 설명하고 특별한 도움을 청했다. 회전의자 깊숙이 몸을 묻고 있던 뚱뚱한 교수님이 안경 너머로 나를 바라보며 빙긋이 웃으며 물었다.

"꿈을 꿀 때 영어로 꿉니까, 아니면 한국어로 꿉니까?"

의외의 질문이었다. 그때 벌써 나는 한국을 떠난 지 꽤 오래되었고 한국사람이 전혀 없는 곳에서만 살았기 때문에 생각해보니 영어로 꿈을 꾸고 있었다. "영어로 꾸는데요"라고 대답하자 "그럴 줄 알았습니다" 하며 교수님이 말을 이었다. "숙이의 머릿속에는 영어는 제2의 언어라고만 생각하는 장벽이 있습니다. 그 때문에 자신없어하며 자신을 합리화하고 있습니다. 글을 쓴다는 것은 누구에게나 쉬운 일이 아닙니다. 여기서 태어난 사람이라고 해서 다 글을 잘 쓸 수 있는 것은 아닙니다."

"네? 정말이요?" 하고 내가 물었다.

"물론이죠. 자, 이렇게 생각을 해보세요. 생각이라는 것은 나비와 같습니다. 아름답고 자유롭게 훨훨 날아다니지요. 글을 쓴다는 것은 그 나비를 잡아 핀으로 고정해서 유리상자에 넣는 것입니다. 죽어 핀으로 고정된 채 상자 속에 넣어진 나비에게 다시 숨을 불어넣는 것은 그 글을 읽는 사람들입니다. 생각이란 나비는 독자에 의해 다시 살아나서 아름답고 자유롭게 날아다니는 것이지요. 그러니까 생각을 잡아서 죽인 후 핀을 꽂아

상자에 넣는 작업을 두려워하지 마십시오. 나비는 꼭 다시 살아서 날아갈 것입니다."

글을 쓴다는 것에 대해 그렇게 아름답고 완전한 설명을 나는 들어본 적이 없다. 멍하게 교수님을 바라보다가 나는 "교수님 설명은 정말 훌륭했습니다. 감사합니다" 하고는 교수실을 나왔다. 그리고 다시는 도움을 청하지 않았다.

이곳 마우이 섬의 바람은 특별한 경우를 제외하고는 늘 동쪽에서부터 불어온다. 무역풍(트레이드 윈드)이라고 불리는 이 동풍은 차가운 태평양의 물과 함께 열대 영향권에 들어 있는 하와이 군도를 시원하게 유지해준다. 바람이 불 때마다 키 큰 유칼립투스 나무의 수많은 잎사귀들이 우수수 흔들리며 내는 소리는 파도가 밀리는 소리와 흡사하다. 잠시잠시 바람이 가라앉을 때마다 조용해진 틈새로 새들이 목청을 뽑는다. 이내 풍경소리와 함께 바람소리가 다시 커지기 시작하면 지저귀던 새소리들은 유칼립투스 흔들리는 소리 속으로 숨어버리고 세차게 파도가 밀리는 듯한 바람소리만 들린다.

그 바람소리가 잘 들리는 2층의 널찍한 방이 내가 쓰는 방이다. 따뜻한 빛깔이 도는 소나무로 짠 높은 천장의 서까래 중간에 길게 매달린 흰색 환풍기가 서서히 돌아가고 희고 부드러운 커튼이 드리운 유리로 된 두 면의 벽은 한 면으로는 멀리 바다가 보이고 다른 한 면으로는 나무들이 울창한 골짜기가 가까이 내려다보인다. 속옷과 양말 등속을 넣어두는 한국에서 가져온 오동나무 이층장이 벽의 한구석에 붙어 서 있으며 커다란 종이 등과 두 개의 긴 촛대 위에는 키 작고 두툼한 양초가 정전이 될 때를 대비해서 준비되어 있다. 나는 석양이 떨어지는 쪽의 창문 아래에다 낡고 나지막한 공부탁자 하나를 구해다놓은 뒤 불이 밝은 조그만 종이등과 함께 수백장의 백지와 한뭉치의 펜을 가져다놓고 얄팍한 방석을 바닥에 놓았다.

예전에 내가 어렸을 적이나 지금이나 마찬가지로 남자를 만나면 꼭 의식하게 되는 세 가지가 있다. 그 세 가지에 따라서 그 사람 옆에 가서 앉기도 하고 거리를 두기도 하며 연인의 관계가 되기도 하고 먼 친구가 되기도 한다. 아무리 생각해보아도 우스운 일이지만 항상 그 세 가지를 기준으로 이성과 나의 사회적인 관계가 결정된다. 우선 그 첫번째는 눈빛이다. 우리말에 '눈이 맞았다'라는 말이 있다. 마음과 마음이 단숨에 교감하는 한순간의 상황을 설명하는 데 이만큼 적당한 표현은 없는 듯하다. 그 때문에 처음 보는 순간 사랑에 빠지기도 하며 상대방이 평생 배필이라는 것을 한눈에 알았다는 이야기도 심심찮게 들을 수 있다. 눈 안에 비밀을 기록한 암호문자라도 들어 있는 것일까. 그래서 특별히 정해진 사람만 알아볼 수 있도록 미리 프로그램이 되어 있는 것은 아닐까 하는 의문이 들기도 한다. 말로 설명할 수 없지만 참으로 신비스러운 일이다. 나는 친구도 눈빛이 맞아야 될 수 있다는 것을 경험으로 알게 되었다. 나와 눈빛이 맞는 사람들 가운데 있으면 구차하게 여러가지를 설명할 필요 없이 왠지 모르게 편안하다. 특히 내가 나의 굴레 안으로 들이는 이성인 경우에는 한번에 알아볼 수 있는 눈빛이 있어야 한다. 그런 눈빛을 단번에 알아챘다는 것은 숨막히는 현상이다.

그다음으로 중요한 것이 머리카락과 냄새다. 냄새란 향수를 바르지 않은 그 사람 고유의 냄새를 말한다. 좋은 냄새는 그 때문에 그 사람 곁으로 가까이 가서 맴돌게도 하고 보이지 않는 끈으로 연결된 것처럼 떠나지 못하고 춤추듯 주위를 얼쩡거리게도 하며 옆에 가서 앉고 싶게 만들기도 한다. 그리고 좋은 냄새는 나의 기분을 포근하게 만들어주며 몸속의 세라토닌 호르몬 분비를 높여서 아련하고 즐거운 기분이 되게 한다. 어떤 때는 냄새의 샘이 모여 있는 귀 뒤쪽의 목에다 코를 대고 싶어지기도 하고 겨드랑이 가까운 팔과 어깨에 콧등을 문지르고 싶어지기도 한다. 심하면 그 사람의 가슴이나 코, 입술이 있는 곳까지 코를 대고 냄새를 맡게 되며 또는 입을 대고 그 냄새가 나는 곳을 먹고 싶어지기도 한다. 거듭 말하지만 실로 신비스러운 일이 아닐 수 없다.

그리고 또 한가지는 내가 손가락 사이에 넣을 수 있는 부드러운 머리카락이다. 남의 머리카락 만지기를 유난히 좋아하는 나에게 머리카락은 눈빛이나 냄새와 마찬가지로 없어서는 안되는 중요한 역할을 한다.

그밖에도 자잘한 몇가지를 더 들 수 있겠지만 이 세 가지는 알든 모르든 내가 지금까지 택한 이성의 기준이었다. 그런데 이번에 나의 삶을 돌이켜보며 한가지 더 재미있는 일을 발견했다. 그건 나이였다. 내가 나이가 들수록 상대방의 나이는 반대로 조금씩 내려가고 있다는 사실이었다. 이 또한 우연으로만 느껴지는, 설명할 수 없이 묘한 내 삶의 무늬이다.

바람 한 점 없는 밤 종이등불 앞에 앉아 기억을 더듬으며 백지에 한 글자씩 손으로 적어가기 시작했다. 매일같이 불던 바람도 쥐죽은 듯 조용하고 종일 재잘대던 새소리 대신 멀리서 개 짖는 소리만 가끔 들린다. 나는 이미 그보다 일곱살이나 연상인 나이가 되었다. 이제는 내게 주어진 하루하루가 하늘이 덤으로 준 선물이라는 생각이 든다. 나의 긴 머리는 반 이상이 흰색으로 변했고 앳되던 얼굴은 내가 받은 햇볕과 바람만큼이나 검게 타고 주름이 잡혀간다. 나는 그런 나의 얼굴과 머리카락이 자랑스럽다. 그리고 아름답게 느껴진다. 오랜 세월을 두고 열심히 살고 재미있게 살려고 노력한 결과이다. 나는 세월과 지혜가 담겨 있는 내 모습을 무엇과도 바꾸고 싶은 생각이 없다. 나의 기억속에 남아 있는 삶의 어떤 구절도 바꿀 마음이 없고, 내 가슴속 깊고 깊은 곳에 자리잡고 있는 사랑의 기억도 지워버리고 싶은 마음이 없다. 도리어 마음 깊숙한 곳에 들어 있는 뽀얀 진주알을 하나씩 꺼내어 흙을 털고 먼지를 닦아서 곱게 엮은 후 목에 걸 것이다. 눈물과 고통이 만들어낸 귀하고 아름다운 나의 진주알을 이제는 더이상 감추고 싶은 마음이 없기 때문이다.

언제부터인가 밖에서 후두둑 빗방울 떨어지는 소리가 들린다. 나는 어렸을 때부터 비오는 날을 무척이나 좋아했었다. 비가 쏟아지는 날이면 내가 살던 초가집 처마 밑에 쪼그리고 앉아서 빗줄기를 쳐다보곤 하던 것이 아름다운 기억으로 남아 있다. 이제 창밖의 널따란 바나나 나뭇잎으로 떨어지는 굵은 빗방울 소리를 들으며 이 모든 기억이 더 바래기 전에 나의 소중한 진주알들을 꺼내어 하나씩 곱게 엮어본다.

02

마지막 한해

1974~75년

1974년 5월 서울

화창한 어느날 오전 화천영화공사라는 영화사로부터 전화가
걸려왔다. 잠깐 들러 새로 기획하고 있는 영화의 오디션을 해
달라는 간단한 내용이었다. 마음이 들뜨고 많이 설레긴 했지만
결과는 두고 봐야 하는 것이니 하고 있는 다른 일에 지장이 되
지 않도록 덤덤하게 마음가짐을 하자고 생각했다. 나는 평상시
처럼 간소한 차림새로 색바랜 통 넓은 청바지에 티셔츠를 입고
어깨를 덮는 생머리에 화장기 없는 얼굴로 덜렁하게 화천영화
공사의 문을 두드렸다.

썰렁한 기운이 감도는 사무실 안에는 검게 타고 약간 거칠어
보이는 듯한 남자들 몇명이 어수선하게 흩어져 의자에 앉아 있

다가 내가 들어서자 그중의 한 남자가 사무실 한가운데에 있는 소파로 안내하며 마실것을 권했다. 힐끔거리며 나를 훑어보는 눈들을 등뒤로 의식하며 나는 문 쪽을 향해 놓인 소파 한구석에 조심스레 자리를 잡고 앉았다. 그때까지만 해도 나는 영화의 오디션에 대해서 아는 것이라고는 아무것도 없었을 뿐만 아니라 영화사에 발을 들여놓기도 생전 처음이었다. 온통 낯선 남자들에 둘러싸여 사무실 한가운데에 쪼그리고 앉은 나는 탁자에 놓인 유리컵의 냉수를 들어 혀끝으로 조금씩 천천히 빨아들이며 신경을 곤두세우고 주위의 분위기를 살피면서 태연한 듯 행동하려고 애썼다. 가끔 문밖으로 드나들며 다른 사무실로 분주히 왔다갔다하는 삼십대 정도의 책임자쯤 되어 보이는 사람만 빼고는 아무도 내게 관심을 표하거나 말을 건네는 사람이 없었다. 그렇다고 내가 먼저 말을 꺼내기도 보통 쑥스럽고 거북한 게 아니었다.

온몸으로 불편함을 느끼며 나는 시키는 대로 줄곧 그 자리에 앉은 채 어떤 일이 일어나려나 하고 기다리는 수밖에 없었다. 사무실 이쪽저쪽에 흐트러져 앉아 있던 사람들이 일어나 움직이는 기척이 가끔씩 느껴지고 자기네들끼리 주절주절 무언가 이야기하는 소리가 귓전에 들리는가 하면 종종 문밖으로 나갔다가 다시 들어오는 사람들도 눈에 띄었다. 무엇을 기다리는지 이유도 모르는 채 그곳에서 무턱대고 기다리고 있자니 나는 형

편없이 푸대접을 받고 있는 기분까지 들어 마음이 더욱 불편해지기 시작했다. 적지 않은 시간을 그렇게 말없이 참고 기다리던 중 마침내 책임자로 보이는 사람이 다가오더니 양해를 구했다.

"저, 미안하게 됐습니다. 조금만 더 기다려줄 수 있겠습니까? 감독님이 이발소에서 머리를 깎고 계시는데 아마 시간이 좀 걸릴 모양입니다."

"네?"

긴장했던 온몸에 맥이 쭉 빠지는 것같이 느껴졌다. 참 별난 사람도 다 있네, 하고 속으로 생각했다. 사람을 오라고 약속을 했으면 약속을 지켜야지. 아무리 내가 나이 어리고 별볼일없어 보이는 여배우일지는 모르지만 머리 깎는 일 때문에 남의 시간을 온통 엉망으로 만들어버리다니…… 이럴 수는 없는 일이라고 생각했다. 나는 당시 스무살을 갓 넘은 나이에 나름대로 잘나가는 TV 탤런트였던데다 내 잘난 맛에 사는 당돌한 아이였다. 아직 세상물정에 눈뜨기 전이라 모든 게 내 눈에 차지도 않고 같지도 않았으며, 이 세상에 내가 존재함으로써 태양이 빛을 발하고, 행여나 내가 이 세상에 없다면 지구가 돌아야 할 이유도 없다고 생각할 만큼 자신감으로 가득 차 있었다. 불편한 심기를 간신히 다스린 후 나는 어차피 온 길이니 조금만 더 기다려보기로 결심하고 계속해서 그 자리에 앉아 있었지만 아무리 기다려도 나타나는 사람은 없었다. 머릿속에서는 별별 생각이 다 지나갔다. 그냥 일어나서 가버릴까. 어떻게 이런 식으로 나를 무시할 수 있을까. 하긴 처음부터 내게 전혀 관심이 없었을지도 모르는 일이었다. 설사 조금은 관심이 있었다 해도 무시당해버린 것만 같은 그때의 내 기분으로는 그 감독의 마음을 살 수 있을 것 같지도 않았다. 정말 막막하기만 했다. 무작정 앉아서 기다리는 것도 열받지만 그냥 일어나서 가자니 그것도 이상한 것 같고, 한마디로 정말 김이 쭉 빠지는 상황이었다.

그러고 나서도 한 30분은 더 지났을까. 누군가가 "감독님 오셨습니다!" 하는 소리가 들렸다. 마침내 나는 가지도 오지도 못하는 상황에서 해방이 된 기분으로 크게 한숨을 내쉬었다. 일이야 되든 안되든 일단 이곳에서 곧 나갈 수 있게 되었다는 생각에 마음이 가벼워졌다.

약간 검게 탄 얼굴에 키가 큰 남자가 아무 일도 없었던 양 활짝 웃는 얼굴로 사무실로 들어왔다. 오랫동안 나를 기다리게 만든 그 감독이라는 것을 한눈에 알아볼 수 있었다.

그는 "아, 미안, 미안해요. 정말 미안해요. 기다리게 해서……" 하며 의외로 겸손하고 친절한 말투로 나를 향해 거듭해서 웃는 얼굴로 사과했다. 부드러운 머리칼이 유난히 동그란 그의 머리통을 감싸며 목까지 흘러내려 잘 발달된 어깨 위로 찰랑거리고 있었다.

'방금 이발소에서 온다고 하지 않았었나? 머리는 아직 그냥 있는 것 같은데……' 하고 나는 생각했다. 그는 이내 내 앞으로 가까이 다가와 부드러운 눈빛으로 다시 한번 사과했다.

"많이 기다렸어요? 미안해요."

나는 무엇인가 대답을 하기 위해서 그의 얼굴을 바라보았다. 그리고 내 눈이 그의 눈과 마주치는 순간 갑자기 모든 것이 내 앞에서 한순간에 멈추어버린 듯 머릿속은 백지장처럼 하얗게 되어 아무 생각도 나지 않았고, 심장이 멎는 듯 가슴에 심한 압박감을 느꼈다. 나는 그때 느낀 그 기분이 오디션에 대한 긴장 때문인 줄로만 알았다.

그는 나에게 한마디의 질문도 없이 그리고 단 한마디의 대화도 나누지 않은 채 그 자리에서 카메라 오디션을 준비해달라고 영화사에 부탁했다. 카메라 오디션까지는 준비를 안한 상황이라 나는 조금 당황스러웠다. 그럴 줄 알았으면 얼굴에 화장이라도 조금 하고 왔으면 좋았을걸 하고 후회가 되었다. 일하는 날은 늘 짙은 분장을 하기 때문에 평상시에는 피부를 쉬게 하기 위해서 크림 외에는 될 수 있는 한 화장을 피하던 나는 갑자기 나온 카메라 테스트라는 말에 화장기 없는 나의 얼굴을 걱정하지 않을 수 없었다. 입고 있던 옷도 난감하기 짝이 없었다. 그래도 이미 때는 늦었고 그대로 그곳에서 버티는 수밖에는 방법이 없었다. 카메라 테스트를 하기 전에 적어도 이름이 무엇이며 몇살이나 되었는지 또 내가 어떤 배우이며 TV에서는 어떤 역할을 하고 있는지, 학교는 얼마나 다녔는지 정도는 물을 줄 알았다. 그렇지 않으면 최소한 자신들이 어떤 영화를 기획하고 있으며 어떤 역할을 할 배우를 찾고 있는지 정도는 직접 설명해줄 줄 알았다. 그런데 그는 나에 대해서는 아무것도 관심이 없는 듯했다. 어떤 것도 묻지 않았고 한마디의 설명조차 하지 않았다. 그런 그 '감독님'이라는 사람이 눈이 빠지도록 나를 기다리게 한 장본인이라는 사실밖에는 더이상 어떤 것도 알 길이 없었고, 그렇다고 주위에 있던 어느 한 사람도 나를 관심 있게 대해주거나 무엇 하나라도 설명해주지 않았다. 그러나 그는 호감으로 가득한 친절한 눈빛으로 나를 바라보았으며 거기 있던 어떤 사람들보다도 부드러운 표정과 말투로 불안해하는 나를 편하게 살펴주었다.

잠시 분주하게 움직이며 서둘러 촬영준비를 마친 몇명의 스태프가 사무실 문을 열고 계단을 향해 장비를 이동하며 나가는 게 보였다. 마침내 나도 숨이 막힐 것만 같던 소파에서 일어나 앞서 나가는 그 감독의 뒤를 따라서 영화사 사무실을 빠져나와 층계로 향하는 통로로 나섰다. 먼저 나와 있던 스태프들이 각기 장비를 어깨에 올려 메거나 손에 든 채 굴뚝 같은 컴컴하고 좁은 층계를 따라 한 사람씩 줄지어 위로 오르기 시작했다. 우리가 방금 나온 6층의 영화사 사무실에서부터 11층 꼭대기의 옥상까지는 꽤나 길고 어두운 동굴처럼 계단이 이어졌다. 서너 발자국 앞서 올라가는 그의 긴 다리와 작업화를 신은 발이 힘 있게 한 계단씩 위를 향해 내딛을 때마다 유난히 커다란 발자 국소리가 씨멘트 복도의 벽에 부딪쳐 울리면서 압도적으로 내 귀를 자극했다. 나는 약간의 현기증이 이는 것을 느끼면서 그의 뒤를 바짝 따라갔다.

바로 내 앞에서 공기를 가르며 올라가는 그의 온기와 냄새가 코끝을 자극하며 이상스레 나를 몽롱하게 만드는 것 같았다. 세상에 태어난 후 한번도 경험해보지 못한 이상스런 감정들이 상식과 경험을 추월하여 나의 오관을 누비고 있었으며, 그 알 수 없는 감정들은 나를 불안하게 했다. 온몸이 커다란 힘에 빨려들어가는 듯이 아무것도 제대로 생각할 수가 없었고 말도 잘 나오지 않았다. 이유없이 현기증이 나며 숨이 막히는 것 같았지만 그런 가운데서도 마음속 깊은 곳에서 느껴지는 믿음과 편안함 그리고 알 수 없는 행복감에 나 자신도 놀랐다. 전혀 아는 것도 없고 만난 적도 없는 그의 무엇이 그날 그 계단에서 나를 그토록 압도하였는지는 설명할 수 없다. 하지만 시간과 공간을 초월한 그 순간의 기억은 지금까지도 항상 투명하게 내 안에 존재한다.

극단 신협에서 연극을 같이 했던 선배 언니가 방송국에서 손가락을 잃는 사고를 당해 입원을 했다. KBS 어린이합창단의 한 아이를 넘어지는 피아노에서 밀쳐내고 자기는 미처 빠져나오지 못하는 바람에 사고를 당한 것이다. 나는 바쁜 일정 중에서도 틈틈이 외로움을 많이 타는 그 언니의 병실을 찾아 같이 시간을 보내곤 했다. 선배 언니는 경험도 많고 얘깃거리도 많은, 나보다 훨씬 성숙한 여자여서 그 옆에 앉아 인생이야기를 듣고 있으면 재미있는 책을 읽고 있는 것처럼 시간 가는 줄을 몰랐다. 드라마 연기를 직업으로 삼은 덕인지 이야기를 하는 언니의 표현력은 너무나 뛰어났고, 이야기 속에서 언니 자신은 늘 가장 아름다운 인간 드라마의 주인공이었다. 또한 그 언니는 자기 앞에 펼쳐지는 드라마를 철저히 믿는 순정파이기도 했다.

그날도 나는 퇴계로에 있는 성심병원 일인실에서 언니의 인생 드라마를 듣고 있었다. 사랑, 결혼 그리고 이혼에 대한 이야기, 아이들 이야기 그리고 혼외정사 이야기…… 시간이 갈수록 이야기는 점점 더 흥미진진해졌다. 그때 병실로 전화가 걸려왔다. 영화사였다. 나를 찾는단다. 어찌 수소문을 해서 나를 찾았을까. 그무렵은 언젠가 본 영화 오디션은 벌써 내 기억속에서 가물가물해졌을 때였다. 몇주일이나 전에 영화사 옥상에서 맨 얼굴로 간단하게 카메라 테스트를 받은 뒤로 아무런 연락이 없어서 안되었나보다 하고 모든 것을 까맣게 잊고 있었던 것이다. 그런데 갑자기 영화사에서 나를 찾아낸 것이다. 영화사 사람의 말로는, 영화 촬영이 벌써 시작되었으며, 감독님과 스태프들은 다른 배우들과 함께 대천에서 촬영을 진행하고 있다고 했다. 대천에서의 장면은 내가 나오지 않는 장면들이며, 그곳의 촬영이 곧 끝날 텐데 그러면 곧바로 서울로 올라와 내가 나오는 장면들을 촬영할 것이라는 것이었다. 단도직입적으로 명령하듯 설명하는 그의 말을 듣고 나는 그 영화에서 어떤 역할을 하게 되었다는 기쁨에 앞서 갑자기 뒤통수를 맞은 것같이 멍해졌다.

"이럴 수가!" 아무리 두서가 없어도 그렇지 이건 정말 너무하는 것 아닌가. 나는 각본도 본 적 없고, 작품이나 역할에 대해 설명을 들은 적도 없었다. 단지 내가 어디선가 주워들어 알고 있는 사실은 그 영화 제목이 '태양 닮은 소녀'라는 것뿐이었다. 누가 태양을 어떻게 닮았으며 그 영화에 누가 나오는지도 전혀 아는 바 없었다. 게다가 단 한번 만나본 그 감독이라는 사람이 누구인지도 전혀 알지 못했고, 단지 수많은 다른 여배우들과 마찬가지로 간단한 카메라 오디션을 한번 했을 뿐이었다. 나는 수화기 속의 그 영화사 사람에게 이렇게 말했다.

"저는요, 그렇게는 할 수가 없는데요. 역할도 모르고 각본도 읽어보지 않은 작품을 이런 식으로 무조건 하란다고 할 수는 없습니다. 저를 어떻게 보셨는지 모르지만 이건 너무 무례하다고 생각합니다."

그쪽에서 흠칫 놀라는 듯했다.

"아, 감독님이 그렇게 하라고 하셨습니다" 하고 얼버무리듯 대답을 했다. 나는 크게 실망하여 반박했다.

"그 감독님이라는 분이 어떻게 결정을 내렸는지는 모르겠지만요, 이런 식으로 막무가내 한마디의 설명도 없이 할 수는 없습니다."

"뭐라구요?"

꽤 당황해하는 말투였다. 그래도 나는, 무슨 이유인지는 모르지만 내 의견이나 결정과는 아무 상관 없이 자기네들끼리 과하게 나를 밀어붙이는 것 같아서 몹시 기분이 나빴다. 그쪽 사정이야 어찌 됐든 내용도 배역도 전혀 알지 못하는 영화에 무조건 좋아라 하고 뛰어들 수는 없는 일이었다. 그리고 또 내가 잠깐 만났던 그 사람들이 사기꾼이 아니라는 보장도 없었다. 적어도 신분이 확실한 사람들이라면 어느정도의 예의는 있어야 한다고 생각했다.

"그럼 감독님께 그렇게 말씀드리겠습니다" 하고 그쪽에서 전화를 끊었다. 나는 은근히 화가 났다. 이렇게 거칠고 자기네 마음대로라니. 몇주 동안이나 내게는 한 통의 전화도 없었고 한마디의 상의도 없었다. 아무리 내가 작품을 하고 싶어하는 어린 배우라지만 그래도 최소한 각본 정도는 건네주며 미리 설명을 해주는 게 당연하다는 생각이 들었다. 젊고 성격이 팔팔하던 나는 처음부터 무시를 당한 것 같은 기분이 들어 몹시 언짢았다. 모든 것을 그냥 없던 일로 치고 다시 시작하기로 마음먹었다.

편하게 통화하라고 병실을 잠시 비워주고 밖으로 나가 있던 선배 언니가 돌아왔다. 나는 아무 일도 없었던 양 다시 침대 옆으로 다가앉았다. 그리고 언니와 대화를 계속했다. 30분도 채 안되어 다시 전화벨이 울렸다. 나를 찾는단다. 수화기를 받아들자 대천에 내려가 있다는 그 감독의 목소리가 들렸다.

"아! 잘 있었어요? 나 이 감독이에요."

그이는 밝은 목소리로 아무 일도 없었다는 듯이 나에게 안부를 물었다.

"정말 미안해요. 일을 이렇게 처리해서…… 일부러 그런 게 아니구요, 내가 너무 서둘러서 여기로 내려오는 바람에 따로 연락할 시간이 없었어요. 아주 미안하게 되었어요."

깍듯한 존대와 부드러운 말투로 모든 책임은 자기에게 있다는 듯이 계속해서 그는 사과를 했다.

"아무것도 걱정하지 말아요. 그냥 영화사에 들어가서 계약서에 도장만 찍고 내가 올라갈 때까지 며칠만 기다리고 있어요. 그리고 작품에 대해서는 아무것도 걱정할 것 없어요. 따로 준비할 것도 없고……"

내가 미처 대답할 기회도 주지 않고 친절히 설명을 계속하던 그는 잠시 말을 멈춘 후 "됐어요? 괜찮지요?" 하며 살며시 나에게 물었다. 나는 할 말이 없었다. 마음이 봄바람에 얼음장 녹듯 단번에 녹아내리는 것이 느껴졌다. 거친 듯하면서도 부드러운 그의 목소리가 한없이 정답게 느껴졌고 나를 행복하게 했다. 그리고 또 한번 숨이 막히는 것 같았다.

첫 촬영은 동대문 고속버스 터미널에서 시작되었다. 친구들이 기다리고 있는 대천 해변가로 내려가기 위해 혼잡한 매표구 앞에서 버스표를 사려고 줄서 있던 재수생 인영이 가지고 있던 돈을 모두 소매치기당하는 장면이었다. 당시 그곳 동대문 터미널 주변은 많은 차량들과 사람들로 심하게 붐비는 혼잡스러운 곳이었다.

빽빽하게 들어찬 수많은 고속버스들이 쉬지 않고 출발하거나 도착하는가 하면 그 사이를 아슬아슬하게 비집고 질주하며 자신들의 행선지로 향하는 버스를 찾아 승차하려는 사람들과 버스가 도착할 때마다 한꺼번에 쏟아져나온 승객들이 청계천 쪽으로 빠져나와 시내버스나 택시를 잡기 위해 한바탕씩 소동이 벌어지는 곳이었다. 게다가 손님을 내리고 태우기 위해 마구잡이로 정차하는 택시들과 좁은 틈이라도 있으면 정차를 하려고 인도 쪽으로 마구 차머리를 들이대는 시내버스들이 써커

스를 방불케 했다. 그곳에서 오랜만에 다시 만난 이 감독은 제대로 인사도 건네지 않은 채 고속버스 터미널의 인파 속으로 나를 밀어넣었다. 물밀듯이 밀려가는 주변의 차량과 엇갈리게 지나가는 사람들 사이를 전전하며 나는 소매치기를 잡으려고 안간힘을 쓰는 인영의 역할로 엉겁결에 뛰어들었다. 이 감독과 스태프들은 청계천 쪽 길 건너편 건물 안쪽에 카메라를 세우고 열린 창문을 통해 터미널 쪽의 인파 가운데 있는 나를 내려다보며 촬영을 하거나 건물 옆쪽의 한적한 모퉁이에 바짝 붙어 사람들 눈에 뜨이지 않게 자리를 잡은 후 물결처럼 흐르는 자동차 사이를 이리저리 뛰며 길을 건너는 나를 따라잡기도 했다. 초여름의 태양과 열기는 혼잡한 버스 터미널 주변의 매연과 먼지로 뿌연 빛깔을 띄며 아스팔트 위에서 타오르듯 이글거리고, 그 가운데서 나는 버스와 택시 사이를 정신없이 뛰어다니며 소음 속을 헤맸다. 그때까지만 해도 나는 거의 스튜디오에서 녹화하는 TV 드라마 촬영에만 익숙해 있던 탓에 그렇게 정신없이 번잡스러운 곳에서의 첫날 촬영은 아무 생각도 할 겨를 없이 혼돈 속에서 이루어졌다. 끈끈한 땀과 먼지에 범벅이 되어 이 감독의 의도에 따라 그렇게 첫 촬영을 마치고 그의 영화에 입문한 나는 무슨 질문을 하거나 인사를 차릴 경황도 없이 겨우 정신을 추슬러 곧바로 집으로 돌아갔다.

다음날 아침, 촬영지인 남산 야외음악당 앞 넓은 공터에서 스태프들과 이 감독을 다시 만났다. 동대문 터미널에 비하면 한적하고도 시원하며 훨씬 여유가 있어 보이는 곳이었다. 전날과 다름없이 초여름의 태양은 뜨거웠지만 밝고 청명한 햇살이 고르게 내리쬐고 가볍게 부는 바람은 나의 뺨을 가늘게 스쳐 머리카락 사이로 지나가고 있었다. 주변 가로수의 나뭇잎들도 쏟아지는 아침 햇살에 잎을 반짝이며 싱그러운 내음을 풍기면서 나를 반기고 있는 듯 느껴졌다. 밝은 모습으로 미리 나와서 촬영준비를 하고 있던 이 감독과 스태프들과 이날 정식으로 인사도 나눌 수 있었다. 이 감독을 빼고는 모두가 생소한 얼굴이었다. 촬영은 느긋하고 순조롭게 진행되었다. 이 감독도 전날과는 달리 차분히 장면을 설명해주는가 하면 나의 외모나 의상에까지 자상하게 관심을 가져주었다. 다감하면서도 호기심이 가득 찬 눈으로 나를 살피는 그의 태도와 내 또래의 아이들처럼 솔직하고 장난기있는 그의 말투는 어려움 없이 금세 친근감을 느낄 수 있게 해주었다. 그는 만난 지도 얼마 되지 않는 자기 영화의 새로운 주인공을 한순간도 놓치지 않고 자연스럽게 계속해서 관찰하고 있었다. 카메라 렌즈로 들여다보이는 나는 말할 것도 없고 카메라 밖에서 얼쩡거리는 나의 행동 하나하나까지 빠트리지 않고 관심있게 주시했다.

햇볕이 점점 따갑게 머리 위로 기어오르고 있었다. 나는 기다리는 시간이 덥고 지루하여 어깨에 메는 끈이 긴 가방을 머리에 둘러 걸치고 카메라 뒤를 빙글빙글 돌며 혼자 바람을 일으키는 놀이를 하고 있었다. 바람이 시원하게 얼굴에 와닿으며 지루함도 없어지는 듯했다. 나는 본래 혼자서 잘 노는 아이였다. 아주 어렸을 적에도 우리 집에서 기르던 덩치 큰 흰 거위 두 마리를 데리고 개울로 나가서 혼자 물놀이를 하고 노래까지 신나게 부르며 하루종일 놀기도 하고 길다란 나뭇가지로 풀섶을 치며 논두렁 밭두렁을 헤치면서 혼자 개구리를 잡으러 다니기도 일쑤였다. 그러다가 희한하게 생긴 빈 깡통이라도 찾으면 그것을 머리에 모자인 양 눌러쓰고는 꽃팔찌에 꽃목걸이까지 만들어 걸고 해가 넘어갈 때까지 혼자 돌아다니며 놀곤 했었다. 스태프들 뒷전에서 내가 무의식중에 하던 대수롭지 않은 행동들을 재빨리 머릿속에 메모한 이 감독은 이내 카메라가 도는 앞에서 한번만 더 그대로 해달라고 내게 부탁했다. 틀에 박힌 장면 설명이나 연기지도를 하는 대신 그는 나만이 할 수 있는 행동과 표정에 더 관심이 있었다. 나만의 독특한 성격을 통해 그는 영화 속 주인공의 새로운 성격을 만들어내고 있었다. 아주 다정하고 여유있게 그러나 예리하게 실오라기를 뽑아내듯 내게서 뽑아낸 성격으로 새로운 캐릭터를 창조하고 있었던 것이다.

촬영팀이 카메라의 필름을 바꾸는 동안 "자, 잠깐 쉬고 합시

「태양 닮은 소녀」 촬영중에

다!" 하는 이 감독의 목소리가 들렸다. 싱그럽던 햇볕은 어느새 머리 꼭대기에서 강하게 내리쬐고 있었다. 나는 그늘을 찾아 더위를 좀 식히고 싶었다. 그리고 무엇보다도 긴장하고 있는 나를 한꺼번에 주시하고 있는 열댓명쯤 되어 보이는 낯선 스태프들로부터 떨어져 숨을 좀 돌리고 싶었다. 현장에서 처음 보는 신인 여배우를 주의깊게 훔쳐보는 낯선 눈길들이 내게는 거북하기 이루 말할 수 없었다. 그렇다고 해서 무조건 내가 먼저 말을 붙이기도 쑥스럽고 실속없이 히히덕거릴 수도 없는 일이었다. 나는 얼른 자리를 피해 그곳에서 조금 떨어져 있는 큰 나무 밑을 찾았다. 나무 몸통에 등을 대고 돌로 된 보호대에 걸터앉은 나는 의상도 다시 챙기고 각본도 훑어보면서 주위 사람들과 일정한 간격을 유지하며 그늘 아래서 혼자 쉬고 있었다. 잠시 눈에 띄지 않던 감독님이 멀리 왼쪽으로 보이는 길가에서 눈부신 햇살을 온몸에 받으며 올라오는 것이 보였다. 얼굴에 환한 웃음을 띠고 그는 나를 향해 곧바로 다가왔다. 무슨 좋은 일이 그렇게 매일같이 있는지 감독님은 내가 볼 때마다 장난스러우면서도 환하게 웃는 얼굴을 하고 있었다.

그는 "많이 덥지?" 하며 손에 들고 있던 아이스크림콘 하나를 내밀었다. 그새 야외음악당 아래쪽에 있는 길가 아이스크림 가게까지 다녀온 모양이었다. 강한 햇빛에 얼굴을 찡그리며 아이스크림을 내밀고 서 있는 그의 모습은 새로 접은 딱지를 한

움큼 내밀며 딱지치기를 하자고 늘 나를 불러내던 옆집에 살던 건호오빠의 모습을 연상시켰다. 나는 그런 이 감독이 말할 수 없이 고맙고 또 반가웠다. 게다가 촬영장에서 그나마 내가 아는 사람이라고는 그 사람밖에 없었다. 내 손에 아이스크림을 건네준 그가 내 옆으로 와서 나무 밑에 걸터앉았다. 그와 함께 아이스크림을 먹으며 나는 처음으로 그와 둘만의 시간을 가졌다. 그는 아무것도 아닌 이야기들을 화제로 삼았지만 나는 그의 말에 번번이 웃음을 터트렸고 그때마다 갑갑하게만 느껴지던 주위 분위기가 금세 사라져버리는 것 같았다. 편안하게 다시 나 자신을 되찾은 나는 그런 이 감독이 벌써 오래 전부터 내가 알아온 친구처럼 아주 가깝게 느껴지기 시작했다. 나의 의상과 얼굴의 화장까지 챙겨주고 나서 이 감독은 다시 촬영을 시작하기 위해서 먼저 일어나 장비가 있는 곳을 향했다. 나도 서서히 나무그늘에서 일어나 준비를 마친 후 음악당 광장에서 기다리고 있던 카메라팀이 있는 곳으로 천천히 걸어갔다. 가까이 다가가자 스태프들이 일제히 내 쪽을 바라보며 더욱 호기심 어린 눈으로 나의 표정을 주시했다. 나는 다시 거북스럽고 불편해졌다. 그중 나이가 많은 촬영감독이 싱글싱글 웃으며 놀리는 듯 내게 말을 건넸다. "어, 이거 큰일났네!"

"네?" 하고 나는 의아하게 물었다.

"이 감독이 안하던 행동을 한다!"

나는 무슨 말인지 영문을 몰라 촬영감독의 얼굴을 똑바로 바라보았다.

"여배우한테, 아이스크림 사다주고…… 그러는 사람이 아닌데!"

이 감독이 나와 함께 나무그늘에서 아이스크림 먹는 것을 모두들 보고 있었던 모양이었다. 모든 촬영 스태프들이 내 얼굴을 훔쳐보며 미소를 짓고 있었다. 무엇인가 설명을 하고 싶었지만 대꾸할 말이 없었다. 이 감독에 대해 내가 아는 것이라고는 물론 하나도 없었다. 그가 어떤 사람인지, 평상시에는 어떤 행동을 하는지, 어떤 감독이며 어떤 영화를 만들었는지, 사생활은 물론 그에 대해서는 어느 하나도 아는 것이 없었고 누구 하나 귀띔해주는 사람도 없었다. 내가 당연히 알고 있어야 하는 것들이 있었는지 모르겠지만 그 모든 것을 나는 한번도 생각조차 해본 적이 없었고, 한편으로는 그게 내가 알아야 할 중요한 것도 아니라는 생각이 들었다. 그때 내게 가장 중요했던 것은 마침내 내가 어릴 적부터 꿈꾸어오던 영화의 주인공이 되었다는 사실이었다. 내게는 그것보다 더 중요한 사실은 없었다. 이 믿을 수 없는 일이 나에게 일어났다는 것 외에는 아무데도 신경쓸 겨를이 없었다. 내 머릿속은 온통 어떻게 하면 주어진 역할을 잘해낼 수 있을까 하는 생각뿐이었다. 무슨 일이 있어도 꼭 잘해내고 싶었다. 그리고 나라면 꼭 잘해낼 수 있을 것 같았다. 물론 아직은 나이 어리고 경험도 많지 않은 배우지만 나는 내가 배우라는 것이 자랑스러웠고, 이것이야말로 하늘이 내려준 천직이라고 생각하고 있었으며, 나야말로 꼭 인생을 좋은 배우로 살아갈 것이라는 자부심을 가지고 있었다. 방금 전 나에게 아이스크림을 사다준 감독에 대해서 내가 알든 모르든 그런 건 나와는 아무 상관도 없는 것 같았다. 단지 그는 내게 영원토록 알아온 사람처럼 그렇게 느껴졌을 뿐이다. 그런 감정은 누구에게도 설명할 수 없는 묘한 것이었다.

어떤 이유에서인지는 알 수 없었지만 아이스크림 사건 이후로 스태프들이 나를 대하는 태도가 피부로 느껴질 만큼 달라졌다. 멀리서 훑어보기만 하며 이방인 취급을 하던 스태프들이 친절하게 눈을 마주치며 말을 건네기도 하고, 가끔씩 불러 내가 궁금해하며 들여다보던 장비들에 대해 설명해주기도 했다. 그렇게 시간이 갈수록 모든 스태프는 그들과 나 사이의 벽을 서서히 허물고 한식구처럼 마음을 열어 나를 대해주고 있었다. 누구를 막론하고 위아래 순위가 철저한 촬영현장에서 어느날부터인가 나는 그 사람들과 한패가 되어가고 있다는 느낌이 들었다. 때로 오후 늦게 촬영이 끝나면 그들끼리의 저녁식사에 끼워주겠다며 자연스럽게 나를 초대하기도 했다. 모든 것이 궁금하고 재미있기만 하던 어린 나로서는 초대를 거절할 이유가 없었다. 거절은커녕 시간이 허락하는 대로 나도 그곳에 같이 끼고 싶었다.

먼지 잔뜩 뒤집어쓰고 땀까지 흥건하게 배어 하루종일 땡볕에서 일을 한 후 대개 충무로 근처 작은 음식점에서 식구들처럼 둘러앉아 소주잔을 주고받으며 시작하는 저녁식사 자리는 항상 화기애애했다. 땀을 뻘뻘 흘리면서 음식을 만들어 내오는 아주머니를 중심으로 굽고 지지는 냄새와 소리, 팔팔 끓으며 김이 나는 육수통 그리고 하루종일 야외현장에서 일을 하다가 돌아온 충무로 영화계 사람들의 검게 탄 모습과 소음으로 복작거리던 그곳이 당시 충무로 뒷골목의 저녁 진경이었다. 그 가운데서 나는 땀냄새 나는 이 감독 옆에 끼여앉아 하루를 마무리하는 정겨운 대화와 웃음소리의 한부분이 되었을 때는 항상 설명할 수 없는 행복을 느꼈다. 그 또한 온통 남자들만 있는 사이에 끼여앉아 자그만 체구에 동그란 눈을 굴리며 무엇 하나 놓치지 않으려고 모든 것을 지켜보던 나의 모습과 행동을 늘 신기해했으며, 강가에서 주운 제일 마음에 드는 조약돌 모양 항상 나를 아끼고 챙겨주었다.

저녁식사와 술자리는 촬영이 있는 날이면 매일 저녁 이어졌다. 충무로 근처 골목골목에 들어찬 조그만 안줏집과 아늑한 주점들을 그는 속속들이 알고 있었고, 그곳들에 들르는 것은 일과 후 그의 인생이었다. 가는 곳마다 음식 만드는 아주머니들은 이 감독을 가족처럼 반겼으며 특별히 주문을 하지 않아도 으레 그가 좋아하는 안주들을 내왔다. 나는 이 감독이 술을 과하게 마시는 것을 한번도 본 적이 없다. 그는 술보다 뒷골목의 주점문화 자체를 사랑했다. 그곳이야말로 당시 문화를 이끌던 충무로 예술가들이 서로 만나 의견을 교환하고 충무로의 최신 뉴스들을 들을 수 있는 만남과 교류의 장소였다. 새로 인기를 얻고 있던 몇몇 신세대 감독과 배우 들은 그런 충무로 분위기를 빠져나와 명동의 맥줏집 동네로 자리를 옮겨 새로운 문화를 형성해가고 있었지만 이 감독은 철저한 충무로 뒷골목파였다. 현대식 실내장식과 맥주보다는 유리로 된 미닫이문 밖으로 뿌옇게 좁은 거리가 내다보이는 뒷골목 안줏집에서 소주 몇잔과 즉석에서 요리되는 갖가지 안주로 저녁식사를 때우는 것이 서민적인 정서를 사랑하는 그 나름의 방식이었다. 그곳에서는 매일같이 갖가지의 대화가 오고갔다. 그날 있었던 현장에서의 잘된 점과 문제점 혹은 장비에 관한 기술적인 이야기에서부터 문화와 예술에 관한 이야기, 그리고 삶에 대한 철학적인 견해 등 대화의 주제는 다양했다. 그러나 그곳에서 어떤 대화가 오가든 둘러앉은 사람들은 진심으로 이 감독을 좋아하고 존경했으며 그는 누구에게나 친절했다. 어린아이 같은 해사한 미소를 가지고 있던 그는 다정다감한 성격에 부드러운 말투로 필요한 말만 골라서 하는 조심스러움에다 객관적인 관찰력과 의식적인 행동으로 품위를 유지하며 늘 분위기를 압도했다. 나이도 어리고 아는 것도 별로 없던 호기심 많은 나는 그의 옆에서 그곳의 분위기와 대화의 한부분이 되는 것을 무척이나 즐겼다. 이제 막 성인으로 성장하고 있던 내 인생의 코너에서 내가 가장 따분해하는 평범한 일상의 대화들이 아닌 다른 차원의 그 만남과 토론 들은 나에게는 지성과 감성을 한꺼번에 자극하는 경이로운 것이었다. 나는 특별한 일이 없는 한 어디를 가든지 항상 나와 동행하고 싶어하던 그와 함께 이곳저곳, 주로 조그만 뒷골목 안줏집들을 떠돌았다. 함께했던 여러 사람들과의 자리에서 해방되어 나와 둘만의 자리가 되면 그는 아주 친한 벗을 대하듯 긴장된 자태를 조금씩 풀고 묻어놓았던 자기만의 생각들을 허물없이 풀어놓기 시작했다. 자신이 생각하는 기본적인 창작의 개념, 그러나 그것을 이해하지 못하는 이념과 도덕에 얽매인 황당한 인간의 무지, 그 가운데 살아남아 있다는 것 등등. 자유스럽게 아무 앞에서나 꺼내기 힘든 화제들로 우리는 매일같이 시간가는 줄 모르고 마주앉아 대화를 했다. 그것은 정확히 말해서 대화라기보다 그의 무르익고 발효된 세계를 어린 나에게 털어놓는 고백이었으며, 아직 맑게 열린 큰 눈동자를 가지고 있던 나는 메마른 스펀지같이 그의 모든 것을 있는 그대로 빨아들였다. 그는 보기보다 훨씬 외로움을 많이 타는 상처받기 쉬운 영혼의 소유자였으며 예술가들이 흔히 그렇듯 내면 깊숙이에는 어둡고 슬픈 면을 가지고 있었다. 무엇보다도 그는 자기의 예술세계를 이해하고 자유스럽게 같이 나눌 수 있는 사람이 드문 것을 아쉬워했다. 그리고 자신이 믿고 있는 예술의 세계를 마음놓고 표현할 길 없는 당시 사회를 몹시 안타까워했다. 자기 예술세계의 최고 동반자라도 되는 양 자신의 형이상학적인 견해까지 내게 토로하던 그의 목소리는 거친 듯하면서도 부드러웠고 아이들같이 장난기있는 듯했지만 그 안에 깊은 메아리가 있었다. 그리고 해맑은 그의 표정 속에는 비참과 절망의 흔적이 묻어 있는 눈동자가 있었다. 그는 깊은 눈동자로 내 눈을 가까이 들여다보며 물었다. "너는 알지, 내가 무슨 말을 하는지 알겠지?"

한가닥 희망처럼 나만이라도 자기를 알고 이해하기를 바라고 있었거나 아니면 진실로 나의 영혼이 자신의 영혼과 운명적으로 만나고 있음을 확인하였거나, 어쨌든 그는 평범한 이해와 관계를 넘어서 내게 다른 차원의 교류를 요구하고 있었으며, 아직 이념이나 도덕의 범람을 받지 않았던 나라는 존재는 믿기 어려울 정도로 그가 무슨 말을 하려는지 정확하게, 이미 알고 있는 듯 느껴졌다. 또한 나의 존재를 일부러 설명하려 애쓰지 않아도 그는 누구보다도 나를 잘 알고 있고 이해하고 있다는 확신이 있었다. 특히나 서로의 개인적인 일에 대해서는 현재와 과거를 막론하고 설명해야 할 이유를 찾지 못했으며 어느 누구도 먼저 궁금해하며 물어본 적이 없었다. 우리는 그냥 태초부터 영원히 알던 사람들처럼 서로를 알고 있었고, 만나는 순간부터 세상과 이상을 초월한 운명적인 연인이었다.

「태양닮은 소녀」와 '문숙'의 탄생

영화의 각본은 매일같이 조금씩 변해갔다. 우리의 만남과 대화를 토대로 각본의 대사와 장면 들이 바뀌어가기 시작했다. 평상시에 내가 잘 쓰는 말이나 버릇처럼 하는 행동들이 삽입되는가 하면 어떨 때는 우리가 같이 걷던 길에서 나눈 같은 말투의 대화로 장면들이 변해가기도 했다. 내가 영화 속의 인물을 소화하고 연기해내기 이전에 영화 속 주인공인 인영은 점점 나를 닮아가고 있었으며, 극중 신성일 씨의 역할인 동수는 이 감독 자신의 어두운 면을 대변하는 캐릭터로 변해가고 있었다. 우연하게도 영화 「태양 닮은 소녀」는 살인을 저지르고 경찰에 쫓기고 있는 중년의 동수와 재수생 인영이 순수한 사랑에 빠지는 이야기였다.

실제 우리의 상황과 비슷한 상징적인 줄거리로 영화의 장면들이 바뀔 때마다 각본은 매일같이 교정되고 새로 씌어졌다. 나는 그와 만나 함께 지내는 시간 동안 새로 씌어지는 각본을 정리하는 작업을 돕기 시작했다. 그의 곁에 앉아서 일을 도우며 나는 더 많은 시간을 그와 함께 보낼 수 있게 되었다. 아침 일찍부터 촬영현장에서 하루종일 그와 함께 촬영을 하고 저녁이 되면 모두들 같이 저녁식사를 한 뒤, 다시 나는 각본정리를 도우며 밤늦게까지 그의 곁에서 지낼 수 있게 된 것이다. 무엇도 설명할 필요가 없는 편안함 속에서 서로가 같이 호흡하며 그렇게도 많은 시간을 함께 지낸다는 것이 나에게나 그에게나 아주 당연하고 자연스럽게 느껴지기 시작했다. 날이 갈수록 우리 중 어느 한 사람도 서로 떨어져 있고 싶지 않아했으며 우리는 될 수 있는 한 모든 일을 같이 했다. 그렇게 우리는 주어진 모든 시간을 같이 영화를 만드는 일에 전념하며 서로의 곁을 지켰다. 그의 존재는 하루하루 나의 삶에서 가장 중요한 부분이 되어갔고 그가 만드는 영화 또한 내 생활의 전부가 되고 있었다. 그리고 영화는 이미 오래 전부터 그의 삶의 모든 것이었다.

거의 매일 충무로 근처에서 매일 밤 늦게서야 일이 끝났다. 그와 함께 더 있고 싶은 생각이 간절했지만 나는 가족이 있는 집이 있었고 특별한 일이 없는 한 통행금지시간 안으로는 집에 돌아가야만 했다. 그는 그런 나의 처지를 누구보다 잘 알고 있었으며 매일밤 내가 사는 동네 입구까지 나를 바래다준 뒤 집으로 돌아가곤 했다. 그와 나는 서울에서도 정반대 방향에 살고 있었다. 독립문을 지나 무악재로 넘어가는 언저리 현저동에

살고 있던 나에 비해 그는 뚝섬 근처 건국대학교 뒤편에 자리
한 자양동에 살고 있었다. 그 때문에 보통 때보다 조금이라도
더 늦게까지 일이 계속되면 통금시간인 자정이 거의 다 되어
간신히 나를 집까지 바래다줄 수는 있었지만 시내를 가로질러
반대 방향에 있는 그의 집까지는 돌아갈 시간이 없어져버리곤
했다. 그때마다 그는 별다른 말없이 나를 살펴 집 근처까지 데
려다준 뒤 동네 근방 여관에 숙소를 정하고 그곳에서 묵었다.
그가 아무런 조건 없이 나의 안전을 우려하고 보살펴주며 나와
가까운 곳에 있고 싶어한다는 사실은 믿을 수 없이 나를 행복
하게 했다. 늘 다감하고 묵묵하게 나의 곁을 지키는 그의 행동,
헌신적이리만큼 철저하게 나의 모든 것을 아끼고 보호하는 본
능에 가까운 그의 태도에 그에 대한 나의 믿음은 점점 더 절대
적인 것으로 단단하게 굳어져갔다.

그와 헤어져 집으로 돌아온 나는 여관방에서 혼자 지내고 있
을 그를 생각하며 밤새도록 잠을 이룰 수가 없었다. 엎치락뒤
치락하며 간신히 새벽 4시 통금이 해제될 때를 기다렸다가 촬
영준비를 대강 한 뒤 새벽 촬영이 있다는 핑계를 대고는 서둘
러 집에서 나오곤 했다. 물론 나는 곧바로 아직 동이 트지도 않
은 골목길을 빠져나와 사람들의 눈을 피해 그가 묵고 있는 큰
길 건너 여관으로 향했다. 일찍 잠에서 깬 그는 요 위에 그냥

엎드린 채 그날 촬영할 각본의 세부를 마지막으로 점검하고 있었다. 찬 공기가 썰렁한 큰길가의 어슴푸레하게 푸른빛을 띤 새벽 여명과는 달리 천장 한가운데 덩그라니 매달린 전구에서 흘러나오는 온화한 불빛은 크지 않은 방 안을 포근하게 물들이며 달콤한 그의 체취와 함께 온 방을 가득 채우고 있었고 장판이 잘 발린 노란 방바닥에는 다시 씌어진 각본의 원고들이 수두룩이 널려 있었다.

나는 얼른 그 곁으로 내려앉아 바닥에 흩어진 원고를 정리하며 그에게서 배어나오는 온기로 따뜻함을 느끼며 물씬 행복감에 젖어들곤 했다. 평상시에는 말수가 적고 묵묵하기만 한 그는 사랑이 가득한 깊은 미소로 나를 반길 뿐 하던 일을 계속하며 자리를 지켰다. 그는 감정을 이성으로 완전하게 절제하면서도 동시에 부드럽고 온화한 눈빛으로 나를 지켜보며 내게 원하는 것 없이 오직 포용만 할 것 같은 신비한 힘을 지닌 사람이었다. 그리고 그런 그의 테두리 안에서 나는 행복감을 만끽하며 나 자신일 수 있는 자유를 얻게 되었다. 그는 누구보다도 내게 그 자유를 보장했고 철저하게 나를 보호했으며, 그렇지 않아도 겁이 많던 나는 그런 그 앞에서만은 나 자신이기를 두려워하지 않는 한 마리의 작은 새가 되는 기분이었다. 그는 나의 영혼이 두꺼운 껍질 속에서 나와 순수한 알몸으로 부드러운 흙가루를 몸에 바르며 뒹굴 수 있도록 밝고 따뜻한 햇볕을 제공하였고,

나의 순수함은 그 온화한 햇볕을 한몸에 받으며 그 순간 이 땅 위에 살아 있다는 기쁨 그 자체를 자유롭게 노래하고 춤출 수 있게 된 것이었다. 순수함이란 그 본질 자체가 아름다운 것이다. 불안과 미움으로 가득 찬 사람들은 그 순수함을 두려워하고 해치려 하거나 점령해버리려 한다. 그는 순수함의 귀함과 아름다움에 대한 값어치를 누구보다도 잘 알고 있었으며, 어떤 댓가를 치르든 그것을 최대한 보호하려고 끝까지 노력했다. 그곳이 여관방이든 촬영장이든 어느 곳을 막론하고 나의 순수함과 자유는 그에 의해 항상 완전하게 보장되었다.

그때까지만 해도 나의 TV 스케줄은 만만한 것이 아니었다. 이틀간의 연습과 긴 시간을 요구하는 녹화, 그리고 화보촬영이나 다른 일들까지 합치면 나의 시간 중 3분의 2 이상이 영화촬영이 아닌 일들로 꽉 짜여 있었다. 그 때문에 그와 함께 영화를 만들며 보내는 시간들은 TV 녹화로 자주 중단되어야 했는데, 한편으로는 변경할 수 없는 나의 일정에도 불구하고 그는 나에게 더 많은 시간을 요구했다. 물론 나도 그렇게 하고 싶었다. 그러나 녹화일정은 무슨 일이 있어도 내 마음대로 바꿀 수 없는 것이 현실이었다. 게다가 나는 영화촬영이 없는 날에도 잠자는 시간까지 줄여가며 그와 함께 지내기 위해 갖은 노력을 다하고 있는 실정이었다. 구름 위를 날듯 한없이 즐겁기만 하고 끝없이 행복하기만 하던 시간들이었던 것은 틀림없으나 한편으로 나는 주어진 스케줄이 힘에 겨워 신체적으로 피곤해져 있었고, 거리를 걸을 때면 그에게 다리가 아프다고 간혹 응석을 부리기도 했다. 그러면 그는 지체없이 나를 번쩍 들어올려 자신의 목에 태우고는 거침없이 거리를 걸어가곤 했다. 남들이 보는 앞에서 그렇게 남의 어깨 위에 올라앉아 목마를 타본 경험이 한번도 없던 나는 잠시 당황스럽고 부끄럽기도 했지만 한편으로는 그렇게 재미있고 신날 수가 없었다. 키가 큰 그의 널찍한 어깨 위에서 내려다보이는 거리 풍경은 훨씬 더 밝고 아름다웠으며, 그의 긴 다리가 나의 종종걸음보다 훨씬 더 빨리 앞을 향해 성큼성큼 내딛을 때마다 나의 긴 머리카락은 맞바람에 밀려 뒤로 날듯 흔들리고 나의 존재는 내려다보이는 모든 사람들에 비해 훨씬 거대하게 느껴졌다. 까르르거리며 그의 어깨 위에서 바람을 타는 나를 목에 태운 그는 영화인들이 득실거리는 충무로 거리 한복판을 거리낌없이 질주하기도 했다. 당대 최고의 영화감독인 그가 자신의 영화에 새로 발탁된 신인 여배우를 목에 태운 채 환한 대낮에 충무로 한복판을 활보한다는 것은 누가 보아도 감히 이해하기 어려운 상황일 수 있었다. 그러나 그는 누구의 눈도 괘념치 않는 듯 보였고 오히려 그것은 공식적으로 자신의 입장을 설명하는 의식일 수도 있었다. 어찌되었건 나는 그때까지 아무런 이유와 조건 없이 그토록 나를 진심으로 좋아하며 소중하게 아껴주는 사람은 단 한번도 만나본 적이 없었다. 더욱이 그렇게 서슴없이 가슴의 문을 활짝 열고 마음껏 자신의 감정을 표현할 줄 아는 사람은 생전 처음이었다. 어느날 그는 어린아이 같은 눈망울로 나의 눈을 들여다보며 말했다.

"너는 지금껏 어디에 가 있다가 이제야 내 앞에 나타났니? 네가 나타나기를 얼마나 기다리고 있었는 줄 아니?"

자신의 영혼 앞에 마침내 내가 나타났다는 것을 그는 믿을 수 없이 신기해했다. 그리고 그 뒤에도 그와 비슷한 말을 여러 번 물었다. 나는 지금도 가끔 그가 묻던 그 질문들을 기억해내어 그 뜻을 되새겨본다.

왜 그런 생각이 들었던 것일까?

그것이 바로 업이라는 것인가?

그리고 인연이라는 것이 그런 것인가?

영화 「태양 닮은 소녀」의 촬영이 점점 막바지에 이르자 영화사에서는 홍보에 신경을 쓰기 시작했다. 나의 이름이 문제가 되었다. 그가 먼저 나의 이름에 대해 자신이 생각해둔 게 있다고 제안을 했다. 그렇지 않아도 그간 쓰고 있던 본명이 영화계에서는 어울리지 않는 듯해 여러가지로 혼자 궁리를 하던 중이었다. 그는 자신이 나의 예명을 지어주고 싶은데 괜찮겠느냐고 물었다. 내 표정을 조심스레 살피며 묻는 그의 목소리가 의외로 침착하고 진지했다. 그때까지 나는 누구한테서도 그런 제안을 받아본 적이 없어서 약간 망설여지긴 했지만 한편으로는 호기심이 생겼다. 그는 자기가 같이 일했던 여배우들에게 '문'자가 들어간 이름을 지어주었는데, 그 '문'자에다 나의 본명인 '숙'자를 합쳐서 '문숙'이라고 부르면 어떻겠느냐고, 긴 설명 없이 간단하게 물었다. 나는 깊이 생각해보지도 않고 괜찮은 것 같다고, 그 자리에서 승낙을 했다. 그는 그날로 자신이 직접 영화사에 통보를 했고 나는 '문숙'이라는 새 이름으로 영화계에 등장하게 되었다. 그러나 나는 훗날까지 나 말고도 '문'자 성을 가진 다른 선배 여배우들이 있었다는 것을 생각조차 하지 못했으며, 그것이 그와 어떤 상관이 있는지도 알지 못했다. 그 사실이 당시의 내가 꼭 알아야 하는 일이었다면 당연히 그가 먼저 내게 설명을 해주었을 것이라고 믿었다. 그러나 아무런 설명도 없이 그는 자신의 과거와 깊은 연관이 있는 특별한 이름을 내게 주었고, 그것을 나는 아무런 질문 없이 그 자리에서 허락했다. 그때 상황에서는 굳이 긴 설명이 필요하다고 생각지 않았다. 나는 상상할 수 없을 만큼 그의 애정을 한몸에 받고 있었고, 거기서 오는 만족감은 거의 완전에 가까웠으며, 내가 바라는 것 이상이었다. 그리고 내가 그에게 그런 질문을 할 만한 정신적인 여유가 있었던 것도 아니었다. 다만 나는 그날그날 짜여진 촘촘한 일정에 맞추어 다음 장소로 가기에 바빴고, 그의 관심을 순간순간 만끽하는 것만으로 차고 넘쳤다.

나의 새 이름에 대해 깊이 생각해볼 여유도 없이 우리는 더위가 기승을 부리는 한여름 막바지 촬영을 계속했다. 「태양 닮은 소녀」는 철저한 여름영화였다. 1970년대 서울의 한여름이 그대로 영화 속에 듬뿍 들어가 있다.

어둡고 우울한 과거로 그늘진 동수(신성일 분)가 법으로부터 쫓기는 숨막히는 현실은 무르익은 여름의 초저녁처럼 후텁지근하게 화면에 배어 끈적거린다. 그런가 하면 나이 어린 재수생 인영은 싱그러운 초여름 아침의 밝은 햇살처럼 환하고 상쾌하다. 그러나 인영에게도 어둡고 우울한 과거가 없는 것은 아니다. 인영은 대학 입시에 실패한 가슴의 멍을 안고 우울증을 경험하고 있는 나이 어린 사회적 실패자이다. 입시에 실패하고 처음 맞는 여름, 인영은 희망을 안고 친구들이 기다리고 있는 바다로 향하지만 고속버스 터미널에서 소매치기를 당하는 바람에 그 희망마저 좌절되고 도시에 갇히고 만다. 그런 인영과 동수가 운명적으로 만나게 되어 순수한 사랑에 빠진다. 영화는 암울한 인간적인 상황과 그 안에서의 순수한 사랑의 가능성을 제시하고 있다.

여름은 지구상에 있는 모든 생물에게 희망과 삶을 약속하는 계절이다. 여름 바다는 미지의 무한한 가능성을 상징하고 뜨거운 태양은 모든 상처를 아물게 하며 무성한 초록의 잎들을 수 없이 만들어낸다. 자연 속의 여름은 모든 것을 꽃피우고 만물은 그 빛을 반사하며 신에 대한 찬양으로 장엄한 씸포니를 연주한다. 그러나 여름 속의 도시는 황량하고 삭막하다. 아스팔트 위로 녹아내리는 강렬한 태양은 뜨겁게 끈적거리며 숨막히는 열기를 토해내고 씨멘트로 뒤덮인 도시의 얼굴은 소음과 공해 속에서 허덕거리며 후끈거린다. 이 감독은 뜨겁고 침울한 한여름의 도시와 그 도시 안에 갇힌 절망적인 인물들을 자기 의식의 표면으로 끌어내어 한 편의 아름다운 영상의 시로 승화시키는 데 천재적인 재능을 가지고 있었다. 또한 그는 자신의 화면 속에 들어 있는 배우를 존중했다. 그리고 그 배우만이 가지고 있는 개성과 몸 전체에서 배어나오는 드라마 그 자체를 사랑했다. 배우에게 좋은 연기를 요구하는 대신 그는 배우 자신 속에 이미 깊숙이 들어 있는 캐릭터를 조심스레 조각해내는 조각가였다. 모든 배우들은 그 앞에서 빛이 났으며 그를 믿고 편안해했다.

영화 「태양 닮은 소녀」의 촬영이 거의 마무리되어갈 무렵 우리는 서로에게 없어서는 안될 가장 중요하고 가까운 사이가 되어 있었다. 함께 일할 때는 물론 일을 하지 않을 때에도 우리는 시간만 있으면 그림자같이 서로의 곁에 있었다. 일이 끝나고 난 저녁 이후의 시간은 더욱이나 그랬다. 그 사람도 나도 누구

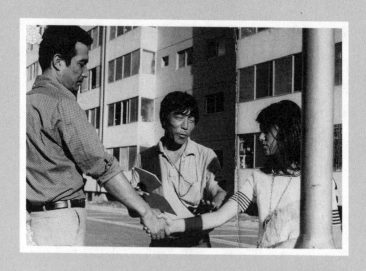

연기지도를 하는 이만희 감독

하나 먼저 집으로 돌아가고 싶어하지 않았고 우리는 밤늦게까지 조용하고 외진 곳에 있는 아늑한 주막들을 찾아 이곳저곳 자리를 옮기며 같이 시간을 보냈다. 갖가지 인생에 대한 이야기나 예술에 대한 그의 견해는 어느 누구와 나눈 어떤 대화들보다도 훨씬 더 나의 마음을 사로잡았다. 대개 그는 창작의 본질에 관한 이야기나 영화예술의 근본들을 화제로 삼았다. 인간만이 가질 수 있는 느낌(raw emotion)과 기본적인 삶의 경험(basic experience of human condition)에서 나오는 아름다울 수밖에 없는 드라마들에 대한 이야기를 그는 거침없이 자유롭게 내게 풀어놓았다. 심각하지도 거창하지도 않은 가볍고 장난기있는 그의 말투와 외로움이 가득 찬 가느다란 눈망울은 나를 매료시켰으며, 유난히 눈이 크고 백치 같은 어린 나에게 그는 아무에게나 마음 내키는 대로 털어놓지 못할 깊은 심중의 예술에 대한 견해들을 매일같이 쉬지 않고 쏟아붓듯 나누었다. 그는 나라는 존재 앞에서 모든 인간적인 문제를 넘어 심판받지 않고 자유스럽게 자신의 철학을 토론할 수 있게 되었으며, 물론 나는 주로 듣고 있는 편이긴 했지만 어디서나 들을 수 있는 가벼운 잡담이나 자질구레한 뒷공론이 아닌 성숙한 한 영혼이 토해내는 깊숙한 대화의 한부분이 되어 있었다.

그날도 우리는 충무로 주변 작은 골목의 단골주점에서 이야기하며 늦도록 같이 시간을 보냈다. 거의 문을 닫을 시간이 되어 우리는 그곳에서 나와 밤공기를 마시며 한적한 골목을 천천히 걷기 시작했다. 발걸음을 재촉하며 종종걸음으로 지나가는 사람들만 가끔 눈에 뜨일 뿐 가로등만 서 있는 텅 빈 거리로 빠져나온 우리는 신성상가 아래쪽 골목으로 접어들었다. 시간이 꽤나 늦었지만 조금이라도 더 같이 있기 위해서 우리는 주변을 서성거리며 몇마디의 말이라도 더 주고받으려고 애썼다. 컴컴한 상가 주차장 옆으로 나와 씨멘트 기둥을 돌며 시간을 끌고 있던 나에게 갑자기 그는 어린 소년 같은 밝은 표정을 지으며 물었다.

"우리 집에 갈래?"

흠칫 놀라는 나의 얼굴을 조심스레 살피면서 그는 답을 기다리고 서 있었다. 나는 호기심에 찬 눈을 동그랗게 굴리며 입을 꼭 다문 채 이내 앞뒤로 머리를 끄덕였다.

통금시간이 거의 다 되어 우리는 자양동에 있는 그의 집에 도착했다. 대문을 열고 안으로 들어서자 아담하고 평평한 흙마당이 나왔다. 어두컴컴해서 잘 보이진 않았지만 정면에 재래식 부엌인 듯한 곳이 있었고, 왼쪽으로 조그만 대청마루가 올려다보였다. 온 집 안에 불빛이 없고 조용해서 안에 누가 있는지 알수가 없었다. 나는 조심스럽게 숨을 죽이고 그를 따라 마루로 올라섰다. 오른편으로는 부엌과 붙어 있는 안방 문이 보였고 마루를 가운데 두고 비스듬히 왼편으로 마주해 건넌방인 듯한 또 하나의 방이 있었다.

방마다 불이 켜져 있지 않아 컴컴한데다 쥐죽은듯이 조용했다. 나는 그의 사생활에 대해서는 아는 게 아무것도 없었기 때문에 그때 그곳에서 무엇을 기대해야 할지 생각할 수가 없었다. 단지 나는 그 사람만을 믿고 아무것도 모르는 채 그곳에 서 있었고 이 세상에서 조건 없이 내가 믿을 수 있는 단 한사람이 있다면 바로 그였다. 그리고 그는 절대로 나를 두렵게 하지 않을 것이고 무슨 일이 있어도 나를 보호해주고 내 편이 되어줄 것이라는 확신을 가지고 있었다. 그는 마루 안쪽에 붙은 작은 욕실로 나를 안내하고 자신은 건넌방으로 보이는 방 안으로 들어갔다. 대강 손과 얼굴을 씻은 나는 욕실에서 나와 희미하게 불이 켜진 건넌방을 들여다보았다. 열린 방문 사이로 그가 보였고 이내 그는 나에게로 다가와 문을 열고 나를 방으로 들였다. 나는 조심스레 문턱을 넘어 약간 깊숙하게 내려앉은 듯한 방안으로 발을 들여놓았다. 방바닥에는 이미 이부자리가 깔려 있었다. 그리고 세 명의 아이들이 방문 쪽으로 머리를 둔 채 자고 있다가 인기척에 선잠을 깬 듯 뒤척이는 중이었다. 나는 방문 앞에 멈추어선 채 방 안의 동정을 살폈다. 남의 집에 자정이 다 되어서 들이닥친 것도 미안한 일인데 알 수 없는 아이들이 셋씩이나 온통 방안을 메우고 있으니 어디에다 몸을 두어야 할지 정말 난감하기만 했다. 게다가 모두들 나 때문에 잠을 깨서 뒤척이는 것 같아 더욱 미안한 생각이 들었다. 그중 창문 아랫목 쪽에서 자고 있던 나이가 제일 어려 보이는 여자아이는 벌써 자리에서 일어나 보시시 웃으며 잠도 덜 깬 얼굴로 그를 반기고 있었다. 열살이 조금 넘어 보이는 그 아이가 언뜻 보아도 세 아이 중에서 막내라는 것을 한눈에 알 수 있었다. 아직 잠이 깨지 않아 떨어지지 않는 눈을 부비며 그 아이는 그를 무척이나 기다리고 있었던 듯 그의 귀가를 유난히 반가워했다. 그 사람도 어린아이같이 천진하고 환한 미소를 지으며 자신에게 얼굴을 부비는 그 아이를 만지고 쓰다듬으며 넘치는 정과 사랑을 표현하고 있었다.

그 순간까지 아이들에 대해서는 한마디도 언급한 적이 없는 그였지만 하는 행동으로 보아 그의 아이들이 틀림없는 것 같았다. 나는 할말을 잃은 채 방문 앞에 멍하니 서서 두 사람 간의 믿을 수 없는 사랑의 표현을 목격하고 있었다. 그런 식의 육감적인 사랑의 표현을 한번도 받아보지 않고 자란 나에게 그 광경은 어느 멋진 외국영화에나 나오는 장면들을 연상시켰다. 아이에 대한 그의 다정함과 부드러운 행동은 실로 내게는 감동적인 것이었다. 윗목에서 자고 있던 두 아이들이 부산스런 분위기에 몸을 뒤틀며 부스스 눈을 뜨고 의아하게 나를 바라보았다. 엉거주춤 아직도 방문 앞에 선 채 방 안 분위기만을 살피고 있던 나는 아이들의 의아한 시선에 멋쩍음을 감추지 못하고 얼른 그의 곁으로 가서 바닥에 내려앉았다. 그가 나에게 아이들을 소개했다.

"저기가 혜빈이, 그리고 승규."

비몽사몽간 얼굴을 이쪽으로 돌리고 빠끔히 나를 보고 있던 두 아이는 겨우 인사말만 하고는 이내 돌아누워 다시 잠에 빠져들었다.

"그리고 이놈이 혜영이."

그에게 머리를 대고 반쯤 기대어 누워 있던 혜영이가 몸을 일으키며 예쁘고 보시시한 미소로 나를 반겼다. 약간 수줍은 듯한 눈빛이 사랑으로 가득 차 있는, 정이 많아 보이는 귀여운 아이였다. 아빠의 다감한 손길을 많이 받은 듯 느껴지는 그 아이에게서 그의 분위기가 물씬 풍겼다. 특히 나를 보며 다정하게 웃는 모습은 그의 모습을 많이 닮아 있었다. 나는 처음 보는 순간부터 그 아이가 아주 마음에 들었다.

그는 혜영이의 잠자리를 다른 두 아이들이 자고 있는 쪽으로 옮겨준 후 그 자리에다가 나의 잠자리를 보아주었다. 아무런 불평 없이 고분고분하게 혜영이는 자기 자리를 나에게 내어주고 옆자리로 옮겨누웠다. 그리고 미소를 잃지 않은 졸린 눈망울로 호기심있게 나를 보더니 스르르 눈을 감으며 이내 잠으로 빠져들었다.

모든 것이 생각했던 것보다 자연스러웠다. 친한 친구나 친척 집에 놀러 갔다가 그집 식구들과 함께 밤을 지내고 온 적이 몇 번 있었다. 그때의 상황과 별로 다를 바가 없었다. 나는 입고 있던 겉옷만 벗어 방바닥에 놓은 뒤 그의 옆에 따로 마련된 잠자리로 들어가 누웠다. 나른하고 포근했다. 그동안 그와 많은 시간을 같이 보냈지만 그렇게 가까이 그의 옆에서 잠자리에 들어보기는 그날이 처음이었다. 베개도 없이 식구들 사이에 끼여 누워서 잠에 빠져드는 나에게 그는 자기의 팔을 내어 팔베개를 해주었다. 그의 온기가 따뜻하게 느껴졌다. 모든 것이 편안하고 아늑했다. 그날 밤 나는 그렇게 그의 팔베개를 베고 아이들과 그 사이에서 아니, 정확히 말해서 그와 혜영이 사이에서 변죽 좋게 잠이 들었다. 나는 그렇게 자양동 집에서의 첫날밤을 지냈다.

다음날 나는 온화하면서도 한편 썰렁한 그런 남의 집에서 아침을 맞았다. 젖혀진 커튼 사이로 아침볕이 겨우 희미하게 들어오는 방에서 자리를 걷고 일어나기는 했지만 나는 다음 해야할 일을 몰라 눈치를 살피며 멋쩍어하고 있었다. 그가 아이들에게 나를 소개했다. "숙이 언니다."

맏이인 혜빈이는 무표정하게 그러나 관심있는 눈길로 나를 보며 대강 인사를 한 뒤 부엌 쪽으로 나가는 듯했다. 그리고 중학생인 승규는 의아하고 못마땅한 얼굴로 조용히 나를 훑어보았다. 나는 어떻게 나를 소개하고 무슨 말을 해야 할지 몰라 불안했다. 그는 얼른 막내 혜영이에게 어색해하는 나를 부탁했다. "언니를 좀 도와줄 수 있지?"

혜영이는 처음 순간부터 나를 좋아하는 것 같았다. 아니면, 적어도 아빠가 좋아하는 사람이면 아빠를 위해 아빠만큼 좋아하고 싶어하는 듯했다. 그런 혜영이가 내게는 천사와도 같이 느껴졌다. 그 아이는 활짝 웃는 모습으로 그리고 그와 똑같은 다정다감한 말과 행동으로 나에게 가까이 접근했다. 호기심 어린 눈으로 나를 살피기도 하고 조심스레 그와 나 사이에 끼여 앉기도 했다. 그 아이의 존재로 인해 나의 긴장감은 훨씬 해소되었고 불안감도 가라앉았다. 그때 초등학교 6학년이던 혜영이는 나에게 간단하게 집구경까지 시켜준 뒤 마루 끝에 있는 안방 앞에 서서 할머니를 뵈러 들어가자고 제안했다. 할머니라는 말에 나는 은근히 겁이 났다. 나는 어렸을 때부터도 몇번밖에 뵙지 못한 우리 할머니를 늘 무서워했었다. 그래서 내 기억속에 할머니들은 모두 근엄하고 무서운 존재라는 이미지로만 남아 있었다. 어쩔 줄 몰라 머뭇거리며 나는 건넌방에 있는 그와 혜영이를 번갈아 바라보았다. 그는 나에게 그렇게 하라고 격려를 해주었다. 나는 조심스레 혜영이를 따라 컴컴한 안방으로 들어갔다. 할머니는 주무시는 듯 벽을 향해 자리에 누워 계셨다. 나이가 무척 많으신 듯했는데 몸이 많이 불편하시다고 혜영이가 귀띔을 해주었다. 우리는 할머니 곁으로 다가앉았다. 혜영이가 여러번 말을 건네려 했지만 좀처럼 그분은 기척을 보이지 않으셨다. 기력이 없어 일어나시지 않는 것인지 아니면 몸이 심하게 불편하셔서 일어나지 못하시는 것인지…… 그 이후에도 나는 할머니가 밖으로 나오시는 것을 한번도 본 적이 없으며 햇볕도 들지 않는 깜깜한 방에서 기척 없이 벽을 향해 누워 계시는 할머니를 가끔 그가 들어가 뵙는 것만 본 적이 있다. 혜영이와 나는 잠시 그곳에 앉아 아무런 반응 없이 누워만 계시는 할머니를 지켜보다가 무거운 마음으로 안방에서 나왔다. 그리고, 나는 그렇게 거침없이, 하루아침에 그의 사생활로 뛰어들었다.

숨쉬듯 서로를 이해하고 존중하며

기승을 부리던 한여름 더위가 고개를 숙일 때쯤 「태양 닮은 소녀」의 촬영이 끝났다. 그는 나에게 직접 내 목소리로 더빙을 하지 않겠느냐고 제안을 했다. 그당시 영화는 동시녹음이 불가능했다. 직접 녹음을 해야만 상을 받을 수 있는 자격이 주어진다고 했다. 동시녹음을 하는 TV 드라마만 하던 나에게는 생소한 일이었지만 꼭 해보고 싶은 일이기도 했다. 더빙은 남산에 있는 녹음실에서 거의 매일 밤 진행되었다. 낮에는 녹화, 연습, 그리고 사진촬영 등 꽉 짜인 스케줄에 맞추어 움직이고, 오후 늦게 녹음실로 올라가 밤을 새거나 아니면 통금시간 전까지 녹음을 했다.

녹음실에서는 대개 영화녹음을 하는 성우들과 함께 일했다. 그곳에는 앞에 커다란 화면이 있고 뒤로는 유리벽으로 막힌 조정실이 위로 높이 자리잡고 있어서 그 안에서 녹음실과 화면을 한꺼번에 내려다볼 수 있도록 되어 있었다. 앞에 있는 커다란 화면에 미리 촬영된 영화의 필름이 무성으로 돌아가면 나는 그 필름을 보며 화면에서 움직이는 내 얼굴과 입에 맞추어 각본에 있는 대사를 읽어야 했다. 연기하는 것에 비하면 간단한 일일 것 같은 생각이 들었다. 대사를 외워야 하는 것도 아니고 연기의 동선을 기억해야 할 필요도 없으니 말이다. 나는 가벼운 마음으로 연습을 시작했다. 그런데 예상외로 화면에서 움직이는 입과 내가 읽는 대사가 잘 맞지를 않았다. 각본을 보고 대사를 읽으면서 동시에 화면을 보며 움직이는 입에다가 그 대사를 정확하게 맞추려니 정신을 차릴 수가 없었다. 대사와 화면의 입이 조금만 맞지 않아도 이내 화면이 튀고 조정실에서는 NG를 연발했다. 생각보다 훨씬 어렵고 까다로운 일이었다. 대사를 완전히 외워서 동시녹음을 할 때에는 아무런 문제가 없었는데 가볍게 생각했던 더빙에서 높은 벽을 만난 것이었다. 감정은커

녕 화면에 나오는 나의 움직이는 입술에 가지런히 대사를 맞추는 것조차도 불가능했다. 조정실에서 모든 것을 감독하며 지켜보던 그는 참을성있고 친절했다. 그리고 내가 충분히 연습할 수 있도록 여러 차례 화면을 반복해서 돌리며 여유있게 시간을 허락했다. 그러나 아무리 연습을 해도 나아질 기미는 고사하고 완전 엉망이었다. 나는 그런 나 자신을 믿을 수가 없었다. 여고 시절 국어시간에 대사를 특별히 잘 읽는다는 선생님의 칭찬과 배려로 성우가 되려고까지 결심했던 나 자신이 부끄러워졌다. 시 낭독이나 희곡 낭독이 있을 때에는 으레 나를 지명해 낭독을 시켰던 국어선생님이 원망스럽기까지 했다.

녹음실 안에서 시간이 지날수록 나는 온몸에 진땀이 나며 혀까지 꼬여 점점 난감한 상황이 되었다. 그는 예정보다 빨리 쉬는 시간을 요청했다. 나는 아무에게도 고개를 들 면목이 없었다. 조정실로 올라갈 용기는 더욱이나 나지 않았다. 그저 어디론가 깊숙이 숨어버리고 싶었다. 도망치듯 녹음실을 빠져나와 계단을 통해 위층으로 올라갔다. 마지막 계단을 돌아 올라가자 인적이 없는 구석에 작은 창문이 하나 나 있었다. 나는 그 구석에 몸을 붙이고 창밖을 내다보았다. 옆으로 빠끔히 남산이 내다보였다. 나에 대한 실망과 안타까움으로 괜스레 눈물이 쏟아졌다. 나 자신이 천하에 능력없는 바보로만 느껴졌다. 그리고 여러 사람 앞에서 그에게 실망을 주었다는 생각에 말할 수 없이 부끄럽고 속이 상했다. 얼마나 지났을까, 갑자기 시끌시끌 재잘재잘하는 말소리가 멀리서 들렸다. 소리가 나는 쪽을 바라보자 내가 내다보고 있던 녹음실 뒤쪽으로 아담한 빌딩이 보였고 그 가운데로 크지 않은 운동장 같은 곳이 내려다보였다. 대학생으로 보이는 아이들이 삼삼오오 짝을 지어 나오며 재잘거리고 있었다. 나는 눈물을 닦고 자세히 내려다보았다. 막 수업이 끝난 모양이었다. 모두들 행복한 얼굴로 참새들처럼 웃고 재잘거리며 방과후 교문을 나서고 있는 것 같았다. 모두 내 또래였다. 그제야 나는 유치진(柳致眞) 선생님이 건립하신 드라마쎈터가 그곳에 있다는 것을 기억해냈다. 내려다보이는 그 아이들은 드라마쎈터의 학생들이었다. 나는 연기를 공부하러 학교에 다니는 그 아이들이 한없이 부러웠다. 그곳에서는 더빙하는 것도 가르쳐줄까? 하는 호기심도 생겼다. 해가 막 떨어지는 교문을 나서며 즐거운 모습으로 친구들과 함께 어디론가 향하는 그 아이들의 모습을 내려다보고 있으려니 또 눈물이 마구 쏟아졌다. 나는 유치장에 갇힌 죄수처럼 창문을 통해 밝고 희망에 차 보이는 그 아이들을 부러워하며 녹음실 일도 다 잊어버린 채 어두워지는 계단 구석에 붙어 돌기둥처럼 서 있었다.

어느덧 재잘거리는 아이들도 다 떠나고 주위에는 어둠이 내리고 있었다. 뒤에서 누군가 올라오는 인기척이 느껴졌다. 얼른 눈물을 닦고 돌아보았다. 이 감독이었다. 내가 돌아오지 않자 찾아 나선 것이었다.

"저녁식사 도착했는데 밥 먹어야지."

그는 장난기 어린 표정으로 나를 바라보며 환하게 웃고 있었다. 나 때문에 일이 지연되고 있었구나 하는 생각에 나는 더욱더 기가 죽어 "네" 하고 겨우 대답을 했다. 나 자신이 콩알만하게 느껴졌다. 그는 내 앞으로 가까이 와서 양팔을 벌리고 자기 가슴 안으로 나를 넣었다. 그리고 말없이 그곳에 그렇게 서서 한참동안 나를 곱게 품어주었다. 온 세상이 다시 포근하고 달콤하게 느껴지는 순간이었다.

녹음이 마무리되어가면서 우리 두 사람 모두 조금씩 시간의 여유가 생기기 시작했다. 나는 자양동 그의 집에서 지내는 시간이 점점 많아졌다. 특별한 일이 있을 때를 제외하고는 자양동 집에서 만나 우리의 대화를 계속했다. 그러나 아직도 가장 가까운 친구 사이일 뿐이었다. 같이 먹고 마시며 대화하다가 옆에서 쓰러져 같이 잠들 수 있는 아주 편안한 친구이자 연인이었다. 적어도 그때의 나에게는 그랬다. 그러나 내가 알기로는 그 사람도 역시 나와의 그런 특별한 관계를 소중하게 여겼고 보존하려고 애썼으며 상황에 어울리지 않는 주제넘은 말이나 무례한 행동 따위는 한 적이 없었다. 그런 것은 그의 인격에 걸맞지 않았다. 그는 늘 진실했으며 언제나 어린아이 같은 순수함을 간직하고 있었다. 또 그는 내가 불편해하지 않도록 최선을 다해 가장 가까운 친구로서의 예의를 지켰다. 그리고 나이 어린 나의 자유를 보장하고 보호했다.

자양동 집에서 지내는 시간이 많아지자 나는 항상 쓰는 몇가지 물건들을 그리로 가져갔다. 그중의 하나가 낡은 기타였다. 기타를 잘 칠 줄은 모르지만 나는 가끔 혼자 있을 때 간단한 코드를 잡고 쉬운 노래들을 흥얼거리곤 했다. 그 노래들 가운데 「나의 사랑 클레멘타인」의 곡조에 누군가 다시 가사를 붙인 노래가 있었다. 그 노래는 당시 데모가 심하던 대학가 주변과 학생들 사이에서 은밀히 많이 불리던 노래였다.

엄마, 엄마
나 죽거든……
앞산에 묻지 말고
뒷산에도 묻지 말고
양지 바른 곳으로
비가 오면 덮어주고
눈이 오면 쓸어주오
정든 님이 오시거든
사랑했다 전해주오

기타를 들고(「심각의 함정」 중에서)

누구에 의해서 처음 불리기 시작했는지는 알 수 없지만 나는 연극영화과에 다니고 있던 친구로부터 그 노래를 배웠다. 그 노래는 기타 반주가 아주 쉬워서 내가 무난하게 칠 수 있는 몇 몇 곡 중의 하나였다. 그날도 나는 어둠침침한 건넌방 한쪽에서 별뜻없이 혼자 이 노래를 부르고 있었다. 다른 일을 보고 있던 그 사람이 갑자기 의아해하며 내 옆으로 와서 앉았다. 자신의 귀를 의심하기라도 하는 듯. 그는 내게 다시 한번 그 노래를 처음부터 불러보라고 부탁했다. 노래가 끝나자 그는 무척 놀라고 감탄하며 나에게 그런 노래를 어디서 배웠느냐고 물었다.

"그냥…… 요즘 대학생들 사이에서 유행하는 노래예요. 모두들 다 알고 있는데…… 한번도 못 들어봤어요?"

그의 예민한 반응이 나를 어색하게 했다.

"아니, 전혀…… 요즘 아이들이 그런 멋진 노래를?"

그는 내 옆으로 바짝 다가앉으며 다시 한번 그 노래를 신청했다. 그날 이후 그는 하루에도 몇번씩 그 노래를 나에게 부탁했다. 어떨 때는 등뒤에서 나를 얼싸안고 그 노래를 들었으며, 어떨 때는 방 한구석에 쪼그리고 앉아서 조용히 듣고 있었다. 어떨 때는 같이 따라 흥얼거리기도 했고 또 어떨 때는 내 앞에 앉아 노래 부르는 내 얼굴을 뚫어져라 들여다보며 듣기도 했다.

그와 나는 날이 갈수록 점점 더 많은 시간을 함께 보냈다. 우리는 호흡하듯 서로를 이해했고 존중했다. 어느 곳에서나 그가 나를 보는 눈은 다정했고 말투는 정다웠다. 주위 사람들은 그런 그 사람과 나를 호기심 있는 눈으로 살폈으며 한 사람 두 사람씩 점점 우리 사이를 눈치채가고 있는 것 같았다. 물론 누구도 이 감독이나 나에게 그런 표시를 직접 하는 일은 없었지만 영화계 안에서는 서서히 공공연한 소문으로 퍼져나가고 있다는 것을 느낌으로 알 수 있었다. 더욱이나 감출 줄 모르는 나의 성격은 스스로를 관리하는 데 도움이 되지 못했다. 겉으로 보기에는 그도 그런 일에 별로 신경쓰지 않는 듯했으나 예전같이 많은 사람들과 함께하는 술자리나 내킬 때마다 공공연히 내게 목마를 태우던 그런 일들은 피하기 시작했다. 오히려 사람들 앞에서는 나에게 거리감을 두고 냉정한 듯 행동하기도 했다. 약속이 있거나 일이 있을 때도 전같지 않게 그는 될 수 있는 한 혼자서 일을 보러 가곤 했다. 아니면 나를 밖에서 기다리게 한 뒤 혼자서만 들어가 서둘러 일을 보고 나오기도 했다. 자연히 우리는 다른 사람들의 눈을 피해 같이 있을 수 있는 외진 곳들을 찾아다녔으며 그중에서도 침침한 자양동 집의 건넌방은 우리에게 가장 적합한 밀실이었다. 그무렵 그의 세 아이들은 할머니가 계시는 안방으로 옮겨가서 그 방은 자그마하고 아늑한 그와 나만의 공간이 되었다. 그곳에서야말로 우리는 남의 눈을 의식해야 하는 바깥세상과 완전히 차단될 수 있었다. 잘 쌓인

담과 조촐한 대문을 닫고 작은 창문마저 커튼으로 가려진 어슴 푸레한 그 공간으로 들어서는 순간 우리는 사회에서 흔적없이 사라져버릴 수 있었다. 우리만의 공간에서 그가 내 곁에 있다 는 것과 그의 앞에 내가 있다는 것에 우리는 말할 수 없는 편안 함을 느꼈다. 무엇인가로부터 쫓기는 은밀한 도망자들처럼 우 리는 그곳에서 안심하고 자유스럽게 우리만일 수 있었고, 안전 하게 우리 두 사람만의 숨소리를 듣고 서로를 느낄 수 있었다. 전혀 불륜 관계가 아님에도 불구하고 세상이나 관객이 우리의 나이 차이를 어떻게 받아들일지 그것도 애매한 일이었다. 바깥 의 편견은 물론 생각할 여지 없이 내게는 문제도 되지 않는 일 이었고 그 역시 마찬가지였다는 것을 의심할 수 없었지만, 그 래도 우리는 일단 조용하게 우리의 관계를 유지하기로 했다. 그것이 서로를 위하고 도움이 되는 일이었고, 또 주위 사람들 이 힘들어하지 않도록 우리가 할 수 있는 최선의 방법이었다. 모든 것에 경험이 없는 나를 그는 조심스럽게 보호하고 관리해 주었다. 많은 사람들이 있는 공식적인 곳에 우리 두 사람 다 가 야 할 경우에는 신경을 써서 일부러 거리를 두고 관심이 없는 듯 행동했다. 그러다가 가끔 멀리서 눈이 마주치기라도 하면 그 는 장난기있는 얼굴로 나에게 달콤한 눈맞춤을 하곤 했다.

그무렵 그는 영화에 음악을 삽입하는 작업을 하고 있었다.

작곡이 끝난 영화음악을 직접 들어보기 위해 작곡가와 스튜디
오에서 만나기로 약속한 날, 그는 혼자서만 작곡가를 만나고
오겠다고 했다. 그렇지 않아도 밖에서 만나 같이 다니는 일을
자제하던 중이라 우리는 그의 볼일이 끝난 후 자양동 집에서
만나기로 약속을 했다. 저녁식사를 끝낸 후 나는 자양동 집에
도착했다. 그는 예상보다 훨씬 늦게 통금시간이 다 되어서야
집으로 돌아왔다. 어린아이같이 즐거워하며 흥분한 그는 내가
스튜디오에 같이 가지 못한 것을 몹시 아쉬워했다. 분위기로
보아 음악이 무척 마음에 들었나보다 하고 생각을 했다. 작곡
가가 궁금해졌다. 그러나 내가 작곡가에 대해 먼저 묻기도 전
에 그는 나에게 신중현이라는 음악하는 사람에 대해 알고 있느
냐고 물었다. 물론 신중현 씨의 음악을 모를 리 없었다. 신중현
씨는 당시 '신중현과 엽전들'이라는 밴드를 가지고 있었으며 악
기와 노래 그리고 작곡까지 모든 면에서 창조적이며 새로운 장
르의 음악을 탄생시킨, 우리 세대를 대변하는 음악인이었다.
그는 신중현이라는 작곡가의 예술성과 독창성에 대해 칭찬을
아끼지 않았다. 그는 누구에게든 좀처럼 그런 극찬을 하지 않
는 사람이었다. 그러나 그날만은 달랐다. 신중현이라는 젊은
작곡가와의 만남이 그의 세계를 새로운 창작욕구로 부풀게 하
고 있는 것이 느껴졌다. 가능성과 희망으로 어린아이같이 기뻐
하는 그를 보며 나는 만족감과 행복감을 느꼈다. 그때 그렇게

해서 「태양 닮은 소녀」의 주제곡으로 "한번 보고 두번 보고 자
꾸만 보고 싶네"로 시작하는 「미인」이 탄생했다.

　당분간 우리는 자양동 집 건넌방에서 만나는 것 외에 밖에서
의 접촉은 될 수 있는 한 하지 않았다. 그때 그곳에서 그는 자
기 안에 가지고 있던 많은 이야기들을 나와 나누었다. 물론 충
무로 골목의 주점에서처럼 예술하는 사람들이 득시글거리는 온
화한 분위기나 술과 안주가 있는 것은 아니었다. 단지 그의 앞
에는 아직 아무것에도 때타지 않고 그를 의심없이 믿는 큰 눈
을 가진 내가 있었을 뿐이고, 또 내 앞에는 처절하게 부상을 입
은 듯한 외로운 영혼과 그의 이야기들이 있었을 뿐이다. 그는
나의 큰 눈을 유난히 좋아했다. 어렸을 때는 소눈깔이니 왕눈
깔이니 하는 별명으로 늘 따돌림을 당하곤 했지만 그는 그런
나의 큰 눈 안에 우주의 무한함이 열려 있고 세상의 진실이 그
대로 들어 있다고 이야기했다. 그리고 또 나의 눈망울 안에서
그는 다시 태어나는 것 같은 자유로움을 느낀다고도 말했다.
그는 나와의 평범하지 않은 인연을 몹시 신기하게 여겼으며 그
인연의 신성함이 다치지 않고 잘 보존될 수 있도록 귀하게 감
싸주었다. 섬세하고 미묘하게 얽힌 인연의 줄들 가운데서 이제
야 잡힌 금빛 실오라기와, 그 인연의 실오라기가 우리 앞을 가
로지르기까지 외롭고 적막하게 기다리던 무의식 속의 자아를

이야기하던 그의 말투는 행복했지만 안타까웠고, 기뻤지만 그 뒤에는 언제나 알 수 없는 슬픔이 엉겨 있었다.

  그전까지 나는 그가 만든 영화를 한 편도 본 적이 없었다. 그리고 솔직히 그가 어떤 감독이었는지도 아는 바 없었다. 또한 그 사람도 굳이 그런 것을 내게 설명하려 하지 않았다. 나를 만나기 전까지 그가 어떤 삶을 살았으며 어떤 사람들을 알고 있는지 더구나 아는 것이 없었지만 길고 우울한 몇년간의 외로운 공백기를 마악 벗어난, 금방이라도 부서질 것만 같은 영혼의 소유자라는 사실만이 내가 알고 있는 그의 전부였다. 무엇인가를 가득 담고서 쏟아내지 않으면 터질 것만 같았던 그는 자신의 충무로 영화학교 시절 이야기와 그곳에서 만나 사랑에 빠져 결혼했지만 결국 이혼하게 된 세 아이들의 어머니에 대한 이야기 등 극히 사적인 이야기들로부터 시작해 「만추」에 대한 이야기까지 조금씩 나에게 자신만의 삶의 이야기들을 풀어놓았다. 그중에서도 그는 한국전쟁에 대한 이야기를 여러번 했다. 한국전쟁의 경험과 기억은 그의 초창기 작품활동에 가장 중요한 모티프였다고 했다. 전쟁 당시 내 또래의 나이 어린 군인이었던 그는 죽지 않기 위해서 죽여야만 하는 피할 수 없는 운명적인 인간의 갈등을 경험했다. 영영 회복할 수 없었던 정신적인 충격과 받아들일 수밖에 없었던 인간의 어두운 실존의 세계, 그리고 그 가운데서 꽃처럼 피어나는 눈물겹도록 아름다운 인간의 '사랑'이라는 감정은 모든 경험을 초월하는 '순간'들을 창조한다고 했다. 그리고 인간의 어둠속 깊숙이 뿌리를 둔 그 '사랑의 순간'들은 신과 같이 완전한 것이며 시간이 멈추어버린 '영원'이라는 신비한 세계의 청사진이라고 했다.

그의 이야기들 중 전쟁 당시 자신이 경험했던 어느 위안부의 이야기는 지금도 내 마음을 찡하게 하곤 한다. 그것을 들을 당시에는 나이 어린 나로서는 꽤나 충격적인 이야기였지만 한편으로 그의 인격과 됨됨이를 잘 이해할 수 있는 감성적이며 슬픈 이야기였다.

전쟁이 거의 끝나가던 겨울 어느날 을씨년스럽게도 추웠던 어느 지역에서 그의 이야기는 시작되었다. 판자로 칸을 막아 방을 여러개 만들어놓은 허름한 단층짜리 건물 앞에서 그는 지칠 대로 지친 다른 병사들과 함께 줄을 지어 기다리고 있었다고 했다. 각 방 앞으로는 조그마한 문이 하나씩 나 있었고 문이 나 있는 방들마다 방문 앞에서부터 시작된 병사들의 줄이 끝도 없이 길게 보였다고 그는 설명했다. 전시의 수없이 많은 병사들은 자기 차례가 될 때까지 찬바람이 살을 에는 문밖에서 안거나 선 채로 기다리고 있었다. 칸칸 방마다 안에는 한 사람씩의 위안부가 대기하고 있었고, 차례가 되어 안으로 들어간 병사 한 명마다 몇분에 불과한 시간이 주어졌다고 했다. 가끔씩 방안에서는 위안부의 찢어지듯 욕하는 소리가 한번이라도 더 욕정을 해소하려는 어린 병사들에게 내질러졌으며, 그 병사는 곧 그곳에서 강제로 쫓겨나와야 했고, 기다리고 있던 다음 병사가 또 잽싸게 그 자리를 메웠다고 했다. 오랫동안 차례를 기다린 후 오후 늦게나 되어서야 그도 마침내 방문 앞 첫 자리에 서게 되었다고 했다. 바지를 추스르며 나오는 앞서 들어갔던 병사를 보며 그는 조심스레 문을 열고 안으로 들어갔다. 허술하긴 하지만 바깥 날씨보다는 훨씬 따뜻하고 온기가 있는 자그마한 칸막이 방에 낮은 천장. 유난히 키가 큰 그는 목을 굽히고 방문 앞에 선 채 방 한구석에 보잘것없이 흐트러져 있는 여인을 보았다고 했다. 나이가 꽤나 들어 보이는 그 여인은 낡고 피곤한 모습이었다. 거칠고 무표정한 얼굴로 자신을 쳐다보는 그 여인을 보는 순간 그는 숨이 멎을 듯 가슴이 아려왔으며 온갖 감정들이 뒤범벅되어 온몸이 마비되는 듯한 느낌이 들었다고 했다. 그는 간신히 감정을 가다듬고 방바닥으로 내려앉으며 "저, 잠깐 쉬세요. 제가 여기…… 이렇게 그냥 있어드릴게요" 라고 했다. 그 여인은 사뭇 놀란 표정으로 거의 아무것도 걸치지 않은 아랫도리를 추스르며 "고맙수" 하고는 담배를 피워 물었다고 했다. 그곳에 앉아 시간을 때워주며 그는 말할 수 없이 아프고 슬픈 감정을 경험했으며, 좋아라 하는 다음 병사에게 자리를 양보하고 허무하게 그 방을 나와 아무 일도 없는 듯 대지를 덮으며 평온하게 떨어지는 석양빛을 받으며 아직도 방문 앞마다 길게 늘어선 병사들 사이를 힘없이 걸어서 빠져나왔다고 했다.

그는 본질적으로 여자를 존중하고 사랑할 줄 아는 사람이었다. 그리고 주어진 인생을 있는 그대로 사랑하는 사람이었다. 어떤 상황에서나 어떤 여성에게도 그는 항상 부드럽고 다감했으며 주어진 어떤 삶이든 한 가지도 빼놓지 않고 모든 것을 있는 그대로 사랑했다. 여성의 귀함과 아름다움을 진실로 이해하고 아끼며 깊이 사랑할 줄 아는 사람은 그리 흔치 않다. 더욱이나 처지와 상황을 뛰어넘어 여성이 가진 모든 것을 존중하고 연모하기란 쉽지 않은 일이다. 그는 삶을 대하는 태도가 넘치지 않고 늘 겸손하고 진실했듯 여성도 넘치지 않게, 겸손하고 진실하게 늘 존중하고 사랑했다. 그에게 여성이란 아이를 생산하고 쾌락을 주는 상대를 넘어서 훨씬 깊고 존귀한 존재였다. 여성은 그의 삶의 주인공들이었고 그에게 평안을 보장하며 희망을 약속하는, 그 자신의 개인적인 신화 속의 여신들이었다. 그리고 삶이란 어떤 얼굴을 하고 있는 어떤 종류의 것이라도 귀하고 아름다운 것이었다. 그는 슬픔도 우울함도 더러움도 처절함까지도, 모든 것을 가장 아름답게 삶의 한 부분으로 승화시켰으며 그렇게 승화된 모든 것을 있는 그대로 사랑했다. 어떤 경우를 막론하고 판단으로 정리되지 않은 인간 사이의 사건들, 그와 연관된 감정들은 가장 아름다운 차원의 한 편의 시로 다시 창조되었으며 계절과 자연은 그 한 편의 시를 선명한 색깔로 물들였다. 그리고 그는 그것을 찾고 표현하는 영원한 방랑자였다.

언젠가 그는 영화 「7인의 여포로」에 관한 이야기를 해준 적이 있다. 한국전쟁을 소재로 한 그 영화 중 한 장면에서 남쪽의 병사와 북쪽의 병사가 무장을 한 채 각기 자기측 상부의 명령을 기다리며 서로 대치하고 있는 상황을 표현한 장면이 있다고 했다. 멀리서 가끔 포탄 터지는 소리만 들릴 뿐 숨막히게 적막하고 한적한 산모퉁이의 외진 벙커에서 오랫동안 가까이 마주 대하고 있던 남북의 어린 병사들은 서로에게서 친근감을 느끼기 시작했다. 명령과 함께 총을 들어 서로를 죽이지 않으면 안되는 운명적인 상황에서 두 병사가 마주한 양쪽 벙커 중간에서 들풀에 둘러쌓여 앉은 채 서로 담배를 나누는 장면이 있었다고 그는 말했다. 단순히 같은 말을 쓰는 같은 또래의 젊은이들로서 으레 있을 수 있는 아름다운 장면이라고 나는 생각했다. 그리고 그런 장면이야말로 평화를 사랑하는 예술가들이 생각해낼 수 있는 당연한 장면이라고 나는 감탄했다. 그런 장면을 만들어낸 것은 어린 나이로 동족간의 전쟁에 직접 참여했던 그 자신이 실제로 보고 깨달은, 너무나도 당연한 진실을 표현한 것이 아니었을까. 그런 귀한 진실의 경험을 통해 그는 사상과 이념을 초월하여 피를 나눈 동족간의 전쟁이라는 것이 얼마나 허무하고 그릇된 것인가를 설명하고 싶었을 것이다. 그러나 그는 그 장면이 당시 영화 검열에서 큰 문제가 된 것 같다고 말했다. 영화를 만든 감독인 자신의 사상에 문제가 있다 하여 필름은 압수되었으며 곧이어 그는 감옥에 갇히게 되었다고 했다. 그것이 1964년, 영화감독에게는 최초로 '반공법 위반'이라는 죄목으로 구속영장이 신청되었던 사건이다.

그것은 단맛을 모르는 사람들에게 솜사탕의 달콤함을 설명할 수 없듯 진정으로 평화가 무엇인지 모르는 이들에게 휴머니즘의 근본적인 이야기를 들려주니 단번에 겁에 질린 그들이 가진 권력을 이용하여 그 이야기를 들려준 사람의 자유와 신분을 박탈하고 고초를 겪게 한, 울 수도 웃을 수도 없는 희한한 당시 사회의 실정이었다. 아직 제대로 철도 들지 않은 어린 내 앞에서 그런 자신의 이야기를 털어놓던 그의 모습은 절망적이었으며, 허망해하는 그의 눈빛은 외로움으로 가득 차 있었다.

감옥에서의 그의 경험은 침울하고 어두운 것이었다. 그는 자신이 감옥에서 나온 후 그 경험을 토대로 만든 영화가 「만추」였다고 말을 이었다. 「만추」에서 문정숙 씨가 맡은 여자 주인공은 그 자신을 바탕으로 만들어진 캐릭터였으며 영화 속의 화면과 대사 들은 자신의 감옥생활을 토대로 한 것이라고 그는 설명했다. 「만추」의 스토리는 감옥에서 형을 살고 있던 여죄수가 특별 휴가를 받고 나왔다가 다시 감옥으로 돌아갈 때까지 생긴 우울한 사랑의 이야기였으며 무르익은 가을의 이야기라고 설명했다. 「만추」가 자신이 만든 영화 중 가장 사랑하는 작품이라고도 했다. 그는 나에게 꼭 그 영화를 보여주고 싶다고 했고, 나도 그럴 수 있었으면 하고 바랐다. 그러나 그 필름은 보관 부실로 다시는 찾을 수가 없게 되어버렸다고 했다. 그의 생각으로는 누군가 그 필름을 생각 없이 그냥 버린 것 같다고 하면서 그 사실을 몹시 안타까워했다. 또 그는 감옥생활 이후 자신의 영화가 그 이전에 비해 인간의 깊은 심리를 다루는 영상 위주의 영화로 변했으며, 암울한 낙오자들의 퇴폐적인 정서의 묘사와 자연주의적인 영상은 그의 예술세계에서 감옥생활 이후 크게 달라진 부분이라고 말했다.

그리고 그는 감옥생활 이후에도 항상 국가의 감시를 받았고 그가 만드는 모든 작품은 세밀히 검열을 받았다고 했다. 무엇이든 그들의 마음에 들지 않으면 사상적으로 의심받았고 상영이 금지되거나 문제되는 장면들은 가차없이 잘려나갔다고 했다. 그리고 항상 정부기관에 불려들어가 질문을 받았다고 했다. 정장인 양복을 좋아하지 않는 그는 가지고 있는 양복과 넥

타이가 한 벌도 없었는데 그곳에 불려들어갈 때마다 양복을 입고 질문을 하던 관직에 있는 사람들에게서 크나큰 이질감을 느꼈다고 했다. 그리고 그런 사람들이 한국의 예술을 심판하고 결정하며 한국인의 미래를 결정한다는 것을 한없이 슬퍼했다. 또한 그런 것을 같이 슬퍼하고 표현하던 많은 예술가와 작가들이 감옥에서 생을 보내고 있음을 한탄했다. 그와 친분이 두텁던 여러 명의 예술가와 작가 들이 당시 감옥생활을 하고 있다는 것이었다. 그 사람도 자신의 신변을 위하여 아무 데서나 아무렇게나 말하고 행동할 수 없었으며 나와 함께 지내던 당시에도 그는 국외로는 한 발자국도 떠날 수 없는 새장에 갇힌 새였다. 눈과 입이 가려지고 손까지 뒤로 묶여 새장 속에 갇힌 그에게 어두컴컴한 자양동 건넌방과 백치같이 눈 크고 때묻지 않은 어린 나는 그가 다른 곳에서 찾지 못한 무한한 자유와 가능성을 보장했다. 그는 영화 「그리스인 조르바」와 앤소니 퀸을 좋아했으며 페데리꼬 펠리니(Federico Fellini)의 영화를 사랑했다. 그는 내가 영화 「길」(La Strada)에 나오는 여주인공 젤쏘미나를 연상하게 한다고 했다. 물론 젤쏘미나의 상대역인 잠빠노의 역할은 앤소니 퀸이었다. 펠리니의 영화 「길」은 영원한 떠돌이 광대인 그와 나의 관계를 잘 대변해주는 듯한 영화였고 나도 그 영화를 무척 좋아했다.

황금빛 가을의 추억

영화 「태양 닮은 소녀」의 홍보가 시작되자 '문숙'이라는 나의 새 이름이 이곳저곳에서 거론되며 바람을 타기 시작했다. 당시 내가 소속되어 있던 방송국 TBC와도 전속으로 계약을 했고 새로 시작하는 좋은 드라마에서 다시 타이틀롤을 맡으며 나의 스케줄은 점점 더 바빠졌다. TV 드라마 스튜디오는 나에게 친정집 같은 곳이었다. 그곳에서 처음으로 나의 연기생활이 시작되었으며 이순재, 강부자 씨들을 비롯해 같이 일하는 사람들은 모두가 내게 선배이자 스승이었다. 한지붕 아래서 먹고 마시며 호흡을 맞춰 일하면서 그분들은 위아래 규율이 엄격한 연예계에서 늘 나를 아끼고 감싸며 지도해주던, 내게는 가족 같은 분들이었다. 거의 매일같이 이어지는 긴 시간의 녹화였지만 나는 피곤한 줄도 몰랐고 그곳에서 일하는 것이 언제나 즐거웠다. 그러나 밤늦은 시간까지 바쁘게 녹화를 하는 도중에도 조금만 틈이 생기면 문득문득 그가 보고 싶었다. 혼자서 무얼 하고 있을까? 나를 기다리고 있을 텐데…… 그때까지만 해도 그는 내가 TV 드라마를 하는 것에 전혀 간섭을 하지 않았다. 물론 그는 TV를 보는 적도 없었다. 나는 일이 끝나는 대로 거르지 않고 곧장 그가 기다리고 있는 자양동 집으로 들어갔다. 그

리고 그의 옆에 코를 묻고 그의 숨소리를 들으며 매일 밤 행복
하게 잠이 들었다.

어느날 외출에서 돌아온 그가 갑작스런 제안을 했다. 영화사
에서 기획중인 다음 작품이 시작될 때까지 남는 시간에 소품으
로 가을영화를 한 편 만들자는 것이었다. 영화 제작과정을 잘
알지 못하던 나는 그가 무슨 말을 하는지 언뜻 이해할 수가 없
었다. 그의 설명으로는 반으로 잘린 필름으로 만드는 영화이며
상을 받는 데서는 제외되지만 제작비도 싸게 들 뿐만 아니라
직접 내가 녹음할 필요도 없다고 했다. 그리고 짧은 시간에 부
담없이 만들 수 있으면서도 예상외로 좋은 영화가 나올 수 있
다고 내가 알아들을 수 있도록 침착하게 하나하나 설명을 해주
었다. 그리고 예전에 한번 만들었던 영화의 각본을 중심으로
해서 새 각본을 쉽게 쓸 수 있다며 나의 도움을 청했다. 우리는
곧 작품에 착수하기 위한 준비에 들어갔다. 다음날로 우리는
충무로 영화사 근처에 있는 어느 여관의 이층 구석방으로 거처
를 옮겼다. 그곳에서 그는 각본을 다시 쓰는 작업에 들어갔다.
세 끼 식사는 모두 근처 식당에서 방으로 배달을 시켰다. 그는
조그만 탁자 앞에 앉아 이 대목 저 대목 붙이고 떼며 겨우 알아
볼 수 있는 글씨로 종잇장에 정신없이 마구 써서 나에게로 넘
겼다. 나는 따뜻한 방바닥에 배를 깔고 길게 엎드려 그가 넘긴

자료를 알아볼 수 있게 다시 써서 차곡차곡 각본을 만들었다. 일주일 남짓한 시간을 바깥 세상과 완전히 차단한 채 그는 방에서 한번도 나오지 않고 작품을 구상했다. 나는 녹화나 다른 일 때문에 간혹 그곳을 나와야 했고 그 때문에 햇볕을 볼 기회가 가끔 있었다. 그때마다 그는 밖에서 필요한 것이 있으면 내게 부탁을 했다. 일이 끝난 후 다시 여관방으로 돌아가보면 내가 다시 써야 할 각본들이 방바닥에 수두룩하게 쌓여 있었다. 그는 내가 밖으로 일을 보러 나가면 어디 가서 무슨 일을 하는지, 누구를 만나며 어떤 방송국에서 어떤 드라마를 하는지 단 한번도 관심을 표하거나 물어본 적이 없었다. 단지 일을 끝내고 돌아온 나를 보면 "나 보고 싶지 않았니? 난 많이 보고 싶었는데" 하며 환하게 웃을 뿐이었다. 나도 그에 대한 이야기는 일체 묻지 않았다. 그리고 "나도 많이 보고 싶었어요" 하고는 다시 작업에 들어갔다. 내 손으로 다시 씌어진 한뭉텅이의 각본이 완성되었을 때 마침내 쓰는 일을 끝낸 그의 얼굴은 꾀죄죄하고 수염이 덥수룩했다. 드디어 여관방을 나온 우리는 우선 멀지 않은 곳에 있는 인쇄소에 각본을 전달한 후 목욕탕으로 향했다. 목욕을 끝낸 그는 다시 어린아이같이 깨끗하고 밝아 보였다. 우리는 충무로 길을 걸어 영화배우연기자협회 사무실 문을 두드렸다. 안에 있던 여러 명의 사람들이 이내 그를 알아보고 반겼다. 그는 쑥스러워하며 쭈뼛거리는 나를 그곳에 있던 배우협회 회장님에게 소개하고는 공손하고 부드럽게 부탁했다. "우리 숙이가 아직 배우협회 회원으로 등록이 되지 않은 것 같은데…… 부탁합니다." 나는 그 자리에서 영화배우협회 정식 회원으로 등록이 되었다. 다시 한번 나를 잘 부탁한다는 말을 남기고 그와 나는 이층 계단을 내려와 밖으로 나왔다. 강한 초가을 햇볕이 이른 오후 충무로길 아스팔트에 반사되어 눈부시게 우리를 내려쬐고 있었다.

그날 오후 내내 그와 나는 가장 행복한 연인으로 서울 시내를 누비고 다녔다. 그는 긴 팔로 나의 조그만 어깨를 감싸 자기 겨드랑이 밑에 꼭 안은 채 뒷골목길을 걸어서 자기가 좋아하는 옷가게에 들렀다. 그리고 나에게 가죽으로 된 갈색 반코트를 사주었다. 우리는 그가 좋아하는 음식점에 가서 맛있는 음식도 같이 먹고 내 또래 아이들이 가는 예쁜 다방에 가서 커피도 마셨다. 어두컴컴한 다방 구석자리에서 그는 나에게 외출할 때마다 옷에 꽃 한 송이를 꽂으면 어떻겠느냐고 했다. 신선한 꽃 한 송이로 내 이름과 함께 나에 대한 이미지를 만들면 좋을 것 같다는 희한한 제안이었다. 나의 장래에 대한 그의 꿈과 이미지는 나보다 훨씬 더 앞서 나가고 있었다.

"우리 여행 가자. 촬영장소 헌팅도 할 겸 내일 떠나자." 행복해할 때의 그의 말과 행동은 천진한 아이 같았고 모든 것이 가능해 보였다. 그런 그 앞에서 어떨 때는 그보다 내가 훨씬 더 성숙한 어른같이 느껴지기도 했다.

　다음날 우리는 청량리역에서 북쪽으로 향하는 기차에 올라
탔다. 길을 떠난다고 해서 짐을 챙기거나 따로 준비할 것은 별
로 없었다. 평상시 입은 그대로 들고 다니던 가방에 칫솔 하나
만 들어 있으면 문제없었다. 그때 나의 평상복 차림은 색바랜
통넓은 청바지에 티셔츠, 베트남전에서 군인들이 입던 큼지막
한 군복 재킷이었다. 내게는 내 나름대로 그 재킷을 입는 데 대
한 철학이 있었다. 그 재킷은 전쟁을 반대하고 평화를 원하는
당시 세계 젊은이들의 의식을 대변하는 재킷이었다. 나도 그런
의식을 조용히 표현하고 싶었다. 그러나 우연하게도 그 사람도
같은 종류의 군복 재킷을 가지고 있었으며 그것을 즐겨 입었
다. 그 재킷에는 유난히 커다란 주머니들이 많아 영화인에게는
아주 쓸모가 많았다. 비와 바람을 잘 막아주는 천과 디자인으
로 밖에서 많은 시간을 보내며 일하는 사람에게는 둘도 없이
편리한 재킷이었다. 또한 그도 자신의 전쟁경험에 대한 향수와
자기 나름의 반전과 평화를 원하고 있다고 나는 생각했다. 우
리는 그 군복 재킷을 늘 입고 다녔다. 특히 여행할 때는 더욱
그랬다. 허름하게 바랜 청바지와 군복 재킷에 행랑같이 커다란
가방을 어깨에 걸치면 나는 언제든 어디론가 쉽게 떠날 수 있
는 준비가 되어 있었다. 일할 때만 빼고는 특별한 머리 손질이

나 화장을 좋아하지 않으니 그런 것도 걱정할 일이 없었다. 그는 언젠가 내게 이런 말을 했다. 나를 처음 영화사 오디션에서 만났을 때 속으로 많이 놀랐었다고. 긴 머리에 화장기 없는 얼굴, 그리고 청바지에 티셔츠 차림으로 영화 오디션을 하러 감독 앞에 나타난 여배우는 처음이었다고 했다. 그것이 당돌함인지 자신감인지 첫눈에 호기심이 생겼고, 그다음 나의 눈을 처음 보는 순간 그는 오랫동안 찾고 있던 영혼을 만난 듯 나와의 만남이 숙명적인 것임을 직감했으며, 그 순간 그 자리에서 나와 일할 것을 결정했다고 했다. 그것은 나도 마찬가지였다. 그러나 단지 나이가 어리고 경험이 없는 탓에 내가 느낀 그때의 감정이 무엇인지 몰랐던 것이다.

사람들의 눈을 피해 기차의 맨 마지막 칸으로 올라탄 우리는 좌석이 있는 객실칸을 피해 기차의 마지막 입구에서 제일 뒤의 바깥으로 뻥 뚫린 공간의 바닥에 자리를 잡았다. 우선 아무도 지나가는 사람이 없어서 좋았고 우리 마음대로 포개고 앉을 수 있어서 좋았다. 기차가 속도를 내기 시작하자 멀어져가는 도시가 시원하게 우리 앞에 펼쳐지기 시작했다.

우리는 둘다 떠돌이 광대 같은 보헤미안 기질이 다분했다. 한곳에 정착하고 편안해지면 이상하게 불편해하기 시작하고 항상 이곳에서 저곳으로 바람처럼 흘러다닌다. 그렇게 흘러다닐

때 모든 사물은 있는 그대로 더욱더 선명하게 보인다. 떠돌 때만 얻어지는 객관성이 에고의 아집을 다스린다. 아름다운 것은 더욱 아름답고 외로움은 더 심하게 파고든다. 석양은 끓어오르듯 더 붉게 타고 아침 이슬은 더욱 아리고 투명하고 싱그럽다. 멀리서 저녁밥 짓는 냄새는 향수에 찬 떠돌이 이방인의 영혼을 훈훈히 데워주며 계절이 숨쉬는 소리는 맥박이 뛰는 소리처럼 온몸의 피부를 통해 들린다. 그리고 자연은 어머니의 뱃속같이 훈훈하며 포근하다는 것을 알게 된다. 그는 그 모든 것을 어떤 방랑자보다도 잘 알고 있었다. 그리고 그것을 나와 나누고 싶어했다.

기차 뒤칸으로부터 멀어져가는 경치가 점점 도시 변두리의 모습에서 시골 풍경으로 바뀌어갔다. 도시도 마을도 멀어지고 산도 멀어졌다. 강도 멀어지고 있었다. 우리를 태운 기차는 사람이 전혀 보이지 않는 들녘을 지나 자연 속을 달리고 있었다. 우리는 다음 정거장에서 뛰어내렸다.

역을 빠져나온 우리는 타박타박 발소리를 내며 포장되지 않은 신작로를 따라 걷기 시작했다. 아직도 꽤나 더운 날씨이긴 했지만 벌써 가을 냄새가 흠씬 풍기는 시골길이었다. 그는 그 주변을 잘 알고 있는 듯했다. 영화촬영 때문에 그는 인상적인 곳들을 많이 알고 있었으며 그중에서도 자신이 특별히 좋아하는 곳으로 나와 함께 가고 싶어했다. 그 댓가로 우리는 걷고 또 걸어야 했다. 한참동안 걷다가 내가 다리가 아프다고 하면 그는 나를 자기 어깨 위에 올려 목마를 태운 채 다시 걸었다.

해가 서쪽으로 기울기 시작해서야 우리는 그가 기억해두었던 숲속의 한 민가에 도착했다. 이제 막 가을의 물이 들기 시작하려는 나무들 사이로 길이 열리고 그 가운데 외떨어진 소박한 민가가 나왔다. 큰 나무들이 주변을 둘러싸고 있어 눈에 잘 뜨이지 않는 곳에 이런 민가가 있다는 것이 놀라웠다. 먼저 나는 좁은 길에서 왼쪽으로 꺾인 곳에 있는 그 집의 입구로 다가갔다. 아마도 그 집의 뒤쪽 입구인 듯싶었다. 나는 그의 앞에 서서 조심스레 벽을 따라 앞마당이 있는 쪽을 향해 갔다. 벽의 끝에서 잠시 안쪽을 살펴보자 툇마루가 보였고 마당 가운데 평상이 놓여 있는 것이 보였다. 그리고 그 ㄱ자 집의 앞마당은 나무숲 사이로 멀리 보이는 강 쪽을 향해 나 있었다.

내가 벽의 코너를 돌아 앞마당으로 발을 떼어놓는 순간 안쪽에서 웅성웅성 사람들의 소리가 들렸다. 나는 본능적으로 몸을 돌려 벽 뒤로 몸을 숨겼다. 그도 나와 함께 벽 뒤로 몸을 숨긴 채 다시 한번 조심스레 앞마당 쪽을 넘겨다보았다. 내가 잘 아는 선배와 여러 사람들이 내가 있는 쪽으로 걸어나오며 인사를 나누고 있는 것이 보였다. 가족들과 함께 하루 나들이를 온 모양이었다. 그와 나는 우리의 눈을 믿을 수가 없었다. 사람들의 눈을 피해서 우리만의 자유스러운 시간을 갖기 위해 이렇게 동떨어진 숲속의 민가까지 찾아왔는데 이건 완전히 호랑이 굴로 직접 들어온 거나 마찬가지였다. 그와 나를 한눈에 알아볼 사람들과 정면으로 맞닥뜨릴 뻔한 것이었다. 그렇게 되면 우리는 다음날로 부풀릴 대로 부풀린 소문이 되어 온 장안에 퍼질 것이 뻔했다. 소문이 퍼진다고 무슨 큰일이 나는 것은 아니지만 아직 우리 사이가 그렇게 공공연해지기에는 시간이 너무 일렀고 내가 감당하기도 힘든 상태였다. 그도 때가 되어 큰 무리가 없을 때까지 우리의 사생활을 조용하고 단아하게 우리의 것으로만 지키고 싶어했다.

"이따가 어두워지면 다시 오자."

어이없어 터지려 하는 웃음을 참으며 나는 그의 손에 이끌려 도망치듯 그곳을 빠져나왔다. 우리는 들어온 길의 반대쪽으로 나 있는 좁은 길을 따라 걷기 시작했다. 마차가 겨우 지나갈까 말까 한 사람의 인기척이 전혀 없는 흙길이 백양나무숲 사이를 돌아 어딘가를 향해 길게 뻗어 있었다. 서쪽으로 잔뜩 기울어진 석양이 백양나무숲을 비스듬히 비추고 있었다. 백양나무 줄기들이 하얗게 빛을 반사하는 빛무리 가운데 가득 서 있었다. 나는 그곳의 아름다움에 취해 사슴처럼 백양나무 사이를 돌며 뛰어다녔다. 그가 멀리서 내 쪽으로 걸어오고 있는 것이 나무들 사이로 보였다. 조금 지나 그가 나에게 가까이 오라는 손짓을 했다. 나는 나무들 사이를 지나 그의 곁으로 걸어갔다.

"왜요?"

"이 나무들 중에서…… 제일 마음에 드는 나무 하나만 골라
봐."

나는 그 자리에 서서 둘러보았다. 많은 백양나무 가운데 멀
리서 유난히 빛을 발하고 있는 굵은 기둥을 가진 나무가 이내
눈에 띄었다.

"그 앞에 가서 조용히 눈 감고 서 있어봐."

나는 천천히 걸어서 그 나무 앞으로 갔다. 키가 큰 아름다운
나무였다. 우선 나는 그 나무줄기를 손으로 잡은 뒤 그가 있는
쪽을 향해 돌아섰다. 멀리서 그가 환하게 미소를 짓고 있었다.
나는 나무에 등을 대고 서서 그가 시키는 대로 두 눈을 조용히
감았다. 따끈한 석양이 온 얼굴 하나 가득 내려쪼이는 것이 느
껴졌다. 그리고 이내 감고 있던 눈 안의 세계가 하얗게 바래졌
다. 기대고 있던 백양나무 줄기와 하나가 되어 아무런 기억도
없는 원초의 상태로 돌아가는 것 같이 느껴졌다. 온몸이 점점
무게를 잃으며 나를 포함한 주위의 모든 것이 서서히 사라지고
가늘게 나의 숨소리만 느껴졌다.

어느새 내 앞으로 다가온 그는 조심스레 나와 백양나무를 둘
러 안았다. 백양나무와 그 사이에 포근하게 끼여선 나의 귀에
그의 심장 뛰는 소리가 들렸다. 그가 조용하게 속삭였다.

"내 앞에 나타나줘서 고마워. 넌, 하늘이 내게 주신 한 송이 하얀 꽃이야. 네가 고른 이 나무가 증인으로 보는 앞에서 맹세해. 사랑한다. 영원히……"

그는 내 입술에 처음으로 입을 맞추었다. 그리고 말없이 해 떨어지는 그곳에서 나를 꼬옥 가슴에 안은 채 오랫동안 서 있었다. 그와 나, 그리고 백양나무의 순간은 모두 하얗게 승화되어 시간과 공간을 초월한 영원 속으로 바래져버렸다.

그와 나는 그해 가을 내내 여러 곳으로 같이 방랑하며 여행을 다녔다. 미리 세운 계획 없이 기차를 타고 가는 데까지 가다가 마음 내키는 곳에 내려서 해 떨어질 때까지 걸으며 무르익어가는 가을을 만끽했다. 그러다가 낯선 곳에서 끼니를 때우고 발 닿는 곳에서 하룻밤을 묵었다. 아스팔트로 포장이 잘된 넓은 길이나 사람들이 많이 모이는 번잡한 곳, 이미 현대화되어 있는 현란한 곳 들은 될 수 있으면 피했다. 그는 아직 재개발되지 않은 순박하고 서민적인 장소들을 사랑했으며 우리는 주로 하루종일 걸어서 그렇게 여행을 했다. 아직 문명의 때를 타지 않은 소박한 사람들이 사는 곳과 원시적인 계절의 소리가 들리는 좁은 길을 따라 우리는 늘 어디론가 걸었다. 숨막히는 도시 속의 남의 눈을 벗어나 우리가 좋아하는 방식으로 우리만일 수 있는 오붓한 곳들로 떠돌았던 그해 가을은 우리 두 사람에게 최고의 계절이었다. 풍성한 색깔로 물든 그해 가을의 냄새는 스냅샷을 연결한 짧은 비디오 영상처럼 지금도 생생하게 내 기억속에 남아 나의 소박한 삶을 풍성하게 해준다. 마음껏 무르익었던 그 가을의 어느 하루 사방에 누렇게 익어 고개를 숙인 벼이삭 위로 찬란하게 부서져내리는 가을볕에 취해 하루종일 논두렁을 타고 걸은 날이 있다. 서로 멀리서 보이는 다른 논두렁을 타고 걷기도 하고 때로는 같은 논두렁을 타고 앞뒤에 서서 걷기도 했다. 또 어느날은 밭 사이로 난 좁은 길을 따라 가다가 지게를 진 채 소를 몰고 가던 아저씨가 사는 외딴 집을 돌아서 언덕을 넘어 하루종일 걸은 날도 있었다. 45킬로그램 남짓한 작은 체구의 내가 그의 긴다리를 하루종일 따라 걷기란 쉬운 일이 아니었다. 내가 힘들어하거나 뒤로 처지기 시작하면 으레 그는 나에게 자기 등에 업히라며 다리를 굽혀 앉았다. 나는 서슴없이 펄쩍 뛰어 그의 등뒤로 올라탔고 그의 어깨 뒤에서 조잘거리며 즐거워했다.

"다 큰 처녀가 큰일났다! 아직도 이렇게 업혀 다니는 걸 좋아하고."

장난기있는 그의 목소리는 늘 행복하게만 들렸다. 내 기억속의 또다른 어느날 우리는 그의 키만큼이나 높은 갈대 사이로 난 작은 오솔길을 따라 걸었다. 앞을 가로막는 갈대들을 손으로 밀어내며 갈대숲 끝에 있는 연못가로 빠져나가자 연못 맞은

편 양지바른 언덕 아래로 멀찌감치 초가집 몇채가 아담하게 붙어 있는 산동네가 보였다. 우리는 연못을 돌아 가을볕에 내어널은 새빨간 고추들로 온통 뒤덮인 산마을로 들어갔다. 머리에 흰 수건을 두른 할머니가 마당 가득히 널려 있는 빨간 고추 사이에서 고추를 고르고 있었다. 그가 할머니와 오랫동안 이야기를 나누는 사이 나는 고추가 가득히 널린 멍석들 사이로 걸어다니면서 쏟아져내리는 햇볕에 반사된 가을의 향취를 만끽하며 한나절을 그와 함께 그곳에서 보냈다. 어느 국무총리의 고향이라던 곳에는 분위기에 맞지 않게 길마다 아스팔트 포장이 되어 있었다. 자동차가 없는 동네 사람들은 차가 다니지 않는 잘 포장된 깨끗한 아스팔트길을 추수한 곡식을 널어 말리는 곳으로 쓰고 있었는데 우리는 누런 곡식으로 뒤덮인 황금의 도로 사이사이를 비켜가며 한나절 내내 걷기도 했다. 그러다가 또 해가 떨어지면 가까운 장터나 조촐한 주막을 찾아 소박하게 끼니를 때우고 근처에서 적당히 묵을 만한 숙소를 찾아 잠에 떨어지곤 했다. 그때 우리에게 걱정이나 근심 같은 것은 염두에도 없었다. 우리의 하루하루는 항상 즐거웠고 웃음이 가시지 않았으며 꿈같이 아름다웠다. 그리고 무엇보다 자유스러웠다. 벌써 오랫동안 밤마다 그는 나를 자기 품에 고이 안고 잠이 들곤 했지만 무례한 말이나 행동으로 나를 놀라게 한 적은 없었다.

언젠가 한번 우리가 잠자리를 찾아 들어간 곳은 크지 않은 침대방에 방안에 샤워시설이 있는 곳이었다. 그는 침대에서 자는 것을 별로 좋아하지 않았다. 긴 하루를 보낸 끝이라 나는 다리도 아프고 무척이나 피곤했다. 그에게는 신경쓸 여지도 없이 입고 있던 옷을 훌훌 벗어던지고 간단히 씻은 다음 침대 안으로 몸을 던지듯 드러누웠다. 온몸이 노곤해서 침대 속으로 푹 꺼져드는 것 같았다. 조금 있다 그가 샤워하는 소리가 들렸다. 물 쏟아지는 소리와 함께 그는 "앗, 차거!"를 연발했다. "왜 그래요?" 하고 나는 자리에 그대로 누운 채 고개만 돌려 물었다. "물이 차서!" 하고 그는 큰소리로 대답했다. "더운물 안 나와요?" 하고 목욕탕 쪽을 향해 물었더니 "아니, 나와" 했다. "그런데 왜 찬물로 샤워를 해요?" 그는 쾌활하게 웃으며 말했다. "그럴 일이 좀 있어서……" "그게 뭔데요?" 다시 한번 샤워소리와 함께 그의 대답이 들렸다. "조금 더 크면 알게 돼!" 순간 나는 약간 자존심이 상하는 것 같기도 했지만 그렇다고 그가 더이상 말해줄 것 같지도 않아서 대단하게 생각지 않았다. 그리고 그가 샤워실에서 나오기도 전에 잠이 들어버렸다.

서울 토박이인 그는 서울의 뒷골목들을 손바닥 들여다보듯 누구보다도 더 잘 알고 있었다. 그때 이미 서울은 빠른 속도로 근대화되어가는 중이었으며 화려하게 서양식으로 치장한 곳들도 많이 있었다. 그러나 그가 진심으로 즐기고 사랑하는 곳은 아직 외부의 손이 타지 않은 가장 한국적이고 서민적인 뒷골목들이었다. 그는 특히 충무로에서부터 뚝섬 광나루까지 이어진 서울 동남쪽 지역은 작은 골목까지도 샅샅이 알고 있었다. 그곳은 아직 '가식문화'가 범람하지 않고 투박스러운 한국인의 예의가 편안하게 지켜지는 곳들이었다. 한곳에서 본래부터 살아온 사람들만이 느낌으로 알 수 있는 크고작은 정겨운 이야기들로 가득 차 있는 그런 곳이야말로 그가 태고로부터 알고 있는 한 편의 아름다운 서정시의 배경이었고, 그 안에 있는 모든 사람들은 삶이라는 주어진 무대 위에서 자신들의 드라마를 철저하게 믿고 절실하게 연기해내는 가장 완벽한 주인공들이었다. 그는 자신 앞에 순간순간 펼쳐지는 완벽한 주인공들의 꾸밈없는 이야기들에서 펠리니의 영화를 능가하는 깔까롭고 처절한 삶의 비극적인 아름다움을 의식의 세계로 끌어내는 연출가였으며, 나는 운좋게도 매일같이 그의 세계의 한 부분이 되어 그 소박한 장면들의 목격자가 되었다.

어느날 저녁 집으로 돌아가는 길에 그는 갑자기 영화를 보러 가자고 제안했다. 청계천에서 건국대학 쪽으로 빠지는 큰길가에 커다란 극장이 하나 있었다. 개봉극장은 아니었지만 극장의 규모가 대단했고 조금 철지난 한국영화를 상영하고 있었다. 나는 그가 건네주는 땅콩 한 봉지를 받아들고 이층으로 올라가 한적한 위쪽에 자리를 잡았다. 좌석이 반 정도는 찬 듯한 아래층이 훤히 내려다보였다. 얼마 있지 않아 영화가 시작되었다. 나는 어릴적부터 영화를 아주 좋아하던 편이라 주말이면 동네에 있는 삼류극장으로 가서 오후 내내 혼자서 영화를 보곤 했다. 식구들은 나를 찾으려면 으레 극장 안으로 들어와 영화가 상영되는 도중 캄캄한 극장 뒤에서 내 이름을 크게 불러대곤 했다. 영화가 시작된 지 채 30분도 안된 것 같은데 자꾸만 그가 이리저리 몸을 뒤틀었다. 그러더니 나에게 몸을 굽히며 조용히 속삭였다. 여기서 무슨 일이 있어도 놀라지 말고 자기가 하라는 대로 빨리 할 수 있겠느냐고 물었다. "그럼요" 하고 나는 별 생각 없이 대답하고는 그의 곁에 포근히 기대앉아 땅콩을 먹으며 열심히 영화를 보고 있었다. 그때 그가 느닷없이 좌석에서 벌떡 일어섰다. 그러고는 갑자기 극장이 떠나가라 크게 고함을 질렀다.

"한국영화 개똥이다!"

"만드는 놈도 개똥이고 보는 놈도 개똥이다!"

악! 이럴 수가. 나는 순식간에 일어난 일에 사지가 굳어버렸다. 아래층에서 영화를 보고 있던 사람들이 일제히 우리 쪽을 향해 머리를 돌렸다. 나는 눈앞이 깜깜해졌다. 그리고 아무 생각도 할 수 없었다. 그가 재빨리 나의 손을 가로채더니 "뛰어!" 하고 지시했다. 나는 엉겁결에 자리에서 일어나 그의 손을 잡고 깜깜한 상영관을 빠져나와 극장 복도를 뛰어내려 밖으로 내달렸다. 극장이 보이지 않는 안전거리까지 뛰고 또 뛰었다. 잡히기만 하면 이건 다음날 아침신문 일면 기삿감이었다. '영화감독 이만희, 여배우 문숙, 삼류극장에서 난동부리다 검거!' 생각만 해도 아찔했다. 씨멘트 벽돌로 쌓인 코너를 돌아 극장이 보이는 큰길에서 벗어난 나는 헉헉거리는 숨을 겨우 가다듬고 그의 얼굴을 쳐다보았다. 갑자기 터져나오는 웃음을 참을 수가 없었다. 가로등만 희미하게 켜진 변두리 도로변에서 서로의 얼굴을 보며 우리는 허리를 잡고 웃음을 터트렸다. 그와 나의 웃음은 차가워지기 시작하는 밤공기를 타고 멀리멀리 퍼져나갔다. 그가 내게 불쑥 물었다.

"청계천 다리 밑에 가본 적 있니?"

"네? 청계천이요? 고가도로 있는 그 청계천이요?"

나는 그때까지 완전히 복개되어 고가도로까지 나 있는 청계천 거리에 다리 밑이 있는 줄도 모르고 있었다. 그의 이야기로는 청계천5가를 지나 복개공사가 끝난 곳에 다리 밑이 남아 있으며 아직도 그곳에 살고 있는 사람들이 있다는 것이었다. 거기서 얼마 멀지 않은 곳에 있는데 한번쯤은 내가 꼭 보아두어야 할 곳이니 같이 가자며 앞장을 섰다. 우리는 근처 조그만 구멍가게에 들러 소주 한병과 간단한 안줏거리를 사서 종이봉투에 넣은 후 청계천을 향해 걸었다. 복개공사가 끝난 지점인 듯한 곳에 도착했다. 멀리서 희미하게 비치는 가로등 불빛 아래 잡초로 무성한 씨멘트 방축이 도로가 끝나는 지점부터 아래쪽으로 깊숙이 내려가며 쌓여 있는 것이 보였다. 물밀듯이 밀려다니는 차량과 사람 들로 혼잡스런 시내에서 얼마 떨어지지도 않은 그곳 주변으로 지나가는 사람조차도 찾아볼 수 없다는 것이 이상스럽게만 느껴졌다. 나는 그의 도움을 받으며 컴컴한 방축을 기어내려갔다. 방축이 끝나는 아래쪽 개천가로 보이는 곳에 우리가 설 만한 평평한 자리가 나왔다. 나는 심상치 않은 분위기에 잔뜩 긴장하여 그의 바지 허리춤을 꽉 잡고 태연한 척 행동하려고 노력했다. 때로는 다른 사람들보다 용기가 많은 편에 속하는 나였지만 밤늦게 여기에 혼자서 온다는 것은 상상도 못할 그런 분위기였다. 게다가 나는 어릴적부터 야맹증이 있어서 어두운 곳에서는 행동이 자유롭지 못하고 불안해하는 경향이 심했다. 어디선가 차분하게 "누구시오?" 하는 소리가 들렸다. 방축과 다리가 만나는 깊숙한 틈새에서 나오는 나이가 꽤 많은 남자의 목소리였다.

"아, 네" 하면서 그는 소리나는 쪽으로 향해 발을 옮겼다. 그리고 이내 허리를 굽혀서 남자의 목소리가 나는 쪽 바닥으로 내려앉으며 나에게 오겠느냐고 손짓을 했다. 나는 같이 들어가야 할지 말아야 할지 몰라 그를 따라 일단 다리 밑으로 다가가 안을 들여다보았다. 완전히 깜깜한 그 안쪽은 아무것도 보이지 않았다. 긴장한 탓이었는지, 아무것도 보이지 않는 좁다란 동굴 같은 그곳에서 나는 금방이라도 질식해버릴 것만 같았다. 나는 조금이라도 불빛이 보이는 다리 바깥쪽에 그냥 있겠다고 기어들어가는 목소리로 그에게 말했다. 그의 모습이 깜깜한 다리 안쪽으로 사라졌다. 나는 주위를 살피며 아무렇지도 않은 듯 행동하려 애쓰며 서 있었다. 의외로 이곳저곳에서 인기척이 나는 것이 느껴지기 시작했다. 나는 그쪽이 잘 보이지 않았지만 그쪽에서는 내가 있는 쪽을 내다보고 있는 듯싶었다. 곧이어 그가 나이 많은 아저씨와 두런두런 이야기하는 소리가 들렸다. 두 사람의 목소리가 들리자 조금씩 마음이 가라앉았다. 어쨌든 그렇게 밤늦은 시간에 청계천 다리 밑을 가보기는 생전 처음이었으니, 거기서 오는 흥분 같은 것이 전율처럼 온몸으로 느껴졌다. 얼마나 지났을까, 그가 이야기를 끝내고 내가 있는 쪽으로 왔다. 그의 모습을 다시 보자 말할 수 없이 반갑고 안심이 되었다. 안에 있던 아저씨가 그를 따라 배웅을 나왔다. "그럼 살펴가시오." 나도 반가운 마음으로 "안녕히 계세요" 하고 얼른 인사를 했다. 나는 다시 그의 도움을 받아 손과 발로 방축을 짚고 기어서 길 위로 올라왔다. 우리는 희미하게 불밝혀진 텅 빈 청계천 거리의 밤이슬을 맞으며 걷기 시작했다.

"잘 봤어?" 그가 물었다.

"네, 그런데 워낙 컴컴해서…… 잘 아는 분이에요?" 하고 내가 조심스레 되물었다.

"아니."

"그런데 잘 아는 분 같던데요?"

"음, 저번에 거기서 한번 뵌 분 같아." 그가 대답했다.

"그럼 거기 자주 가세요?"

"아니, 가끔. 본래 저기서 저렇게 사시는 분들은 정이 많고 얘깃거리가 많아서 친해지기가 쉬워."

그리고 그는 덧붙여 설명했다. 예전에는 그 밑에 아주 많은 사람들이 살고 있었지만 복개공사 이후로는 점점 그 수가 줄었고 근래에는 소수의 사람들만 거기 남아 살고 있다는 것이었다. 나는 묘한 생각들로 머리가 정리되기 시작했다. 그러니까 다시 말해서 방금 갔던 그곳은 내가 그동안 말로만 듣던 청계천 다리 밑 거지들이 사는 곳이었고, 그는 가끔 소주를 사들고 거기 찾아가서 그 사람들하고 친구하며 그 사람들의 인생 이야기들을 듣고 대화 나누는 것을 즐겨한다는 것. 생각할수록 나는 그가 하는 일이 신기했고 그에게 더욱 친근감이 느껴졌다. 그것은 역시 그 사람다운 행동이었고 그가 아니면 누가 그런 일을 할 수 있을까 하는 생각이 들었다. 서울의 가장 밑바닥에서 자취도 없이 살고 있는 그 사람들의 우울한 이야기들은 그의 창작세계를 자극하는 원천이었다. 그 사람들은 열린 책과 같이 그에게 무한한 소재를 제공했다. 그리고 또 그는 그곳에서 작품의 소재나 다양하고 깊이 있는 인물들의 성격을 접하는 것 외에도 특별한 편안함을 느끼는 듯했다. 그는 아무것도 가지지 않은 사람들에게서 볼 수 있는 열려 있음을 편안해했고, 반대로 욕심으로 닫힌 사람들을 불편해했다. 그에게 그곳은 완전하게 잘 만들어진 슬프고 진실한 한 편의 영화에 다름아니었다. 그곳에 사는 사람들은 그의 영화의 비극적인 주인공들이었고, 그들의 어둡고 우울한 이야기는 그의 영화의 소재였으며, 밤공기 무거운 컴컴한 그곳은 그의 화면 자체였다. 그리고 그는 그 모든 것을 하나도 빠트리지 않고 있는 그대로 사랑했다.

둘만의 결혼식

낙엽이 거의 다 떨어지고 찬바람이 불기 시작하는 초겨울로 접어들어서야 영화 「삼각의 함정」의 촬영준비가 다 되었다. 그는 새 영화에서의 나의 캐릭터가 「태양 닮은 소녀」의 이미지와는 달리 성숙한 여자의 역할이라는 것에 우선 신경을 쓰기 시작했다. 구름 낀 어느날 오후 우리는 내가 다니던 명동의 의상실에 같이 들렀다. 그는 디자이너에게 내가 입을 의상들을 일일이 설명해주었다. 특히 자유분방하고 활발한 나의 성격을 잘 아는 그는 옷차림에서 여성스러운 면을 풍겨 가라앉은 나의 모습을 만들어내기 위해 색상이 어둡고 부드러운 선의 옷들을 부탁했다.

저녁식사 후 집으로 돌아가는 길에 그는 잠깐 들러야 할 곳이 있다고 했다. 마장동 큰길에서 차를 내린 우리는 작은 골목으로 접어들었고 어두운 골목 안에서 두 쪽짜리 대문이 있는 집 앞에 도착했다. 그는 문 안으로 들어서기 전 나에게 오래 걸리지 않을 테니 잠깐만 문 밖에서 기다려 달라고 부탁했다. 나는 깜깜하고 낯선 골목에서 대문 한쪽에 기대어선 채 그를 기다렸다. 잠시 후 안쪽에서 누군가 신발을 끌며 나오는 소리가 들렸다. 그리고 대문이 열리며 내 또래의 한 아이가 나왔다. 그 아이는 첫눈에 나를 알아보았다. 나도 여러번 그 아이를 본 기억이 있었다. 그 아이는 내가 다니던 고등학교 일년 선배로 피아노를 잘 치던 영희였다. 나는 그 아이가 왜 그곳에서 나왔는지 알 수가 없었다. 나이답지 않게 점잖고 낮은 목소리를 가진 그 아이는 "어, 난 누군가 했더니 너였구나" 하고 나를 훑어보았다. "안녕하세요, 여기 살아요?" 하고 내가 묻자 그애는 "응, 한 송이 하얀 꽃 같은 아이가 문 밖에 서 있을 테니 말벗 해주라고 해서 나왔어"라고 했다.

"여기가 어디에요?"

"우리 집. 삼촌은 지금 엄마하고 이야기하고 계셔. 할머니 때문에 오신 것 같아."

영희는 그가 나올 때까지 그곳에서 나와 말벗이 되어주었다. 그후에도 나는 그와 함께 다시 마장동 그 집에 들른 적이 있었고, 방에서 그와 누님이 조용히 이야기를 나눌 때면 나는 마당이나 마루에서 영희와 함께 학교 이야기를 하며 시간을 보내곤 했다.

나뭇가지에 매달린 마른 낙엽들이 바람이 불 때마다 우수수 하고 떨어져버리던 을씨년스런 뚝섬 강변의 벌판에서 촬영이 시작되었다. 그곳은 자양동 집에서 멀지 않은 곳이었지만 우리는 항상 따로 촬영장에 도착을 했다. 어떨 때는 같이 집을 나서서 아침식사를 한 후 촬영장 근처까지 같이 차를 타고 가다가 그가 먼저 내려서 들어가고 나는 15분 정도 근처를 돌다 도착하기도 했다. 둘이만 있을 때는 어린아이처럼 장난스럽고 누구보다도 다정다감하던 그였지만 현장에서는 아무 일 없는 양 태연하게 촬영에만 열중했고, 지난번 영화촬영 때와는 달리 오히려 엄하고 심각한 듯 행동하기도 했다. 그리고 꼭 필요한 일을 빼놓고는 일부러 나에게 관심을 표하지 않으려고 애쓰는 것 같았다. 나도 최선을 다해서 아무 일도 없는 양 태연하게 행동했고 그와 얼굴이 마주치는 일이 없도록 각별히 애썼다. 물론 나는 그와의 나이 차이를 피부로 느껴본 적이 없고 먼 훗날까지 정확한 그의 나이를 알지도 못한 것이 사실이지만, 그당시 보통사람들이 23년이나 나이 차이가 있는 우리의 관계를 이해한다는 것은 어려운 일일 수 있었다. 설사 이해한다고 해도 감독과 여배우라는 명분 때문에 우리의 관계를 진실하게 받아들이려 하는 사람은 드물 것이었다. 그렇다고 그 때문에 다른 사람들 앞에서 우리의 관계를 표내지 않으며 매일같이 함께 일한다는 것도 쉬운 일은 아니었다. 남들의 생각이야 어찌 됐든 나는 거대한 자석에 끌리는 쇠붙이처럼 그를 향해 바짝 당겨져 있었으며 시시한 이야깃거리로 시간을 보내는 내 또래의 남자아이들보다도 깊이 있는 대화와 원숙한 행동거지의 그에게 온통 마음이 사로잡혀 있었다. 신체적으로도 그는 내 또래 아이들과 비교할 수 없을 만큼 훨씬 늠름하고 아름다웠다. 180cm가 한참 넘는 큰 키, 충무로에서 짱구로 소문난 동그란 머리통에 어깨 위까지 부드럽게 흘러내리는 머리카락은 내가 본 어느 사람의 것보다도 아름다웠다. 잘보이기 위해 애쓰지 않은 꾸미지 않은 얼굴과 옷차림, 칼라 있는 티셔츠에 청바지를 입은 길고 든든한 다리, 그리고 언제 어디든 걸을 수 있는 작업화에 다정다감한 목소리, 환한 미소, 그리고 달콤한 냄새…… 나는 날이 갈수록 헤어날 수 없을 만큼 깊숙한 곳으로 점점 더 그에게 빠져들었다.

그무렵 나는 이제 그가 없는 나의 생활이란 상상도 할 수 없게 되었다. 그와 함께 지내기 시작한 지도 벌써 오래되었고 나를 조건없이 사랑해주는 그의 보호를 받은 지도 한참이었다. 한시도 그의 곁을 떠나고 싶지 않았고 나의 마음은 늘 그에 대한 생각으로 가득 차 있었다. 그리고 그런 나의 감정은 순수하고 진실한 것이었다. 나의 가장 깊은 곳에서 내가 가진 모든 것을 다하여 그를 사랑하고 있다는 것을 마음 깊이 인정하지 않을 수 없었다. 그리고 나는 그것을 표현하고 싶었다. 나는 그때까지 누구에게도 말하지 않았지만 남자와의 첫경험도 해보지 않은 상태였다. 물론 그에게도 그런 이야기는 하지 않았다. 그런 나의 비밀을 다른 사람들이 알게 된다는 것은 자존심 상하는 일인 것 같았고 다른 사람들이 나를 우습게 알고 숙맥으로 볼 것 같아서 겁이 나기도 했다. 특히 내가 몸담고 있는 연예계에서는 너무 순진하다는 게 도움이 되지 않는 것 같았다. 여러 가지 이유에서 나는 나의 그런 점을 감추고 사람들 앞에서는 대강 세상을 다 아는 양 순진하게 보이지 않으려고 애쓰며 행동했다. (그런 나의 성격은 이후 「삼포 가는 길」에서 '백화'라는 캐릭터로 그의 영화에 그려졌다.) 그러나 그무렵 나는 단호하게 이제는 때가 되었다고 생각했다. 그럴 만한 이유가 무엇보다도 확실하다는 결론을 내렸다.

우선 나는 그와 단둘이만 있을 수 있는 조용한 때를 기다렸다. 그리고 그의 얼굴을 똑바로 바라보며 마침내 더듬더듬 입을 열었다. "할말 있는데요."

"응? 뭔데?" 대수롭지 않게 그가 대꾸했다.

"저요, 사랑해요."

그의 작은 눈이 둥글어지며 반짝 빛났다.

"아주 많이요. 그리고 깊게요."

"......"

"이제 더 기다리지 않아도 돼요. 마음의 준비 다 되었어요."

왠지 모르게 어색하고 이상하여 말이 목에 걸려 잘 나오지를 않았다. 그는 이내 내가 무슨 말을 하려는지 눈치를 챈 듯했다. 빙그레 웃으며 내 어깨를 잡아 자기의 가슴 안으로 넣은 그가 나의 심각한 제안을 조심스레 받아들였다. "고마워, 내가 준비 할게."

그 말을 듣자 순간 마음이 훨씬 홀가분해지는 것 같았다.

그는 우리의 촬영 스케줄을 조정하고 이틀 뒤로 날을 잡아 워커힐 호텔 언덕에 있는 별관을 예약했다. 그리고 그날은 자양동 집으로 들어가지 말고 밖에서 일을 본 후 그곳에서 직접 만나자고 했다.

그날은 아침부터 가슴이 콩닥콩닥 뛰었다. 긴 하루였다. 매일 보는 사람이었는데 왜 그렇게 기분이 묘하고 가슴이 떨리는지 알 수가 없었다. 날이 어두워지기를 기다려 나는 워커힐 호텔 앞에서부터 언덕을 향해 걸어 올라가기 시작했다. 혹시 보는 사람이 있을까 걱정이 되어 어둠속에서도 가로수 뒤쪽에 몸을 바싹 붙이고 걸었다. 다행히 호텔 별관은 한적한 언덕에 다른 방들과 떨어져 있어서 인적도 없고 조용했다. 현관문을 노크했다. 그가 먼저 와 있었다. 그를 보자 백배는 안심이 되었다. 쭈뼛거리며 입구에 들어서니 왼쪽으로 더블 침대 두 개가 나란히 따로 있었고 정면 발코니 너머 숲 사이로 멀리 한강 건너편의 불빛들이 내려다보였다. 방안으로 들어선 나는 왠지 괜스레 멋쩍고 어떻게 행동해야 할지 몰랐다. 내가 저질러놓은 일이기는 했지만 어떻게 수습을 해야 할지 난감하기만 했다. 그는 평상시처럼 침착하게 그런 나를 대했고 장난기있고 다정하게 행동하면서 나를 안심시켰다. 나는 분위기가 어색하거나 불안하면 조잘거리는 버릇이 있다. 그때도 그랬던 것 같다. 왔다갔다 하며 이것저것 계속 조잘거리는 나에게 그가 마침내 "목욕 안 할래?" 하고 물었다. 나는 정말 좋은 생각이라고 동의했다.

목욕탕 안으로 들어간 나는 문을 꼭 닫고 탕 안에 물을 채웠다. 후끈한 김이 탕에서 올라왔다. 뿌옇게 김으로 가려지기 시작하는 거울에 희미하게 내 모습이 비쳤다. 그날따라 유난히 어른 같다는 생각이 들었다. 처음으로 연극무대에 서던 날의 기억이 떠올랐다. 기쁘고 흥분되던 감정의 뒷면에 기절할 것같이 두렵고 불안했던 기억들이 생생했다. 거울에 비친 나의 두 눈을 똑바로 바라보며 큰 숨을 몰아쉰 나는 탕 안에 들어가서 물속 깊이 몸을 담갔다. 마음이 조금 가라앉는 듯했다. 탕 안에서 나는 한번 더 그와 진정으로 하나가 되고 싶다는 결심을 굳혔다. 물에서 나와 하얀 타월로 몸을 가린 다음 목욕탕 문을 열고 밖으로 나왔다. 한강이 내다보이던 유리문은 커튼이 드리워져 있었고 방안의 불빛도 이미 아늑하게 조절이 되어 있었다. 그는 침대 사이에서 무언가를 열심히 하고 있었다. 나는 유심히 그가 하는 일을 서서 지켜보았다. 그는 양쪽 침대에 있던 이불과 시트를 모두 들어내어 두 침대 사이 바닥에 깔아 잠자리를 새로 만들고 있었다. 새둥지 모양 포근해 보이는 잠자리에는 마지막으로 목욕탕에 있던 흰 목욕 타월들을 한번 더 깔아서 깨끗하고 아늑하게 만들었다. 나는 얼른 그 안으로 들어가 앉아보았다. 밝은 불 아래 침대 위에 덩그러니 올라앉은 것보다 훨씬 포근하고 편안했다. 나는 몸에 두르고 있던 타월을 내리고 하얀 시트 아래로 조용히 누웠다. 그리고 두 눈을 감았다. 그가 나를 자기 팔로 안고 조심스레 내 옆에 누웠다. 나는 이렇게 나의 첫경험을 의식적으로 선택하여 내가 사랑하는 사람과 나눌 수 있게 된 것을 하늘에 감사했다. 그는 나를 소중하게 대했고 모든 것이 축복처럼 달콤했다. 그런데 한순간, 갑자기 몸이 찢어지듯 아팠다. 나는 참지 못하고 아악! 하고 소리를 질렀다. 갑작스런 일에 놀라 엉겁결에 자리에서 일어나 앉은 그는 자기가 무슨 일을 했는지 알 수 없다는 듯 멍하니 나를 바라보았다. 하얀 타월에 붉은 피가 흠뻑 배어 있었다. 나는 너무나 놀라고 당황한 나머지 다시 소리를 지르기 시작했다. 무엇인가 크게 잘못된 줄로만 알았다. 놀라서 어찌할 바를 몰라하던 그가 "괜찮아, 괜찮아" 하며 울음을 터트린 나를 우선 안정시키려고 노력했다. 수선을 피우는 동안 서서히 아픔이 가라앉는 듯싶었다. 그는 타월에 묻은 피와 놀라서 우는 나의 모습을 번갈아 보더니 그제야 무언가 알게 된 것 같았다. "아니, 너……" 하고는 멍하게 말을 맺지 못한 채 나를 대강 시트로 감싸고는 내 얼굴을 가까이서 바라보며 말을 이으려고 애썼다. "너, 아직 한번도……"

나는 죄지은 강아지 같은 얼굴을 하고 머리를 끄덕였다. 그는 안도의 숨을 쉬며 나를 자기 가슴으로 당겨 안았다. 그러고는 잠시 말없이 놀란 나를 안고 충격을 가라앉혔다.

"미안해, 내가 아직 한번도 이런 경험이 없어서…… 이런 일은 처음이야."

그건 바로 내가 하고 싶은 소리였다. 미리 그에게 얘기하지 않은 것은 나의 잘못이란 생각이 들었다. 내 무지함으로 특별한 순간을 망쳐버린 듯해 실망스러웠다. 내 얼굴을 두 손으로 감싼 그는 내 이마에 자기 얼굴을 대고 깊은 목소리로 부드럽게 말했다. "고마워, 그리고 사랑해."

나는 속으로 왜 사람들이 이런 힘든 일을 사랑의 표시로 해

야 하는지 정말 이해할 수가 없었다. 충격으로 그날 밤새 잠을
설친 후 다음날 아침 그와 함께 호텔을 나왔다. 그는 아무 말
없이 내 손을 잡고 택시에 올라탔다. 나는 차 안에서도 줄곧 그
의 손을 꼭 잡고서 그의 팔에 머리를 기댄 채 아무 말도 할 수
가 없었다. 지난밤의 일이 꿈이었는지 아니면 정말 있었던 일
인지 나는 아직 믿을 수가 없었다. 그는 종로2가 화신 앞에서
차를 세웠다. 화신백화점에서 종로3가 쪽으로는 보석상들이 즐
비하게 줄지어 있었다. 그는 그곳에서 마음에 드는 반지를 하
나 고르자고 했다. 두번째인가 세번째로 들어간 보석가게에서
나는 마음에 드는 금으로 된 반지를 하나 발견했다. 납작하고
폭이 넓으면서도 도톰한, 아무런 무늬도 없는 금반지였다. 그
도 아주 마음에 들어했다. 그 반지를 사서 주머니에 넣은 후 우
리는 그곳을 나왔다.

시내를 빠져나온 우리는 건국대 쪽을 향하는 길 중간의 어느
동네에 그가 알고 있던 조그마한 절을 찾았다. 남쪽으로 난 대
문을 들어서자 우물이 있는 조촐한 마당이 나왔다. 한쪽 담 밑
으로는 크지 않은 장독대가 있었고, 정면에 보이는 법당인 듯
한 건물 앞에 툇마루가 길게 마당을 바라보고 나 있었다. 햇볕
으로 가득 찬 잘 쓸린 마당은 아늑하였으며 전혀 인기척이 없
었다. 툇마루 바로 앞까지 들어간 그는 내게 거기서 잠시 기다
리라고 하고서 문지방을 넘어 컴컴한 법당 안으로 혼자서 들어

갔다. 나는 오후의 햇볕으로 가득 찬 밝고 따뜻한 툇마루에 앉아 그를 기다리기로 했다. 그렇지 않아도 놀라고 나른하던 몸이 햇볕에 녹는 듯 느껴졌다. 법당 안을 들여다보고 싶었지만 그에게 방해될까봐 소리도 내지 않고 조용히 툇마루에 쪼그리고 앉아서 그를 기다렸다. 작지만 조용하고 아름다운, 서민적인 절의 분위기를 한껏 느낄 수 있었다. 그는 오랫동안 그 안에 혼자 있었다. 적어도 30, 40분은 족히 되었던 것 같다. 마침내 툇마루 쪽으로 조용히 나왔을 때 그의 눈시울은 촉촉하게 젖어 있었다. 내가 걱정스럽게 물었다. "왜 그래요?" 말이 목에 걸리는 듯한 목소리로 그가 대답했다. "음, 그런 일이 좀 있어. 괜찮아. 들어와" 하며 그는 나를 법당 안쪽으로 불러들였다. 바깥의 밝은 툇마루와는 달리 깊숙한 법당 안은 아늑했다. 내가 조용히 바닥으로 내려앉자 그는 말없이 나의 두 손을 잡고서 왼손 약지에 그 반지를 끼워주었다.

절을 나온 우리는 그의 뜻에 따라 다시 차를 타고 내 어머니가 사시는 현저동으로 향했다. 그는 계속해서 침묵을 지켰고, 나는 구름 위를 떠다니는 양 마냥 피곤하면서도 한편으로 행복하기만 했다. 그의 어깨에 머리를 기댄 채 내 손가락에 끼워진 노란 반지를 내려다보았다. 정말 예쁜 반지였다. 나는 얼굴을 들어 그를 보며 조심스레 물었다.

"우리 결혼한 거예요?"

"응, 안돼?"

"아, 아니요."

나는 다시 반지를 내려다보았다. 그리고 이리저리 손가락을 움직여보았다. 나는 내가 한 일이 너무나 자랑스럽고 신기했다.

언덕에 붙어 있는 자그마한 현저동 집에 도착한 것은 오후 늦게나 되어서였다. 집에는 어머니 혼자 계셨다. 내 어머니는 글을 쓸 줄도 읽을 줄도 모르는, 일제시대 권번 출신의 미모가 뛰어난 자그마한 분이셨다. 어머니는 갑자기 연락도 없이 찾아온 손님을 맞아 어찌할 바를 몰라했다. 그와 어머니는 초면은 아니었다. 얼마 전에 그가 근처에 있는 씨나리오 작가의 집에 들렀다가 나와 함께 어머니를 찾아뵌 적이 있었다. 그는 무슨 영문인지 몰라 어려워하는 어머니를 안방으로 모셨다. 그리고 아랫목에 앉으시라고 정중하게 권한 뒤 "저, 절 받으시지요" 하며 어머니 앞에 공손하게 섰다. 키가 큰 그의 머리가 안방의 낮은 천장에 닿을 것같이 보였다. 그는 조용히 자리를 잡고 앉으신 어머니에게 큰절을 올렸다.

"저, 오늘 저녁 좀 얻어먹으려고 왔습니다. 그리고 여기서 하룻밤만 재워주십시오." 그는 변죽 좋게 그러나 예의바르고 사랑스럽게 어머니의 마음을 사로잡았다. 어머니는 "그러시지요" 하고 더이상 아무것도 묻지 않으셨다. 그리고 내가 쓰던 작은 방에 그의 잠자리를 따로 보아주셨다.

다음날 아침 일찍 현저동 집을 떠난 우리는 시내를 가로질러 바로 자양동 집으로 들어갔다. 긴장감에서부터 오는 피로가 한꺼번에 몰려오는 듯했다. 대문을 열고 뜰로 들어서니 온 집안이 쥐죽은 듯 조용했다. 우리는 둘다 지칠 대로 지쳐 있었다. 벌써 며칠 밤을 자는 둥 마는 둥 뜬눈으로 새우고 서울 장안을 온통 돌아다니며 큰일을 치르느라 정신없이 분주하게 다니다가 마침내 누구의 손도 닿지 않는 우리만의 장소로 돌아온 것이다. 텅 빈 집안으로 들어선 우리는 바로 건넌방으로 갔다. 컴컴하고 아늑했다. 조그만 창문을 한번 더 커튼으로 가린 후 우리는 자리를 내어깔고 방바닥으로 떨어지듯 드러누웠다. 긴장이 한꺼번에 풀리는 듯했다. 그와 나는 우리만의 컴컴한 자양동 집 건넌방에서 하루종일 세상과 단절된 깊은 잠으로 빠져들었다.

날씨는 갈수록 쌀쌀해졌다. 벌써 초겨울 추위가 꽤나 매섭게 다가오고 있었다. 영화 「삼각의 함정」은 특히 밤장면이 많아서 일산쯤으로 기억되는 서울 근교의 인적 없는 벌판에서 우리는 여러 날 밤새도록 촬영을 했다. 찬바람이 사정없이 몰아치던 그때의 그 벌판을 나는 지금도 또렷이 기억하고 있다. 가벼운 실내의상으로 새벽까지 촬영을 해야 했는데, 내가 추위에 떨며 몹시 힘들어하면 그는 근처에 있는 민가의 아주머니에게 나를 맡기며 뜨거운 안방 아랫목에 묻어서 재우고 아침에 일찍 따뜻한 콩나물국을 먹여 내보내달라고 부탁했다. 그러고는 나 없이 바람 부는 벌판으로 다시 나가 밤을 지새며 촬영을 강행했다.

다행히도 모든 촬영이 서울 근교에서 이루어졌기 때문에 시간이 허락하는 대로 우리는 자양동 집에서 쉬며 시간을 보낼 수 있었다. 나는 일이 없는 날은 그의 속내의며 더러워진 양말들을 손으로 빨아서 밖에 널기도 하고 컴컴한 건넌방을 치우기도 했다. 그는 주로 방에서 다음날 촬영할 각본을 다시 정리하는 작업을 하였다.

어느날 오후 그는 집 근처에서 누군가를 만나야 할 약속이 있어 잠시 나갔다 오겠다고 했다. 심상치 않은 얼굴로 보아 누군가 중요한 사람인 것 같았다. 그 손님이 집으로 오겠다고 했으나 자신이 밖으로 오시게 해서 다른 곳에서 만나기로 했다고 그는 내게 설명했다. 한두 시간 정도면 충분할 것 같다며 혜영이를 데리고 목욕탕에 다녀오는 것이 어떻겠느냐는 그의 말에 따라 나는 얼른 목욕탕에서 필요한 것들을 간단하게 챙겼고 우리는 다같이 집을 나섰다. 포장되지 않은 넓은 동네 신작로를 걸어서 우리는 자양동 큰길 쪽으로 나갔다. 이유는 잘 몰랐지만 긴장한 듯 보이던 그와 중간에서 헤어진 후 나는 혜영이와 함께 동네 목욕탕으로 향했다. 사람이 뜸한 오후 시간의 동네 목욕탕에서 우리는 재미있게 서로의 등을 밀어주며 묵은 때를 모두 씻어냈다.

혜영이는 정말 귀엽고 사랑스런 아이였다. 그리고 모든 것을 긍정적으로 받아들이는 특별한 아이였다. 나를 언니라고 부르며 유난히 잘 따르고 항상 나를 도와주던 예쁜 아이, 나도 그 아이를 무척이나 좋아했다. 긴 목욕을 끝낸 우리가 깨끗한 천사들처럼 사뿐사뿐 먼지 나는 신작로를 걸어서 조잘거리며 집으로 돌아왔을 때까지도 그는 아직 돌아와 있지 않았다. 나는 다시 혜영이를 앞세워 길목의 구멍가게로 향했다. 그가 집을 비우고 멀지 않은 곳에서 과거의 누군가와 대화하고 있던 그날 오후, 나는 혜영이와 함께 이것저것 군것질거리를 사서 나누어 먹으며 자연스럽게 한식구가 되어가고 있었다.

그는 예상보다 훨씬 늦게 돌아왔다. 내가 한마디도 묻지 않았는데도 불구하고 약간 흥분한 듯한 그는 나를 안심시켜주려는 듯, 방금 만나고 들어온 사람에 대해 이런저런 설명을 하려고 했다. 그날 오후 밖에서 만난 사람은 예전부터 알던 여자 손님이었으며, 나보다 나이가 많은 사람이라고 했다. 그 여자는 아주 가끔 그에게 연락을 하고 집으로 찾아오곤 했는데, 이번에는 집으로 올 수 없도록 자신이 미리 얘기를 하여 밖에서 만났다고 했다. 그 여자는 그와 함께 있기를 원하지만 그는 자신이 현재 함께 있는 나의 존재를 밝히고, 그럴 생각이 없다는 의사를 전했다고 말했다. 그리고 그 여자가 자기 걱정을 많이 하

더라는 말을 덧붙였다. 나는 왜 그 여자가 그를 많이 걱정하는
지 알 수 없었지만 어쨌든 양쪽이 다 힘든 만남이었다는 것만
은 직감할 수 있었다. 오래 전 그가 아이들 어머니와 이혼했다
는 것 말고 나는 그의 과거에 대해서 더이상 아는 것이 없었고,
그가 오직 나를 위해서 태어났고 나를 만나기 위해서만 기다렸
으며 나만을 사랑할 것이라는 순진한 확신을 갖고 있었다. 그
밖에 다른 어떤 것이 우리 사이에 끼여들어 문제가 될 수 있다
는 가능성조차 생각해본 적이 없었다. 그러나 한 가지, 그때 그
는 그의 인생에서 아주 중요했던 과거의 한 여자를 만나고 온
것이 틀림없었다. 그리고, 두 사람 사이의 그 만남은 그것이 영
원한 마지막이었다.

　「삼각의 함정」 촬영은 연말이 다 되어서야 끝이 났다. 그해
는 추위가 유난히도 일찍 찾아왔던 것 같다. 촬영이 끝나자 그
는 녹음과 편집 때문에 거의 매일같이 나가서 일을 봐야 했지
만 나의 대사는 성우의 목소리로 더빙하기로 했기 때문에 따로
녹음실에 나갈 필요가 없었다. 나는 오랜만에 내 볼일도 보고
방송국 드라마 녹화에 전력을 다할 수 있었다. 일이 끝나자마
자 영화촬영 때문에 급히 빠져나와야 하는 일도 없었고 화보
찍는 일도 더 많이 할 수 있었다.
　어느날 저녁 그는 자정이 다 되어서야 녹음실에서 집으로 돌

아왔다. 잠자리에 들 준비를 하며 그는 녹음실에서 우연히 신상옥 감독님을 만났다는 이야기를 했다. 그의 목소리가 밝고 상기되어 있는 것으로 보아 두 사람이 기분 좋은 대화를 나누었다는 것을 직감할 수 있었다. 그당시 신 감독님은 나이 어린 수미 언니한테서 두 아이를 얻었었다. 아마도 그 두 사람은 그런 이야기를 나눈 것 같았다. 그리고 그도 처음으로 집 밖에서 나와의 관계를 자유로이 이야기할 수 있는 상대를 만나 허물없이 편안하게 이야기를 나누었던 것 같았다. 잠자리에 든 그는 평상시와 같이 자기 팔로 나를 안아 가슴 안으로 당겼다. 그리고 조용히 나를 바라보며 아이가 갖고 싶으냐고 물었다. 나는 할말이 없었다. 솔직히 아이를 갖는다는 게 무슨 뜻인지, 그런 일에 대해 생각해본 적이 없었다. 그러나 언젠가는 내가 그런 생각을 하리라는 것을 그는 알고 있었다. 그는 언제나처럼 부드럽게 나에게 말했다. 오래 전에 자기는 혜영이를 마지막으로 아이를 낳을 수 없는 수술을 받았으며, 내가 아이를 원한다고 해도 자기로서는 가능하지 않은 일이라고 설명했다. 나는 그래도 할말이 없었다. 약간 서운한 생각이 스쳐가긴 했지만 단지 그뿐, 그런 것이 나와 어떤 연관이 있는 것인지 떠오르는 바가 없었다. 나는 그와 나의 관계가 완전하다고 생각했다. 나에 대한 그의 사랑은 누가 보아도 완전한 것이었으며 그에 대한 나의 사랑도 더없이 완전했다. 그와 나는 의심할 여지 없이 모든 것이 하나였다. 어느 누구도 우리 사이에 끼여들 수는 없었다. 게다가 우리는 같은 계통의 일로 같은 세계를 추구하는 동반자였다. 그는 내가 가지고 있지 않은 완숙하고 세련된, 그러나 무엇인가에 짓눌려 숨쉴 수 없는 미묘한 예술세계의 소유자였고, 나는 그의 그 어둡고 숨막히는 세계에서 상상할 수 없는 자유분방함과 무한한 가능성의 소유자였다. 육체적으로나 정신적으로나 그와 나의 관계는 최고의 완전함에 가까운 것이었다. 그래도 나는 그의 자상하고 세밀한 관심에 고마움을 느꼈다.

매일 밤 그의 품속에서 느끼는 따스함이며 힘있게 뛰는 심장의 고동소리, 달콤한 살냄새, 그리고 그의 숨소리, 작은 눈을 통해 들여다보이는 슬프고 외로운 영혼, 나에 대한 정열적인 사랑, 그리고 부드러운 그의 머리카락. 나는 더이상 그에게 원하는 것이 없었다. 나의 영혼은 단비 내리는 계곡처럼 흡족했으며, 내 안의 모든 것이 생명의 움을 트고 있었다. 그리고 그것은 욕심이 비켜간 완전한 만족감이었다.

서울에 강추위가 몰아치기 시작한 그해 겨울 나는 영화 「태양 닮은 소녀」로 한국일보사가 주최하는 한국연극영화상에서 영화부문 신인상을 수상했다. 나는 혼자서 명동 국립극장에서 열린 시상식에 참석을 했다. 집으로 돌아온 내가 그에게 "나 상 탔어요" 하고 자랑을 했더니 그는 "당연하지" 하고 한마디로 말을 맺었다. 그후 며칠이 되지 않아 같은 신문사 스포츠일간지에 그와 나의 관계가 처음으로 보도되었다. 시상식에서의 나의 사진이 실려 있었다. 이래도 되는 것인지 은근히 걱정이 되어 신문을 가져다 보여주었더니 그는 기사에는 전혀 관심이 없는 듯 가볍게 "음, 사진 잘 나왔네" 하고 빙그레 웃으며 신문을 치웠다.

그무렵 그는 처음으로 나에게 「삼포 가는 길」에 대해 언급을 했다. 시간 나는 대로 황석영 씨의 원작을 우선 읽어두라고 권했다. 그때까지도 나의 주요 활동무대는 TV 드라마였고, 내가 주인공을 맡은 일일드라마는 무슨 일이 있어도 시간을 조정할 수가 없었다. 읽는 연습을 일주일에 이틀, 하루에 몇시간씩 하고 녹화하는 날은 보통 15시간씩 방송국 스튜디오에서 보냈다. 그는 나의 녹화일정에 그와의 스케줄을 모두 맞추어주었으며, 최선을 다해 내가 힘들지 않도록 뒷받침해주었다.

날씨가 아삭아삭 추운 어느날 방송국에서 드라마연습을 끝내고 나오는데, 그를 잘 아는 선배 한분이 차 한잔 하자고 나를 붙들어세웠다. 영화연극계에서 원로급인 나이가 많으신 선배였다. 근처 찻집으로 들어간 선배님은 자리에 앉자마자 "이 감독 요즘 어때? 잘 있어?" 하고 물으셨다.

"그럼요."

"새 작품 곧 들어간다면서?"

"그런가봐요" 하고 대답하며 충무로의 소문은 정말 빠르구나 하고 나는 생각했다. 나는 아직 각본도 보지 못한 새 작품을 다른 사람들은 벌써 알고 있었다. 차를 시킨 후 선배님은 가라앉은 목소리로 다시 내게 물었다.

"요즘 이 감독 건강은 어때?"

"건강해요."

"다행이구만" 하고 그분이 대답했다.

"이 감독 병원에 입원했었던 것 알지?"

"아, 네. 얼핏 들은 것 같은데 몇년 전 간이 나빠서 그랬다면서요?"

언젠가 한번 그가 얼핏 그런 이야기를 나에게 비춘 적이 있었지만, 그밖에는 자신의 건강에 대한 아무런 내색도 하지 않았고, 나 또한 그것을 크게 생각해본 적이 없었다. 그 선배님의 말에 의하면 이 감독은 오랫동안의 술과 불규칙한 생활로 인해 몇년 전 간경화라는 진단을 받고 병원에 입원했었으며 술을 절대로 들어서는 안된다는 의사의 충고가 있었다고 했다. 그 이후 건강과 우울증으로 몇년간 작품활동을 중단하기도 했으며 근래에 와서 마침내 그의 작품활동이 활기를 띄고 있다고까지 자세히 설명해주었다.

또한 선배님은 그날 대강 이런 이야기들을 들려주셨다. 그는 아이들의 어머니와 이혼한 후 연상의 연인이던 배우 문정숙 씨와 오랫동안 동거를 한 적이 있으며, 많은 영화를 같이 만들었다고 했다. 문정숙 씨와의 관계는 여러가지로 굴곡이 많았고 시간이 갈수록 점점 평탄치 않아졌으며, 두 사람 관계는 몇년 전 완전히 정리가 된 것으로 알고 있다고 했다. 문정숙 씨라면 나보다 훨씬 나이가 많은 원로급 선배 여배우로만 알고 있던 나는 두 사람의 관계가 어떤 것이었을지 상상이 가지 않았고, 이미 오래 전에 정리된 일이라면 더욱이나 내가 알아야 할 필요가 없다는 생각만 들었다.

나는 그 이듬해 여름쯤 명동국립극장에서 있었던 극단 신협의 첫날 공연에 인사를 하러 들렀다가 그곳 분장실에서 처음으로 문정숙 씨를 정면으로 마주친 적이 있다. 여느 선배에게나 하듯 상례적으로 인사를 나누고 돌아서는 나의 등뒤에서 오열을 터트리며 몸을 가누지 못하던 그분을 박암 선생님이 부축하여 커튼 뒤로 들어가는 장면을 본 후 그들 두 사람의 관계가 만만한 것이 아니었음을 늦게나마 직감하였다.

「삼각의 함정」의 편집이 완전히 끝나자 그는 다시 집에서 보내는 시간이 많아졌다. 아직 「삼포 가는 길」의 씨나리오가 완성되지 않아 씨나리오가 나올 때까지 그에게 여유가 생긴 것이었다. 어느날 밤 늦게 내가 녹화를 끝내고 집으로 돌아와보니 방안 벽에 못 보던 넓은 판자가 기대어져 있는 것이 눈에 띄었다. 그의 키만큼이나 높은 커다란 사각 나무판자가 왜 방안에 들어와 있는지 궁금했다. 그 옆에는 영화의 흑백 스틸사진들이 수북이 쌓여 있었다. 전부 내 사진이었다. 그날 낮에 영화사에 다녀온 모양이었다. 「삼각의 함정」 스틸사진 중에서 내가 나온 것들만 수북하게 방바닥에 골라놓은 것이었다. 다음날 아침 자리에서 일어나자마자 그에게 물었다. "이게 다 뭐예요?" 그는 "영화 스틸. 갖고 싶은 사진 있으면 우선 골라" 하고는 나에게 먼저 선택권을 주었다. 나는 사진들을 뒤적여보았다. 같은 장면이 몇장씩 되는 것도 많았다. 나는 대강 드라마의 줄거리가 맞는 대로 스틸을 골라 조그만 앨범에 끼웠다.

그날부터 그는 방바닥에 쌓여 있는 사진들을 한 장씩 가위로 잘라 내 모습만 오려내기 시작했다. 그리고 준비해놓았던 풀로 벽에 세워둔 나무판자의 제일 아래쪽에서부터 그 오려낸 사진들을 빈틈없이 메워가기 시작했다. 그는 나의 의견을 묻지도 않고 자기가 하고 있는 그 일을 나에게 설명하지도 않았다. 그냥 한마디의 말도 없이 방바닥 한구석에 묵묵히 앉아 한 장 한 장 천천히 사진을 오려내어 정성들여 판자를 메워가고 있었다. 내가 집에 없는 날은 혼자서 종일 같은 일을 계속했다. 내가 하루종일 밖에서 일을 보고 돌아오면 하던 일을 잠시 멈추고 그 자리에서 나를 반기곤 했다. 나는 그무렵 점점 침울해져가는 듯한 그를 보며 속으로 이런 생각을 했었다. '그가 하는 일이 확실하고 직업이 영화감독이라는 것이야말로 천만다행이다. 그렇지 않으면 암울하고 퇴폐적이며 절망적인, 폐결핵 정도를 앓고 있는 우울한 시인일 수도 있다.'

그러나 내가 그당시 한 가지 그에 대해 몰랐던 것이 있다면 바로 그것이었다. 그는 암울하고 퇴폐적이며 절망적일뿐더러 심한 병을 앓고 있는 우울한 영상의 시인이었던 것이다. 게다가 그는 날개 잘린 새였으며, 날개 잘려 새장에 갇힌 채 가슴에 꽂힌 화살의 아픔으로 퍼덕거리는 새였다. 스물세살이나 연하의 나이 어린 나는 그가 갇힌 새장 문의 창살에 앉아 달콤한 노래를 부르는 그의 연인이었고, 삶의 희망이었다. 그는 나라는 실오라기 같은 줄을 잡고 살기 위해 안간힘을 쓰던 처절한 시인이었던 것이다.

「삼포 가는 길」의 씨나리오가 나오자 그는 다시 외출하는 날이 많아졌으며 훨씬 생기있는 모습으로 작품을 구상하기 시작했다. 활기에 차서 작품 이야기를 하던 그는 훨씬 명랑해 보였고 나의 마음도 편안해졌다. 그런 가운데서도 그는 조금이라도 집에서 지내는 시간이 있으면 잊지 않고 몇장이라도 나의 모습을 열심히 판자에 오려 붙였다.

「삼포 가는 길」 촬영이 시작되다

쌀쌀한 날씨가 계속되던 정월의 어느날 저녁 그는 나에게 보여줄 것이 있다며 데이트를 하러 나가자고 청했다. 종로3가 큰길에서 내린 우리는 바로 뒷골목으로 접어들었다. 나는 처음 가보는 골목이었는데 그곳은 온통 크고작은 술집들이 즐비하게 늘어선 도시 안의 도시였다. 그는 나를 앞세워 그중 아담하고 나지막한 한 술집으로 들어갔다. "어서 오세요!" 하는 소리와 함께 안에서 내 또래로 보이는 예쁘장한 아가씨가 나왔다. 가운데 주방이 있고 양쪽으로는 술을 마시는 테이블들이 놓여 있었다. 골목이 내다보이는 유리창 쪽으로는 편히 앉을 수 있는 작은 테이블들이 놓여 있었고 안쪽으로는 좀더 넓고 아늑한 좌석들이 눈에 띄었다.

"이쪽으로 앉으시겠어요?" 하고 한 아가씨가 물었다. "저쪽으로 자리를 주세요!" 하며 그는 뒤쪽의 조용하고 구석진 자리를 가리켰다. 시간이 이른 탓인지 술집 분위기가 아직 번잡하지 않았다. 우리는 붙박이 의자가 벽에 붙어 있고 시선이 잘 닿지 않는 오른쪽 코너에 방석들이 놓인 포근한 자리로 가서 코트를 벗고 앉았다. 여기저기에 예쁘장한 아가씨들이 더 눈에 띄었다. 곧 우리 테이블을 맡은 듯한 아가씨가 술주문을 받았다. 저쪽에서 다른 아가씨가 내 얼굴을 알아본 듯 "오셨어요!" 하며 우리에게 다가왔다. 나는 태연한 척하려고 애썼지만 그런 분위기는 늘 나를 거북하게 만들었다. 잘 알지 못하는, 술집에서 일하는 친절한 아가씨들에게 어떻게 말을 시작해야 할지도 난처했고, 그런 곳에서 나의 서툰 행동은 다른 사람들을 불편하게 할 수도 있을 것 같아서였다. 나는 그의 옆으로 바싹 다가앉았다. 그는 누구에게나 그렇듯 그곳 아가씨들에게 친절했고, 그들이 편안하게 좋아할 수 있는 신비로운 성격의 소유자였다. 어느 틈엔가 그는 "좀 앉으세요" 하며 그 아가씨와 다른 아가씨들을 하나씩 둘씩 오는 대로 내 옆에 앉혔다. 머지않아 그 술집에서 손님 없는 아가씨들은 모두 우리가 앉은 구석자리에 둘러앉아 술자리가 벌어졌다. 한 사람씩 자기의 인생에 관한 이야기들을 털어놓기 시작했다. 그러다가 손님이 생기면 자리를 비우고 다른 자리로 갔다가 다시 돌아와 우리 술자리에 끼여앉았다. 사람마다 갖가지 사정들이 있었고, 벌써 나이에 비해 다양한 인생경험을 지닌 사람들이었다. 아가씨들은 나보다 조금 나이가 많거나 내 또래인 것 같았지만 모두 나를 언니라고 불렀고, 내가 생각하던 것보다 훨씬 단순하고 순수했다. 그리고 무엇보다도 솔직했다.

　술자리가 무르익어가자 마침내 나도 아가씨들과 오랫동안 알고 지내던 친구처럼 거리감이 좁혀졌으며 친근감까지 생기기 시작했다. 그리고 좀더 자연스럽게 그 아가씨들의 이야기를 듣고 공감하기 시작했다. 물론 나는 나의 이야기는 전혀 할 필요가 없었다. 그곳은 그가 나를 위해 연출한 그 아가씨들의 무대였고, 나는 그 실존드라마의 단독관객이었다. 모든 이야기의 초점은 그 아가씨들에게 맞추어져 있었다. 매일같이 남의 이야기만 들어주어야 했던 아가씨들은 자신들의 이야기를 무엇보다도 흥미있게 들어주는 우리 앞에서 최고의 배우들처럼 신이 나서 자기들의 이야기를 털어놓았다. 그는 그렇게 영화 「삼포 가는 길」의 '백화'라는 캐릭터를 나에게 현장교육시켰다.

거의 문닫을 시간이 다되어 아가씨들과 작별하고 술집에서 나온 우리는 골목을 따라 동대문 쪽을 향해 걷기 시작했다. 한적해진 골목 이곳저곳에 술 취한 사람들이 눈에 띄었다. 그는 나의 어깨를 잡아 자기 겨드랑이 밑으로 당겨넣으며 말했다. "언니들한테 잘 배웠어? 다들 단순하고 착한 아이들이야. 상황이 그렇게 되었을 뿐이지. 보통 사람들이 말하는 것과는 다를 때가 많아."

누구보다도 그들을 이해하고 그들의 드라마를 사랑하는 목소리였다. 그런 그의 가슴에서 따뜻한 온기가 느껴졌다. 얼굴을 스치는 차가운 겨울밤 공기가 상쾌했다.

나는 「삼포 가는 길」의 백화 역할에 마음이 들떠 있었다. 나와 같이 어린 연기자라면 누구나 한번쯤 해보고 싶은 역할이었다. 그러나 반면에 내가 어느 정도나 떠돌아다니는 시골 술집 계집아이로 변신할 수 있을까 은근히 걱정이 되기도 했다. 나는 우선 백화라는 역할이 처음부터 마지막까지 한 벌의 의상만 필요로 한다는 사실에 주의하고 곧 의상에 대해 알아보기로 했다. 나는 이 영화가 눈이 많은 곳에서 촬영될 겨울영화라는 것을 그에게 들어 알고 있었다. 상대역인 정씨와 영달의 의상은 배역의 성격을 두드러지게 하는 어두운 색깔이 될 것이라는 것도 알아냈다. 나는 백화의 옷으로 빨간색을 떠올렸다. 겨울의 눈이 영상에 깔린 배경이라면 영화는 분명 흑백영화 같은 분위기가 될 것 같았다. 게다가 두 남자의 어두운 색깔의 의상이 그런 영상의 분위기를 더욱 우울하게 만든다면, 빨간색 의상은 백화의 성격을 대변해줄 수 있을 것이라는 들었다. 내가 그에게 이런 생각을 전하자 그는 아주 마음에 들어하면서 나에게 알아서 의상을 구해보라고 맡겼다. 다음날로 나는 의상이 필요할 때마다 즐겨가던 동대문시장으로 나가 좌판에 늘어놓은 옷들을 뒤지기 시작했다. 값도 비싸지 않은 옷들이 산더미같이 쌓여 있었다. 나는 그곳에서 내게 필요한 의상과 소품 들을 전부 찾아냈다. 빨간 반코트며 진분홍 반짝이 월남치마 그리고 초록색 가방까지 백화 역에 필요한 물건을 그날로 해결을 했다.

대관령에 큰 눈이 왔다는 소식이 전해지자 그는 촬영팀과 함께 훌쩍 강원도로 먼저 떠나갔다. 나는 일주일 후 2차로 떠나는 차량편을 이용하기로 되어 있었다. 영화 초반에는 백화 역할이 없는데다가 서울에서 해야 할 일이 아직도 많이 남아 있던 나는 너무나 오랜만에 그가 없는 서울에 혼자 있게 되었다.

그를 만난 이후 특별한 일이 없는 한 나는 그와 떨어져 있어 본 적이 없었다. 거의 매일같이, 그것도 거의 하루종일 그와 함께 지낸 탓이었는지 갑자기 가슴이 허전해서 참을 수가 없었다. 그가 없는 자양동 집은 썰렁하기만 했고 하루종일 아무리 바쁘게 일을 보고 다니다 돌아와도 그가 없는 건넌방은 온기가 없고 춥게만 느껴졌다. 여기저기 걸려 있던 그의 옷에서 그의 냄새가 났다. 그 냄새가 잠시나마 나를 행복하게 했다.

나는 그가 떠나기 바로 전까지 만들고 있던 미완성의 사진 꼴라주를 들여다보았다. 오려붙이다 만 내 사진들이 벌써 판자를 반 이상 채우며 위를 향해 올라가고 있었다. 갖가지 나의 표정들이 이리저리 서로 빈틈없이 엮여서 판자를 꽉 메우고 있었다. 정말 정성스레 엮인 꼴라주였다. 나는 수북이 쌓여 있는 사진더미에서 한 장을 골라 가위로 오린 다음 같이 엮어보려고 적당한 빈자리를 찾아보았다. 빈틈없이 맞추는 것은 생각보다 까다로웠다. 한참을 걸려서야 이리저리 돌려가며 꼭 맞는 자리를 찾아 한 장의 사진을 끼워 풀로 붙일 수 있었다. 눈 덮인 강원도 산골 어딘가에서 떠돌고 있을 그를 생각하며 몇장 더 사

진을 붙여보았다. 예상외로 많이 울적하고 몹시도 그가 보고
싶었다.

그당시 서울에서 대관령으로 가기란 쉬운 일이 아니었다. 서
울에서 용인까지는 고속도로가 나 있었지만 용인에서부터는 먼
지 나는 비포장도로여서 그 강원도 산골길을 밤새 달리려면 마
음의 준비를 단단히 해야 했다. 저녁식사를 마친 후 밤늦게 우
리를 실은 미니버스가 촬영지인 대관령을 향해 떠났다. 뒤에
남은 스태프들과 나, 그리고 필요한 장비들을 가득 실은 버스
는 우선 남으로 향해 용인까지 갔다. 그리고 그곳에서부터 비
포장도로가 시작되었다. 누군가 하는 말로는 거기에서 목적지
까지는 8시간이나 걸릴 것이라고 했다. 나는 털털거리기 시작
하는 미니버스 중간쯤 통로 쪽에 자리를 잡고 앉아 야외촬영
때마다 이불로 쓰는 발목까지 내려오는 긴 코트를 몸에 두른
채 밤새도록 가야 할 길을 마음속으로 그려보았다. 경기도를
지나 강원도 쪽으로 접어들자 길은 점점 더 험해지기 시작했
다. 버스는 산길을 오르내리며 꼬불꼬불한 좁은 길을 따라 계
속 털털거리며 움직였다. 몇시간쯤 갔을까, 길이 조금 평평해
지는 듯한 기분이 들더니 하늘이 열리는 듯 밖이 조금씩 훤하
게 보이기 시작했다. 누군가 앞에서 "우리 여기 좀 쉬어갑시
다!" 하는 소리가 들렸다. 우리는 모두 안도의 숨을 쉬었다.

모두 뒤틀린 몸을 가누며 차 밖으로 나왔다. 지난번에 온 눈

으로 사방이 희끗희끗 덮여 있었다. 새벽 2시나 되었을까, 바깥 공기는 살을 에는 듯했다. 구름 사이로 모습을 드러낸 보름달이 세상을 환하게 비춰주었다. 차에서 나온 사람들이 볼일을 보기 위해 한두 사람씩 이곳저곳으로 사라지는 틈을 타 나도 적당한 장소를 찾아 주위를 둘러보았다. 우리 차가 서 있던 비포장도로 건너편으로 공사중인 큰 다리가 어슴푸레 보였다. 아마도 고속도로 공사중인 것 같았다. 스태프들의 눈을 피해 멀찌감치 그쪽으로 건너간 나는 커다란 씨멘트 고가 다리의 기둥 뒤로 안전하게 숨은 뒤 서둘러 볼일만 본 다음 추위에 쫓겨 버스 안으로 돌아갔다. 차 안은 히터 덕분에 꽤 따뜻했다. 뒤쪽의 내 자리로 돌아가 창문에 기대 쪼그리고 앉은 나는 코트 이불을 다시 둘러 덮었다. 스태프들은 잠시 밤참이나 커피를 하는 모양인지 두런거리는 소리들이 들렸다. 창문 밖에서 보름달이 환하게 나를 내려다보고 있었다. 괜스레 외롭고 슬퍼지기 시작했다.

지금 나는 어디쯤 와 있는 것일까. 낯선 스태프들과 함께 어디를 향해 가고 있는 것일까. 왜 이리도 길은 험한지, 얼마나 더 가야 하려나. 그이도 일주일 전에 이 길을 지나갔을까. 눈물이 핑 돌기 시작했다. 그는 지금 어디쯤에서 무얼 하고 있을까. 저 보름달은 지금 그가 있는 곳을 내려다보고 있을 텐데 그 사람도 저 달을 보고 있을까. 보름달을 쳐다보던 나의 눈에서 자꾸 눈물이 나왔다. 그의 따뜻함이 그리웠다. 그리고 그를 보고 싶어 견딜 수가 없었다.

나는 그렇게 누가 그리워서 울어본 기억이 별로 없었다. 중학교 여름방학에 처음으로 혼자 집을 떠나 시골 외삼촌댁에 가 있을 때 해 떨어지는 것을 보며 어머니가 보고 싶어 울던 기억 정도이다. 그러나 이번은 그것보다도 훨씬 더 가슴이 아렸다. 알 수 없는 연민과 그리움으로 나는 차창에 얼굴을 기댄 채 남들이 눈치채지 않도록 숨을 죽여가며 조용히 흐느껴 울었다.

길은 갈수록 더 험해지기만 했다. 눈을 좀 붙여볼까 노력해 보았지만 덜컹거리는 차 안에서 도저히 잠이 오지 않았다. 이 길 끝에 정말 그가 기다리는 목적지가 있는 것인지 막연한 생각이 들었다.

동틀 무렵 우리를 태운 미니버스는 대관령 고원지대로 접어들고 있었다. 나는 창문에 낀 뿌연 서리를 문지른 후 밖을 내다보았다. 어디가 어딘지 구분할 수 없는 하얀 세계가 내 앞에 펼쳐지고 있었고 버스는 언제부턴가 길을 구분할 수 없는 눈 위를 굴러 서서히 달리고 있었다. 온통 흰 눈으로 뒤덮인 고원은 새벽빛 속에서 푸른색을 띠며 꿈같은 아름다움으로 나를 맞이했다. 타이어가 가끔 눈 위를 이리저리 미끄러지는 듯하더니 마침내 한쪽으로 크게 미끄러지며 차가 멈추어섰다. 멀리 한쪽에서 해가 올라오는 것이 보였다. 차 안에 있던 몇몇 스태프들이 따뜻한 옷으로 무장하고 밖으로 나가서는 힘을 합쳐 차를 밀기 시작했다. 흰눈으로 덮인 고원은 아침 햇살을 은빛으로 반사하기 시작했다. 설원의 빛줄기 속에서 스태프들의 기운 찬 모습이 창문을 통해 내다보였다.

다시 움직이기 시작한 우리 차는 거북이같이 아주 천천히 나지막한 산허리를 돌아 하얀 고원 한쪽에 붙은 작은 민가로 들어섰다. 조촐하지만 아늑하고 포근해 보이는, 눈에 덮인 외딴 민가였다. 장비들을 차에서 내리기 위해 먼저 그곳에 도착해 있던 스태프들이 우리를 반겼다. 파김치가 되어 후들거리는 다리로 양쪽 좌석의 통로에 쌓인 장비들을 넘어 차에서 내린 나는 금방이라도 그가 있는 곳으로 달려들어가서 부둥켜안고 싶은 심정이 간절했다. 그러나 나는 이곳에 일을 하러 왔다는 것을 나 자신에게 재인식시켜야 했다. 함께 일하러 온 많은 사람들 앞에서 사적인 감정을 내세울 수는 없는 일이었다. 나는 될 수 있는 한, 적어도 촬영이 끝날 때까지는 그와의 관계를 감독과 배우로서만 생각하고 그렇게 행동하기로 결심했다.

차에서 내려진 내 짐들을 챙긴 후 안내해주는 대로 정해진 내 방으로 향했다. 작고 나지막한 온돌방이었다. 문을 닫고 방 안으로 들어간 나는 짐을 풀기도 전에 우선 따끈한 방바닥에 벌렁 드러누웠다. 덜컹거리며 흔들리지 않는 방바닥이 딱딱하게 등뒤를 받쳐주고 있는 것이 신기했다. 온몸이 기분 좋게 딱딱하고 따끈따끈한 방바닥으로 녹아내리는 것 같았다. 몇분도 채 지나지 않아 누군가가 방문을 두드렸다. 간신히 바닥에서 일어나 문을 열어보니 조감독이었다.

"오느라구 수고하셨습니다. 우선 아침식사 하시구요, 각본 가지고 감독님 방으로 좀 오시랍니다."

"알았어요" 하고 대답을 한 후 나는 쏟아지는 잠을 참고 대강 준비를 한 뒤 아침식사가 차려진 방으로 갔다. 먼저 있던 스태프들과 막 도착한 스태프들이 한데 어울려 아침식사를 거의 끝내가고 있었다. 나는 한쪽에 앉아 국과 밥뿐인 식사를 대강 끝낸 후 각본을 들고 이 감독이 있는 방으로 갔다.

그는 방 한쪽의 탁자에 혼자 앉아서 그날 촬영할 각본을 메모하고 있었다. 고지에서의 야외촬영 때문이었는지 평상시보다 얼굴이 검고 까칠해 보였다. 그동안 머리도 더 길어진 것 같았다. 목을 감싼 머리칼이 어깨 위까지 찰랑거리고 있었다. "밥 먹었어?" 그가 먼저 말을 꺼냈다.

"네" 하며 나는 그의 옆으로 가서 앉았다.

"집은 어때?" 하고 그가 물었다.

"괜찮아요."

"혜영이는?"

"잘 있어요."

그는 늘 할머니와 막내인 혜영이 걱정을 했다.

"오느라구 힘들었지?"

"네, 조금요······ 한잠도 못 잤어요."

"그럼 아직 시간적으로 여유가 좀 있으니까 내일 아침 일찍 준비하고 시작하자" 하며 다음날 촬영할 장면들을 대강 설명해 주었다. 길지 않은 설명이 끝난 후 나는 각본을 챙겨 접었다. 그는 나를 보고 부드러운 미소를 지으며 쉰 듯한 목소리로 속삭이듯 말했다. "보고 싶었다."

나도 환하게 웃었다. 그리고 낮은 목소리로 "나두요!" 하고 그 방을 나왔다.

다음날 아침 일찍 일어나 식사를 마친 후 나는 촬영준비를 시작했다. 어둡고 침침한 시골집 방에서 손거울을 들여다보며 대충 화장을 하고 전날 준비해놓았던 의상으로 갈아입은 후 빨간 반코트를 잘 손질해두었다. 머리를 해줄 미용사가 근처 동네에서 도착하자 나는 파마를 한 것 같은 분위기가 날 수 있도록 짧은 머리를 고불고불하게 말아달라고 부탁했다. 우리는 준비물을 챙겨서 부엌으로 내려갔다. 자그마한 재래식 부엌이었다. 미용사는 연탄 아궁이의 뚜껑을 열고 쇠막대기같이 생긴 불고데기를 불이 확확 타고 있는 연탄구멍에 꽂았다. 솥이 걸려 있는 부뚜막 한쪽에 걸터앉은 나는 미용사에게 머리를 맡겼다. 얼마 지나지 않아 갑자기 누린내가 코를 찌르며 김인지 연기인지 알 수 없는 것이 머리에서 무럭무럭 올라오기 시작했다. 내 머리카락이 타는 냄새였다. 뜨거운 불에 너무 달구어진 불고데기에 가느다란 내 머리카락이 사정없이 타들어가고 있었다. 미용사는 급히 불고데기를 머리에서 뽑아 근처에 있던 찬물 양푼에 담갔다. 칙— 하는 소리와 함께 고데기가 식는 소리가 요란스레 났다. 그리고 나서도 부스러지는 머리카락을 미처 손질할 여유도 없이 미용사는 매일 아침 연탄구멍의 불과 양푼에 담긴 물로 조심스레 불고데기를 조정해가며 내 머리를 곱슬곱슬하게 만들어주었다.

촬영현장으로 나갈 때마다 나는 최선을 다해 극중 역할에만 열중하기 위해 특별히 노력했다. 현장에서 나를 대하는 그의 태도도 최대한 직업적인 것이었다. 현장의 거의 모든 사람들이 그와 나 사이를 어느정도 알고 있는 듯했지만 아무도 그것을 일부러 드러내는 사람은 없었다. 우리 모두는 그날 하루하루 우리에게 주어진 것만큼 열심히 일하는 데에만 만족했다. 나는 남들의 눈을 의식하지 않고 자유롭게 그와 좀더 가까이에서 지내고 싶을 때가 많았지만 그래도 매일같이 그가 가까이 있다는 것만으로도 충분히 행복했다. 항상 그렇듯이 현장 분위기는 부드럽고 순조로웠다. 천성적으로 난폭함이 없는 그는 모든 사람에게 다정하고 친절했으며 모두들 그를 진심으로 좋아하고 존경하는 듯했다.

첫날부터 나의 촬영은 눈 위의 장면에서 시작되었다. 김진규 선배님과 백일섭 선배님은 내가 도착하기 전부터 벌써 그곳에서 촬영을 하고 있었고, 서울에서 막 도착한 나는 두 분과 호흡이 맞지 않아 처음 며칠간 그의 주의를 많이 들었다. 그러나 세상과 완전히 고립된 은빛의 고원은 나의 들뜬 감정을 이내 다른 세계로 입문시켰다. 하루하루 나는 그 눈 덮인 산골에서 도시의 번잡함을 잊고 자연의 한 부분이 되어갔다. 눈 덮인 언덕에서 반나절쯤 촬영을 하다보면 옷에는 벌써 흥건히 눈이 배고 불고데기로 잘 만 꼬불꼬불한 머리는 어느덧 축 늘어져 풀려 있기 일쑤였다. 아침마다 손거울을 들여다보고 정성들여 한 화장도 눈과 바람에 씻겨 한 거나 안한 거나 별다를바 없이 본래의 모습으로 돌아가버렸다. 나는 마침내 별다른 노력 없이 촌에서 이곳저곳으로 떠도는 술집 계집아이 '백화'로 자연스럽게 변신하기 시작했다. 그리고 그 변신은 바로 그가 나에게 원하는 것이었다.

그는 나에게 한번도 좋은 연기를 원한 적이 없었다. 그는 자아로 감쌓인 나의 껍질을 벗기고 그 중심에 자리잡고 있는 나의 본질을 화면에 담고 싶어했다. 그리고 그 중심으로부터 에쎈스를 가려내는 것이 그의 직업이었다. 그는 양파껍질 벗듯 내가 나의 모든 껍질을 까서 벗어버리기를 원했다. 그리고 껍질이 다 벗겨져버린 상처받기 쉽고 섬약한 내면에 복잡하게 얽힌 심리적인 진실을 원했다. 나는 내면에 가지고 있는 나도 모르는 나의 숨은 보물과 또 냄새나는 찌꺼기들까지도 모두 그 앞에 있는 그대로 내놓아야 했다.

그는 얼굴에 분바르고 방긋방긋 웃는 꼭두각시의 춤에는 관심이 없었다. 꼭두각시의 춤 뒤에 숨은 뜬구름처럼 흐르는 살아 있는 영혼들의, 깊고 슬프고 그러나 죽도록 아름다운 이야기에 관심이 있었다. 그는 청순하고 예쁘장한 어린 나에게 관심이 있었던 것이 결코 아니었다. 밝고 잘난 체하는 순진한 말괄량이의 모습 뒤에 숨겨진, 외롭게 떠도는 내 영혼의 노래와 내가 가진 깊고 슬픈 눈동자의 이야기를 사랑했다.

갖가지 색깔을 발하며 눈부시게 머리 위에서 내려쬐는 고원의 강렬한 태양빛은 온누리를 덮은 눈 위로 부서지며 하얗게 반사되었다. 봄의 아름다운 생명의 찬가도 여름의 싱그러운 자연의 거만함도 가을의 무르익은 오색의 절정도 오직 꿈에서 보았던 아른거리는 기억인 양 모두 그 눈 속에 묻혀 죽은 듯 고요했다. 영화 속의 우리 세 인물은 그 눈 위를 걷고 또 걸었다. 정강이까지 빠지는 눈 위를 걷다가 허리까지 푹 빠져 허우적거리면 촬영은 잠시 중단되었다. 그리고 다시 시작해서 또 걸었다. 장엄하고 고요한 대관령의 고원 위로 눈에 빠질 때마다 까르르거리던 나의 웃음이 퍼져나갔다. 내게는 모든 것이 그저 재미있고 우습기만 했다. 그러나 까르르거리며 퍼져나가는 그 웃음소리가 그에게는 얼마나 행복하게 들렸을지, 그의 고뇌를 이해하지 못했던 나는 알 수 없었다. 그에게 고원을 울리는 나의 웃음소리는 차라리 슬프고 가련하게 들렸던 것은 아닐까. 나에게 그곳은 거대한 놀이터였지만 그에게는 그 순간 고통 속에 살아 숨쉬고 있음으로써 더욱 절실하게 느껴지는 최상의 아름다움 그 자체가 아니었을까. 안타깝게도 나는 그가 나를 보고 있는 것같이 그의 깊은 곳을 보지 못했다. 나는 단지 순간적인 행복감과 기쁨으로 눈 위를 뛰노는 다람쥐에 불과했고 그는 외롭고 어두운 자의식의 시인이었다. 나의 웃음소리는 해 넘어가는 시간까지 지칠 줄 모르고 계속되었다. 나는 그의 철저한 '젤쏘미나'였다.

하루의 촬영이 끝나고 민가로 돌아오면 나는 우선 물기 흥건해진 옷과 양말을 아랫목에 널어서 말리고 신발은 부뚜막 한쪽에 올려놓은 뒤 세숫대야에 따뜻한 물을 부어 부엌 한 구석에서 초미니 손타월로 목욕을 했다. 땅거미 깃드는 먼 고원의 외딴 민가에서 오붓하게 끼여앉아 그 옆에서 저녁식사를 하던 그 시간들은 내게는 잊을 수 없는 영원 속의 순간들이었다.

강원도 산간지방에 폭설주의보가 내려지자 우리는 모두 조금씩 흥분했다. 이 감독이 손꼽아 기다리던 눈이었다. 일단 심한 눈보라가 지나갈 때까지 나는 집안에서 대기를 하고 있었다. 차츰 폭설이 숨을 가누면서 눈안개가 채 산봉우리를 지나가기도 전에 우리는 다시 현장으로 나갔다. 한발 먼저 나온 스태프들이 새로 덮인 눈 위에 초대형 선풍기를 설치하고 있었다. 곧 촬영이 시작되었고 우리 세 주인공은 서로에게 의지하며 허리까지 빠지는 눈을 헤치고 아직 남아 있는 눈보라와 세찬 선풍기 바람을 동시에 이겨내며 앞으로 걸었다. 얼굴과 머리는 사정없이 내려치는 눈보라에 물범벅이 되었다. 우리 중 아무도 그 상황에서 특별한 연기를 할 수 있는 사람은 없었다. 단지 눈바람에 날아가지 않고 살아남기 위해서 서로 부둥켜안고 걷다가 결국 앞의 눈구덩이 속으로 쓰러지고 말았다. 그는 연기자들에게 좋은 연기를 부탁하지 않았지만 그러한 연기를 할 수 있는 상황을 제공했다. 그리고 우리는 그 절실한 상황에서 우리 자신이기만 하면 되었다.

촬영팀은 눈 덮인 고지대를 떠나 동쪽으로 이동했다. 우리가 이동할 때 썼던 대형버스 안 그의 옆자리는 말하는 사람이 없어도 으레 내 몫으로 비워져 있었다. 주로 그가 앉는 자리는 운전석 바로 뒤 첫번째 좌석 안쪽이었으며 창가 자리는 늘 내가 앉았다. 내 자리는 앞의 운전석과 오른쪽에 앉은 그 사이의 안락한 나만의 공간이었다. 커다란 체구의 그가 방패같이 나를

촬영에 열중한 이만희 감독

막아주고 있었다. 나는 다른 사람들과 떨어져 늘 무언가를 골똘히 궁리하거나 쓰고 있는 그 옆에 앉아 그의 팔에 머리를 기대고 잠깐잠깐 눈을 붙이기도 했다.

우리는 여기저기 민가들이 보이고 작은 마을도 그리 멀지 않은 듯한 곳에서 다시 촬영을 시작했다. 고지대를 벗어난 탓인지 날씨도 훨씬 온화하고 눈이 녹아 질척한 땅이 드러난 곳도 많았다. 그때 그는 이리저리 다음 장면의 배경을 찾으며 이렇게 동떨어진 산골 마을에도 카메라를 댈 곳이 없다며 안타까워했다. 그당시 전국은 근대화와 새마을운동으로 시골 구석구석까지 재개발을 하고 있었다. 선대로부터 물려받은 우리만의 재래식 지붕과 토담벽들은 갖가지 유치한 색깔의 슬레이트 지붕과 씨멘트로 뒤덮여 하루아침에 변해갔다. 이곳저곳 아무 데나 들이부어 발라진 씨멘트벽들은 누가 보아도 한탄할 일이었다. 그는 누구보다도 민감하게 변해가는 우리것을 아쉬워하고 안타까워했다. 한국인만이 가진 오붓한 생활풍습과 자연과 잘 조화되는 화려하지 않은 주거방식, 그리고 소박하고 서정적인 서민문화, 그것들이 그가 사랑하는 우리만의 모습이었고 그 자신의 모습이었다. 그런 우리의 모습이 하루하루 파괴되어 사라져가는 것을 그는 늘 가슴 아파했다.

하루의 촬영이 끝나면 그는 저녁마다 탁자 앞에 앉아 다음날 있을 촬영을 메모하고 각본을 수정했다. 씨나리오를 중심으로 하되 현장에서의 분위기와 감정 그리고 배우들의 성격에 따라 각본은 매일같이 다시 씌어졌다. 없던 장면이 삽입되기도 하고 있던 장면이 없어지기도 했다. 내가 평소에 즐겨 쓰던 말들은 영화 속 백화의 대사로 되살아났다. 그는 평상시에 내가 하는 행동들도 백화의 행동으로 각본에 삽입했다. 평소의 그와 나의 대화도 각본의 일부가 되었으며, 그와 나 사이의 모든 것이 각본 속으로 녹아들어갔다. 그중의 하나가 백화가 영달의 등에 업혀 눈 덮인 언덕을 걸어가는 장면이었다. 우리가 여행할 때 그가 나를 업고 다니던 것과 다름없는 장면이었다. 그 사실을 알 리 없는 백일섭 선배님의 연기는 물론 그와 나의 여행에서 와는 약간 차이가 있었지만, 그는 자연스럽게 그와 나만의 모든 것을 알듯 모를 듯 화면 안으로 끼워넣었다. 그렇게 정씨, 영달 그리고 백화라는 인물은 매일같이 다시 태어났다.

나는 날마다 변해가는 장면들에 놀라움을 금치 못했다. 그가 만들고 있는 영화는 다름아닌 그 자신의 이야기였다. 그리고 나의 이야기였다. 정씨와 영달이란 두 인물을 통해 그가 자신의 이야기를 하고 있는 게 뚜렷이 보였다. 감옥에서 나와 고향인 삼포로 가고 있는 정씨는 감옥생활과 인생의 경험을 통해 모든 것을 삼키고 이해하는 이성적인 의식의 주인공이다. 그의식은 바로 그의 자각과 인식이기도 했다. 반대로 영달은 살기 위해 그때그때 닥치는 대로 상황을 헤쳐나가는 감정적인 행동의 주인공이다. 영달은 이 감독의 본능적인 면을 대변하고 있었다. 이 두 인물에는 공통점이 있다. 우선 정씨와 영달은 두 사람 다 어둡고 우울한 인생의 소유자들이고 사회적으로는 흔히 말하는 패배자들이다. 두 인물의 뒷면을 흐르는 미묘한 과거는 타인의 죽음과 연결되어 있으며 현재는 어디론가 미지의 세계로 가고 있다. 그곳이 삼포다. 그에 의하면 삼포는 지도상에 실재하는 장소가 아니다. 삼포는 그 사람만이 알고 있는, 그가 돌아가야 하는 그만의 곳이다. 삼포는 백화가 가야 할 목적지는 아니다. 백화는 또 한 사람의 우울하고 퇴폐적인 인생의 소유자이다. 어린 나이이긴 하지만 출생이 분명치 않고 살기 위해 닳고 닳은 슬프고 거친 아이이다. 허나 아직 밝고 순수하다. 상상할 수 없을 만큼 백치같고 단순한 그녀가 순수하면 순수할수록, 밝으면 더 밝을수록, 끝없이 웃으면 웃을수록 아는 체 큰소리를 치면 칠수록, 그녀의 존재는 더욱 비극적으로 느껴진다. 그러나 삼포는 그런 백화가 가야 할 곳이 아니다. 백화는 운명적으로 삼포로 가는 길 어느 곳에 남아 있어야 한다. 그곳이 바로 '역'이다. 그리고 그 역 앞의 작은 술집들은 화류계 생활에 익숙한 그녀에게 삶을 약속한다.

그 감천역 장면은 '통리'라는 외진 산골 마을의 기차역에서

촬영되었다. 그는 그 역 장면의 중요성을 나에게 여러번 얘기
했다.

주간지값 열 백를 물어주고

삼척에서 강릉을 거쳐 청량리로 들어가는 밤기차가 매일 밤
통리역에 섰다. 서울로 일주일에 한번씩 돌아가야 하는 내게는
아주 중요한 교통수단이었다. 그곳 통리를 중심으로 몇주간 촬
영을 계속할 예정이었으므로, 촬영팀은 통리역 앞에서 두 골목
정도 떨어진 깨끗한 여관을 점령하여 짐을 풀었다. 나의 방은
늘 들락거리는 스태프들 숙소와 동떨어져 여관 복도 뒤끝에 있
었다. 작지만 반듯하고 깔끔한데다 더운물 나오는 목욕탕까지
붙어 있어 그동안 머물던 산중의 민가들에 비하면 궁전같이 느
껴졌다. 짐을 풀자마자 우선 속옷들을 대강 손으로 주물러 빨
고서 오랜만에 더운물에 몸을 담그니 그동안 아무렇지 않게 여
겨온 목욕 한번이 새삼 절실하고 고맙게 느껴졌다. 늘 스태프
들과 가까이 지내며 함께 생활하는 이 감독은 스태프들이 묵는
쪽의 앞쪽 큰 방을 촬영감독과 함께 썼다.

나는 그와 일하는 시간에만 같이 지낼 수 있는 것이 무엇보
다 아쉬웠다. 그러나 꽉 짜인 촬영 스케줄은 그와 나의 사적인

시간을 허락하지 않았고 늘 스태프들에 둘러싸여 지내는 그가 혼자 있는 시간이란 방바닥에 잔뜩 널린 종잇장들 가운데서 작품을 구상하는 밤늦은 시간이나 새벽녘뿐이었다. 나는 그가 작은 탁자 앞에서 정신없이 메모를 하는 아침시간이나 촬영을 마친 늦은 저녁에만 가끔 그를 보러 큰 방으로 갔다. 미닫이문을 열고 내가 방 안에 들어서면 연세가 지긋하시던 촬영감독은 할 일이 있는 척하며 이내 자리를 비워주시곤 했다.

나는 그의 옆에서 새로 씌어진 원고들을 정리하며 그의 숨결을 가까이에서 느끼고 조금이라도 더 그의 곁을 지키려 노력했다. 그렇게라도 하지 않으면 점점 까칠해져가는 그의 얼굴을 따로 볼 기회가 없었다. 게다가 나는 무슨 일이 있어도 일주일에 사나흘은 TV 녹화를 위해 서울에 올라가 있어야만 하니, 나의 마음은 더욱 간절했었다.

밤 10시쯤 통리역에서 침대차를 타면 다음날 새벽에 청량리역에 도착했다. 그곳에서 곧바로 자양동 집으로 들어갔다가 오후에 시작하는 방송국 드라마 연습에 참석하고 이틀간의 연습이 끝나면 사흘째는 녹화를 하며 하루종일 방송국에서 지낸 뒤 다음날 다시 청량리역에서 기차를 타고 통리로 돌아가는 것이 그당시 나의 생활이었다.

점점 나의 복잡한 녹화 스케줄을 못마땅해하던 그는 마침내 TV 드라마를 하지 않을 수 없느냐고 물었다. 하지만 TV 드라마는 나에게 친정집처럼 발판이 되어준 곳이었다. 게다가 그곳에서는 다른 연기자들과의 사회생활이 가능했고, 그건 내게 무척이나 의미있고 즐거운 일이었다. 나는 그에게 방송국과는 일년씩 계약이 되어 있으며 그것은 지켜야 한다고 설명했다. 그러자 그는 나에게 다음 계약은 하지 말아달라고 부탁했다. 그러면서도 그는 내가 서울로 떠나는 밤기차를 타는 날이면 으레같이 역으로 나와서 짐을 들어 기차에 실어주고 조심해서 다녀오라며 자상하게 걱정을 해주었다. 여배우 떠나는 기차역에 감독이 매번 혼자 따라 나가면 다른 사람들이 이상하게 생각할테니 자기도 동행하겠노라 하며 촬영감독님까지 따라 나서주곤했다.

그가 매주 밤 서울로 가는 나를 배웅하던 그 통리역이 극중의 감천역으로 변신하여 정씨와 영달이 백화와 이별하는 장면의 무대가 되었다. 영화에서는 영달과 정씨가 떠나고 백화가 남는다. 그는 처음부터 이 장면이 영화의 마지막 장면이라고 나에게 설명했다. 또 그는 영화에서 '삼포'의 모습을 보여주어서는 안되며 그렇게 하지 않을 것이라고 여러번 강조했다. 그에게 '삼포'는 '변해진 고향'이 아니라 가야만 하는 '영원의 고향'이었다.

정씨는 그 '삼포'를 알고 있다. 영달은 '삼포'에 대해 아는 것이 아무것도 없다. 그러나 영달은 다시 한번 삶으로 돌아갈 수 있는 백화와의 기회를 버리고 정씨를 따라 삼포로 가는 운명적인 결정을 내린다. 영달은 마지막으로 자기가 가진 모든 것을 털어 그곳으로부터 멀리 갈 수 있는 기차표를 사서 백화에게 건네준다. 백화는 처음부터 목적지가 있어서 길을 떠난 아이가 아니다. 그녀는 살기 위해 이곳저곳으로 떠돌며 인생의 경험을 수집하는 떠돌이였다. 그래도 영달의 마음을 돌리기 위해 마지막까지 안간힘을 쓰던 백화는 끝내 영달의 마음을 돌리지 못하고 이별한다. 바라던 미지의 먼 세계로 떠날 수 있는 기차를 포기한 백화는 다시 역으로 돌아온다. 모두가 떠나간 역에 혼자 남은 백화는 어느덧 모든 것을 잊은 듯 어린아이 같은 원초적인 모습으로 돌아간다. 그리고 깨진 창 밖으로 역 앞의 선술집을 무표정하게 내다본다. 그곳은 그녀가 미리부터 알고 있는 그녀의 삶을 의미한다. 감정적으로 아무것도 생각할 줄 모르는 백치같은 그녀는 해 떨어진 역에 혼자 서서 깨진 유리창을 통해 자신의 삶을 내다보고 있다. 그리고 그 백화의 얼굴에서 영화가 끝난다고 그는 나에게 마지막 장면을 설명했다.

그러나 그의 그 마지막 장면은 나중에 촬영이 다 끝난 후 영화사와 문제가 되었고, 그는 추가 촬영을 떠나야 했다. 그러나 그는 끝까지 자기의 마지막 장면을 위해 영화사와 대치했다.

벌써 서울을 떠난 지 한달도 훨씬 넘는 촬영팀은 설날도 다

잊은 채 눈 덮인 산골 마을들을 떠돌며 촬영을 계속했다. 새까맣게 그을린 얼굴들과 닳아진 옷자락들…… 그래도 모두들 아직 생기 넘치고 힘있어 보였다. 논밭을 건너 멀리 마을이 보이는 낮은 언덕에 낡은 움막 쎄트가 지어졌다. 눈보라를 피해 들어온 세 인물이 장작불 앞에서 옷을 말리며 대화하는 장면을 그곳에서 촬영하기로 되어 있었다. 해 떨어지는 시각을 촬영시간으로 정한 그는 멀리 보이는 마을의 집들에서 저녁 짓는 연기가 굴뚝마다 잘 나올 수 있도록 하기 위해 스태프들을 마을로 보냈다. 그리고 마을 밖에서 아이들이 빈 깡통에 불을 넣어서 흔드는 쥐불놀이를 하도록 하여 정월 대보름날의 분위기를 만들었다. 우리는 모두 저녁식사 전이었다. 그리고 벌판의 온도는 점점 떨어지고 있었다. 하루종일 촬영으로 옷까지 눈에 다 젖은 우리의 모습은 영화 속 주인공들처럼 어딘가로 가기 위해 떠도는 외로운 영혼들 그대로였다.

움막 밖에서의 장면을 준비하는 동안 나는 언덕에 서서 멀리 연기 올라오는 산기슭의 마을을 바라다보며 허전하면서도 야릇한 아름다움을 온몸으로 느꼈다. 그 아름다움은 배불리 잘 먹고 호텔에 묵을 때에는 느낄 수 없는 미묘하고 투명한 아름다움이었다. 그리고 그건 그가 의식적으로 선택해서 연출한 아름다움이어서 더욱 아름답게 느껴졌다. 그가 그런 아름다움을 사랑한다는 사실을 나는 너무나 사랑했다. 그 순간 나의 존재와 그의 존재가 이 넓은 우주의 작은 공간 속에서 찰나에 불과한 한 시각에 비밀스럽게 사랑을 나누고 있다는 것이 안타깝고도 한편 말할 수 없이 뿌듯했다. 나는 고개를 돌려 카메라 뒤편에 서서 무언가를 하고 있는 그의 거칠어진 얼굴을 바라보았다. 나의 눈길을 느낀 그가 나를 보았다. 그리고 내 마음을 아는 듯 모르는 듯 나를 향해 활짝 미소를 지었다.

기찻길을 따라서 감천역을 향해 홀로 걸어가는 백화의 모습을 촬영하는 날이었다. 멀리서 대사 없이 걸어가는 백화를 촬영하기 위해 300미터 정도 떨어진 밭두렁에 카메라를 세웠다. 준비가 거의 다 되자 이 감독이 나를 향해 걸어오는 것이 보였다. 나는 백화가 걷기 시작해야 하는 그 지점에서 그가 도착하기를 기다렸다. 촬영감독님과 모든 스태프가 카메라와 함께 준비를 끝내고 이쪽을 향해 서서 기다리고 있었다.

그가 내 옆에 다다른 뒤 우리는 카메라가 있는 쪽을 향해 천천히 걷기 시작했다. 멀리 스태프들이 흩어져 있었지만 정말 오랜만에 우리는 오붓하게 길을 걸었다. 내 옆에 선 그의 숨결이 느껴졌다. 그런데 "오늘밤 서울 가는 날이지?" 하고 그가 차분하게 물었다.

"네."

"혜영이 중학교 입학식 얼마 남지 않았을 거야. 교복도 필요

할 테구 가방이랑 신발도 필요할 텐데, 이번에 올라가면 시간
나는 대로 좀 봐주고 와."

"알았어요" 하고 나는 대답했다. 그는 다시 말을 이었다.

"그리고, 얼마 안 있으면 자양동 집 비워주고 이사해야 돼.
그러니까 혜영이 학교에서 너무 멀지 않은 데로…… 마음에 드
는 집이 있는지도 좀 둘러보면 좋겠구……"

"네."

"그래, 그럼 준비 됐지?"

"네."

그가 카메라 쪽을 향해 큰소리로 외쳤다. "오케이! 갑시다!"

그리고 얼마 떨어져 있지 않은 카메라 쪽을 향해 갔다. 나
도 원래의 나의 지점으로 돌아왔다. 평상시처럼 촬영이 계속되
었다.

다음날 새벽 서울에 도착하자마자 나는 우선 자양동 집으로
들어가서 짐을 풀었다. 오후의 드라마 연습까지는 아직 시간이
충분히 남아 있어서 나는 집에 있던 혜영이를 데리고 곧바로
종로로 나갔다. 그날 혜영이와 외출해서 중학교 입학에 필요한
것들을 모두 구입하며 단 둘이 즐긴 종로 거리의 기억은 지금
도 눈에 선하다. 다음날도 나는 시간 나는 대로 복덕방에 연락
하고 평창동으로 넘어가는 동네에서 집을 보러 다녔다. 하루종
일 녹화가 있던 그다음날은 방송국에서 밤늦게까지 녹화를 한

후 다시 기차에 올라 그가 있는 통리로 돌아갔다.

마침내 통리 주변에서의 촬영을 마치고 우리는 강릉 쪽을 향하여 북쪽으로 이동하기 시작했다. 평상시처럼 나는 대형버스 앞쪽에 그와 함께 자리를 잡고 앉았다. 버스가 비포장도로를 털털거리며 달리고 있었지만 이젠 아무런 불편도 느껴지지 않았다. 나는 창에 머리를 대고 앉아 지나가는 먼 산들을 바라보고 있었다. 춥기는 했지만 햇살이 강하고 밝은 좋은 날씨였다. 내 옆에 앉은 그는 각본을 들여다보며 무엇인가 메모를 하고 있었다. 그런데 스태프들과 함께 뒷자리 어딘가에 앉아 있던 촬영조감독 일용 씨가 일어서서 버스 한가운데로 앞을 향해 걸어오며 "저…… 감독님!" 하고 장난기 섞인 목소리로 크게 그를 불렀다. 버스를 꽉 메우고 있던 스태프들이 일용 씨와 우리 쪽을 번갈아 주시하고 있었다.

얼굴도 체격도 배우처럼 잘생긴 밝은 성격의 일용 씨는 평상시에 이 감독이 많이 아끼고 좋아하던 젊은 촬영감독이었다. 버스의 중간쯤 되는 곳에서 천장에 달린 손잡이를 잡고 선 큰 키의 일용 씨가 손에 주간지 같아 보이는 잡지를 말아 들고 있는 것이 보였다. 그는 각본에서 눈을 떼지 않은 채 대수롭지 않게 "응" 하고만 대답했다.

"감독님, 이 잡지를 꼭 좀 보셔야 할 것 같은데요" 하고 일용 씨가 다시 그의 주의를 끌려고 노력했다.

"어, 그래? 뭔데?" 그가 여전히 각본에서 눈을 떼지 않은 채 어깨 너머로 물었다. 스태프들은 일용 씨를 더욱 주시했다.

"그게요, 감독님이 꼭 보셔야만 하는 아주 중요한 건데 말입니다……" 하며 일용 씨가 잡지를 내보였다. 그는 말없이 일용 씨가 하는 행동만 대수롭지 않게 지켜보고 있었다.

"꼭 원하실 건 확실한데…… 제가 이걸 그렇게 쉽게 드릴 수는 없구요……" 말을 자꾸 빙빙 돌리며 일용 씨는 짓궂게 웃고 서 있었다. 온 버스 안의 분위기가 벌써 일용 씨가 무슨 이야기를 할지 알고 있는 듯 심상치가 않았다.

"뭔데 그래?" 하고 그가 다시 물었다.

"그거야 제가 그렇게 쉽게 말씀드릴 수가 없지요." 일용 씨가 한번 더 그를 추스르며 말을 돌렸다.

나는 그와 일용 씨를 번갈아 바라보았다. 도대체 그 잡지가 무엇이기에 일용 씨가 이렇게 공개적으로 그를 골탕먹이는 것일까, 궁금해서 견딜 수가 없었다.

"감독님, 이 잡지 저한테서 사시겠습니까?" 일용 씨가 조심스레 상황을 살피며 묻자 "그래, 임마, 얼마야?" 하고 그가 대꾸했다.

"그런데 그게 말입니다. 이 잡지가 워낙 중요한데다 이런 산골에서 구하기가 쉽지 않아서 말입니다……"

일용 씨는 계속 빙글빙글 웃으며 그에게 접근했다. 아마 버스가 통리를 떠나기 전 역 근처에서 구입한 것 같았다. 결국 일용 씨는 다 읽고 난 헌 잡지 값으로 그에게 새 잡지 가격의 10배를 요구했다. 모든 스태프가 지켜보는 중인데다 자신에게 기회가 없는 것을 눈치챈 그는 가볍게 동의 한 뒤 10배의 값을 지불하고 그 잡지를 샀다. 일용 씨는 얼굴에 하나 가득 승리의 미소를 띤 채 자리로 돌아가 앉았고, 버스 안은 조용해졌다.

그는 그 주간지를 뒤적였다. 옆에 앉은 나는 그의 팔에 얼굴을 대고 잡지를 넘겨다보았다. 아뿔싸! 이럴 수가…… 그야말로 대문짝만한 그와 나의 사진이 깨소금같이 고소한 긴 기사와 함께 잡지 제일 앞머리 몇페이지를 뒤덮고 있는 것이 아닌가. 나는 금방이라도 기절해버릴 것만 같았다. 이럴 때는 어떻게 해야 할지 아무 생각도 나지 않았다. 그래도 그는 나처럼 당황해하는 것 같지는 않았다. 그냥 빙긋이 웃기만 하고 있었다. 나는 더이상 그 잡지를 들여다볼 용기가 나지 않았다. 수십명의 스태프들이 내 뒤로 버스에 가득 타고 있지 않은가? 나는 머리를 낮추고 몸을 쪼그려서 될 수 있는 한 눈에 띄지 않기를 바라며 좌석 안쪽으로 파고들었다. 그는 태연하게 잡지를 접어 내게 건네주었다. 나는 얼른 그 잡지를 옷가방 안으로 깊숙이 집어넣고 아무 일도 없었던 것처럼 태연한 척하려고 애썼다. 그가 당황스러워하는 나를 보며 슬며시 웃었다. 그의 달콤한 미소에 내 마음도 조금 가라앉는 듯했다.

우리를 실은 버스는 그곳에서 멀지 않은 작은 마을에 도착했다. 이미 그곳에서는 미니버스로 미리 도착한 스태프들이 초상집 촬영을 준비하고 있었다. 초상집 장면은 원작소설이나 원래 각본에나 전혀 없던 장면이었다. 그 장면에 대해 알고 있는 사람은 오직 감독인 그 한 사람뿐이었다. 우리들 가운데 그 장면이 어디에 어떻게 들어가는지 아는 사람은 아무도 없었고 각본도 없는 우리들은 오직 그의 설명에 의존해서만 촬영을 했다.

끼니를 거른 세 주인공들이 역을 향해 가는 길에 초상을 치르고 있는 집을 지나게 된다. 먼저 영달이 먼 친척인 양 꾸며 그 집 안으로 들어가 막걸리와 음식을 대접받는다. 빈속에 막걸리를 잔뜩 들이킨 세 사람은 주위 상황을 잊은 채 그곳에서 3인조 술판을 벌이다 결국 초상집 가족들에게 쫓겨나 도망을 가는 장면이다. 이 장면에서 백일섭 선배님의 즉흥연기는 정말 훌륭했다고 나는 늘 생각했다.

그는 각본에도 없는 초상집 장면을 만들어 우리 모두가 오랜만에 배꼽을 쥐고 웃을 수 있는 날을 선사했다. 그에게서도 쉴 새없이 웃음이 터져나왔다. 죽음은 더할 수 없는 비극이다. 살아남아 있는 세 주인공의 인생도 비극이다. 그러나 그 과정은 희극이다. 그 희극의 뒷면에서 울리는 메아리는 더 깊고 우울

「삼포 가는 길」의 한 장면

하며 비극적이다. 그가 만들어낸 그 희극적인 장면들이 왜 그렇게 아련하고 슬프게 느껴지는지 나는 알 수 없었다. 그에게는 까르르 울려퍼지던 나의 웃음소리마저도 애절하게 들렸던 게 아닐까. 영원히 가질 수 없는 아름다운 순간들이 그의 의식 속에서 더욱 슬픈 여운을 남긴 건 아닐까.

촬영팀은 서서히 서쪽으로 돌아 서울 방향으로 올라가면서 남은 장면들을 촬영했다. 2월의 강원도 산간지방은 그야말로 삭막해서 아삭하게 가지만 남아 추위에 떨고 있는 나무들이 봄이 오면 정말 다시 싹을 틔울 수 있을지 믿어지지가 않았다. 오랫동안 깊은 잠에 든 그 침묵의 색깔은 성숙한 눈을 지닌 사람만이 볼 수 있는 환상의 세계였다. 며칠 전에 있었던 주간지 사건을 접어두고 나는 완전히 촬영에만 열중하기 위해 노력했다.

우리를 태운 버스가 꼬불꼬불 험한 산길을 빠져나와 조금 평평해 보이는 분지에 도착했다. 그곳에서 우리는 장비를 실은 미니버스와 만나 점검하고 정리하기 위해 정차했다. 스태프들은 모두 밖으로 나가 장비 정리를 돕고 있고 텅 빈 큰 버스 안에는 그와 나만 남게 되었다. 각본의 메모를 보는 그의 옆에 앉아서 따끈한 물을 마시고 있었다. 창 밖을 내다보던 나는 언젠가 이곳에 한번 와본 것 같은 기분이 들었다. 조금 더 찬찬히 살펴보니 그가 앉아 있는 쪽 창밖으로 멀리 공사중인 듯한 큰

구조물이 보였다. 나는 그의 앞쪽으로 몸을 쭉 빼고 바깥의 그
건물을 다시 살펴보았다. 그때보다 훨씬 눈이 많이 쌓여 있긴
했지만 전에 보았던 공사중인 고가다리가 분명했다. 내가 대관
령의 촬영장으로 떠나던 그 보름날 밤, 그가 보고 싶어서 혼자
훌쩍이던 바로 그곳이었다. 그 장소에 내가 다시 와 있다는 것
이, 더구나 이번에는 그가 묵묵히 내 곁에 앉아 있다는 사실이
믿을 수 없이 신기했다. 나는 그의 어깨에 이마를 대고 그의 팔
에 콧등을 비볐다. 내 엉뚱한 행동에 그가 의아한 표정으로 나
에게 고개를 돌렸다.

"여기가 거기에요!"

"어디?" 그가 물었다.

"처음 대관령으로 가던 그 보름날 밤…… 거기요. 우리 모두
소변 보려구 주차했던 데예요."

나는 흥분한 목소리로 그에게 그날 밤 이야기를 대강 설명했
다. 그를 생각하며 보름달을 보고 눈물을 흘렸다는 이야기도
빼놓지 않았다. 이야기를 듣던 그는 빙긋이 웃으며 내가 말한
그 주위를 둘러보았다. "그래? 여기가 바로 거기야?"

나는 고개를 앞뒤로 끄덕였다. 이번에는 너무 행복해서 눈물
이 핑 돌았다.

"저런, 그럼 그냥 지나갈 수 없지." 그 사람도 그 우연을 나
만큼이나 기뻐하는 듯했다. "우리 여기서 첫 장면 찍자!"

"네?" 나는 눈을 동그랗게 떴다.

"소변 보던 데가 어디라구 했지?" 그가 다시 물었다.

"저기요……" 하며 나는 공사중인 고가다리 밑을 가리켰다.

"준비하고 있어!" 하고는 그는 각본과 메모들을 챙겨 재빨리 밖으로 나갔다. 그리고 조감독을 부르는 소리가 들렸다. "백화 만나는 첫 장면 여기서 한다! 준비해줘!"

스태프들은 정리하던 장비들을 다시 내렸다. 그리고 이내 촬영준비를 했다. 이렇게 해서 영달과 정씨가 처음으로 백화를 만나는 장면이 그 고가다리 밑 눈 위에서 백화가 오줌을 누는 장면으로 시작되었다.

내가 어디 멀리 가야 할 것 같다……

긴 촬영에서 돌아온 그와 나는 마침내 누구의 눈도 의식할 필요가 없는 자양동 집 건넌방에서 우리만의 세계를 만끽했다. 언제나 그곳은 바깥세상과 완전히 차단된 우리만의 안식처였다. 텅 빈 듯한 방바닥에는 낮은 탁자 하나와 아직도 수북이 쌓여 있는 스틸 사진들, 그리고 나의 사진들로 반쯤 채워진 꼴라주…… 모든 것이 우리가 떠나기 전 그대로였다.

우선 목욕을 끝낸 나는 수건을 젖은 머리에 감은 채 방으로 들어왔다. 먼저 들어와 있던 그는 사진 꼴라주 옆에서 등을 벽에다 붙이고 앉은 채 무언가를 들여다보고 있었다. 나는 의상과 소품 들이 들어 있는 가방을 열고 안에 있던 것을 모두 바닥에 꺼내놓았다. 그 가운데서 비싼 값을 지불하고 구입한 주간지가 나왔다. 그 주간지를 보니 또다시 한심하고 걱정이 되었다. 이제 다음날부터 세상에 나가 부딪쳐야 할 일이 난감했다. 어차피 알려진 일이기는 했지만 아직 모든 면에서 경험이 부족한 내가 어떻게 전과 마찬가지로 아무 일 없다는 듯이 행동하며 나다닐 수 있을지 자신이 없었다. 적어도 그가 내 나이 또래의 친구 정도였다면 아무렇지도 않은 척할 수 있을 텐데…… 그러나 상대는 23년이나 연상인 과거 있는 영화감독이었고 나는 애송이 여배우였다.

아무리 우리의 사랑이 진실하다 해도 색안경을 쓰고 바라볼 사람들을 생각하니 앞이 막막했다. 그리고 나의 입장과는 상관없이 마구 기사를 실은 신문사가 원망스럽기도 했다. 나는 그 주간지를 방바닥으로 던지며 궁시렁거렸다. "아휴! 정말 이제 어떻게 하지? 이건 정말…… 말도 안돼!"

그가 걱정스러워하는 나를 바라보더니 가까이 오라는 손짓을 했다. 나는 그의 앞으로 다가가서 그의 긴 다리 사이에 들어앉았다. 그는 팔로 내 어깨를 둘러 잡은 후 내 얼굴을 들여다보며 부드럽고 장난기있는 목소리로 말했다. "뭐가 그렇게 말도 안되는데? 여기 이렇게 같이 있잖아."

나는 숨을 들이쉬며 무슨 말인가 대꾸하기 위해 그의 얼굴을 바라보았지만 더이상 무어라 할 말이 없었다. 그의 말대로 모든 것은 사실이었고, 이제는 있는 그대로 사실을 받아들이면서 솔직할 수 있는 방법에 익숙해지는 것을 배우는 일만이 남아 있었다.

내 나이 또래의 장래가 촉망되는 여러 멋진 아이들을 마다하고 내가 그 사람을 선택한 것은 단순한 우연이나 실수가 아닌, 나의 의식적인 행동이었고, 그런 나의 행동에 책임을 져야 할 때가 된 것이었다. 처음으로 돌아가서 나에게 누군가를 선택할 기회가 다시 주어졌다 해도 나는 서슴없이 그를 선택했을 것이었다. 또한 그보다 중요한 것은 내가 내 인생의 앞길에 충돌하듯 나타난 그와 깊은 사랑에 빠져 있었다는 사실이었고, 나도 그 사람도 우리의 만남이 처음부터 운명적이었다는 것을 잘 알고 있었으며, 그 운명이 우리에게 어떤 카드를 던지든 우리는 그것을 받아들일 수밖에 없다는 것이었다. 가장 깊은 사랑은 가장 깊은 고통을 동반한다. 그러나 그 고통의 두려움 때문에 우리 중 누구 하나도 그 사랑을 비켜갈 수는 없었다.

강원도 촬영에서 돌아온 지 얼마 되지 않아 아직 촬영하지 않은 몇장면을 스튜디오에서 촬영하기로 스케줄을 잡아놓았다. 과로에서인지 아니면 피부에 맞지 않는 화장품 때문이었는지 내 얼굴에 온통 여드름 같은 붉은 뾰루지가 돋았다. 그러나 오톨도톨한 뾰루지들이 가라앉을 틈도 없이 나는 계속해서 화장을 해야 했다. 어느날 밤 늦게 TV 녹화를 끝내고 집으로 돌아온 뒤 내 얼굴을 보니 뾰루지들이 빨갛게 성이 나서 점점 기세를 높이고 있었다. 세수를 하고 방으로 들어온 나는 화끈거리는 얼굴을 어찌해야 할지 난감하기만 했다. 그때 그가 나를 가까이 부르더니 자기 무릎에 앉혔다. 그리고 내 얼굴을 가까이서 가만히 들여다보더니 오늘밤은 얼굴에 아무것도 바르지 말고 자자고 했다.

다음날 아침 해가 중천에 떠서야 나는 잠자리에서 일어났다. 대강 옷을 챙겨입은 그가 대문을 열고 밖으로 나가는 소리가 들렸다. 벌써 봄기운이 뜰에 가득했다. 나는 이부자리를 치운 후 항상 드리워져 있는 커튼을 걷고 밝은 봄햇살을 방안에 들였다. 벽에 기대어 선 흑백사진 꼴라주도 훨씬 밝아 보였다. 얼마 지나지 않아 몇가지 물건과 작은 우유 한통을 손에 들고 그가 돌아왔다. 아마 길목에 있는 구멍가게에 다녀온 모양이었다. 얼굴을 깨끗하게 씻으라고 한 후 그는 나를 방바닥에 눕혔다. 방바닥 가운데서 천장을 보고 똑바로 누운 내 옆에 앉은 그는 내 얼굴을 가까이서 들여다보며 여드름들을 하나씩 짜기 시작했다. 아프지 않을 정도로 꼭꼭 눌러서 그는 정성스레 내 얼굴에 난 조그만 뾰루지들을 하나하나 만지며 짜냈다. 그러고는 "얼굴에 뭐 이런 것도 나구 그러니" 하고 한심하다는 듯 장난스런 표정까지 지으며 미리 준비해놓은 거즈 수건을 찬 우유에 담갔다가 대강 짜서는 내 얼굴에 덮었다. 얼굴이 시원해졌다. "움직이지 말고 가만히 누워 있어!" 하고 그는 방을 나갔다. 나는 그가 이런 것까지 알고 있다는 게 너무나도 신기하고 흐뭇했다. 그리고 그가 시키는 대로 움직이지 않고 방바닥에 가만히 누워 있었다. 믿기 어려울 정도로 그날 오후부터 얼굴을 뒤덮은 성난 여드름들이 가라앉기 시작했고 서서히 정상으로 돌아왔다.

「삼포 가는 길」의 스튜디오 촬영은 나의 TV 녹화 스케줄과 같은 날로 잡혀 있었다. 아침에 시작해서 밤 늦게 끝나는 TV 녹화에 비해 영화 스튜디오 촬영은 밤 늦게 시작해 아침까지 진행하게 되어 있었다. 통행금지시간이 다 되어서야 TV 녹화를 끝낸 나는 서둘러서 겨우 스튜디오에 도착할 수 있었다.

그날 밤 스튜디오 촬영은 백화와 영달이 움막 안에서 정사를 나누는 한 장면뿐이었다. 나는 스튜디오에서 간단히 밤참을 먹은 후 여자 분장실로 쓰이는 방으로 갔다. 스튜디오 옆에 붙어 있는 작고 따끈한 온돌방 한구석에서는 벌써 고스톱판이 벌어지고 있었다. 정사 장면에서 나의 나체를 대신해줄 대역배우 언니가 미리 와서 기다리고 있었다. 나보다 훨씬 몸의 굴곡이 좋은 육체파 언니였다. 나는 그 언니가 백화 역에 맞출 수 있도록 머리와 화장 고치는 것을 돕고 의상도 손봐주었다. 곧이어 조감독이 방으로 들어오더니 "문숙 씨는 지금 당장은 필요 없습니다. 이 씬이 좀 시간이 걸릴 테니까 감독님이 좀 주무시라는데요. 이따가 누구 보내서 깨워드릴게요" 하고는 대역배우 언니만 데리고 스튜디오로 나갔다.

나는 아침 일찍부터 방송국 스튜디오에서 하루종일 녹화를 한 후 이곳에 와서 막 밤참까지 먹은 참이라 견딜 수 없이 잠이 쏟아졌다. 나는 비어 있는 따끈한 아랫목에서 작은 내 옷가방을 베고 순식간에 잠에 떨어졌다. 얼마나 지났을까, 누군가 내 이름을 부르는 소리에 비몽사몽간에 눈을 떴다. 새벽 3시가 넘은 것 같았다. 머리와 얼굴을 대강 추스르고 백화의 의상인 반짝이 분홍 스커트와 빨간 코트를 입은 뒤 스튜디오로 나갔다. 잠결에 나온 나와는 반대로 분주하게 장비를 나르는 스태프들의 분위기가 온통 들떠 있었다. 촬영을 하던 배우들은 벌써 분장실로 다 들어간 듯했고 스튜디오 한쪽에는 타다 남은 큰 모닥불만 아직도 타고 있었다. 내 앞을 가로질러 지나가던 스태프 한 사람이 나를 보더니 장난스런 목소리로 말을 건넸다. "한 발 늦었네! 굉장했습니다!"

나는 그게 무슨 말인지 감이 잡히지 않았다. 아직 잠이 덜 깨어 어리둥절하게 서 있는 내 앞으로 이 감독이 다가왔다. "두 컷이야. 그러니까 카메라 들어오면 카메라 쪽으로 두 번만 머리 돌리면 돼. 알았지?"

"알았어요."

나는 아직도 연기를 내뿜으며 불꽃이 살아 있는 큰 모닥불 앞에 혼자 앉아서 잠도 깨지 않은 눈으로 두 번 카메라 쪽으로 얼굴을 돌렸다. 그러고 나서 바로 통금이 해제되자마자 혼자 집으로 돌아와 다시 잠 속으로 떨어졌다.

「삼포 가는 길」 촬영이 마무리된 후 그는 영화의 마지막 장면을 다시 촬영하기 위해 남해로 떠나야 했다. 그가 고집하던 통리역에서의 마지막 장면이 원본대로 가자는 영화사 측의 의견과 부딪쳐 문제가 된 것이다. 그는 일단 영화사 측에서 원하는 대로 촬영을 해오긴 하겠지만 그래도 끝까지 영화사를 설득하겠다며 분분해했다. 만일 통리에서 찍은 감천역 장면이 마지막이라면 영화는 우울하고 퇴폐적인 정조의 인간적인 이야기로 끝이 난다. 그리고 그것은 또한 그 자신과 나의 관계에 대한 어둡고 슬픈 노래가 될 것이다. 그러나 남해의 장면이 마지막 장면이 된다면 영화의 주제는 당시 변해가던 한국의 모습과 잃어버린 고향의 이야기로 변한다. 그는 「삼포 가는 길」이란 영화가 전자인 우울한 인간들의 비극적인 드라마이기를 원했다. 그리고 '삼포'란 실제의 장소가 아닌 형이상학적인 상징적인 장소로 남아 있어야 한다고 강력하게 주장했다.

간단하게 짐을 싸서 남해로 촬영을 떠나던 날 그는 내 앞에서 흥분을 감추지 못하고 불만을 표시했다. 그 사람이 그렇게도 불만스러워하는 것을 보는 일은 처음이었다. 그리고 내가 도움이 될 수 없는 것이 안타까웠다.

그가 없는 며칠간 나는 주간지 보도 이후 다른 사람들이 나를 대하는 태도와 사회적으로 달라진 나의 모습을 피부로 느낄 수 있었다. 예상외로 많은 사람들이 나에게 친절하게 대했으며 나에게 공공연히 그의 안부를 묻기도 했다. 몇몇 동료는 자신들의 숨겨진 사랑이야기를 조용히 털어놓기도 했다. 또 반대로 어떤 영화계 사람들은 나를 두고 감독을 따라다니며 영화나 하려는 어린아이의 어리석은 행동이라며 내가 들을 만한 곳에서 아무렇지도 않게 목소리를 높이는 사람도 있었다. 그러나 그를 잘 알고 아끼는 몇몇 분들은 나의 존재가 그의 창작세계를 다시 불타게 하는 새로운 원동력이 되었고 나를 만난 후 이 감독은 삶의 의미를 다시 찾은 것 같아 보인다며 기뻐했다. 남이 보는 눈이야 어떠하건 나한테는 차라리 잘된 일인 것 같았다. 더이상 그렇게 숨죽이며 살 수는 없었다. 그후의 하루하루는 나에게 새로운 날들이었다. 나는 매일같이 징검다리를 건너듯 변해가는 새로운 주변환경 속으로 조심스럽게 한 발자국씩 내딛었다.

남해에서 돌아온 그는 바로 「삼포 가는 길」의 편집작업을 시작했다. 그 일 때문에 그는 혼자서 외출하는 날이 많았지만 그런 가운데도 우리 두 사람 다 밖에서 별일이 없을 때는 세상과 차단된 어두컴컴한 자양동 집 건넌방에서 온종일 사랑을 나누며 하루를 함께 지내곤 했다. 그리고 또 그는 혼자 벽에 붙어 앉아 아직 끝나지 않은 나의 흑백사진 꼴라주를 오후 내내 붙이고 있기도 했다. 그는 영화사에서 새로 가져온 「삼포 가는 길」의 스틸을 무척 마음에 들어했다. 판자 위의 내 사진들은 위를 향해 빈 공간을 매일 조금씩 좁혀갔다.

밖의 햇볕은 훨씬 밝고 따뜻해졌지만 아직도 겨울의 한기가 마지막 기세를 부리던 어느 쌀쌀한 오후, 그날도 그는 우리만의 동굴인 건넌방 한구석에서 나의 사진을 한 장 한 장 오려 붙이고 있었다. 나도 그 옆에 앉아 그의 팔에 얼굴을 대고 그가 일하는 것을 하나하나 들여다보고 있었다. 그는 사진들에서 내 모습만 조심스레 가위로 오려낸 다음 벽에 기대 세워둔 판자 이곳저곳의 다른 사진들과 맞는 곳을 골라보았다. 꼭 맞는 곳을 찾으면 마침내 사진 뒤에 풀칠을 해서 그 자리에 끼우듯이 맞추어 붙였다. 우리는 아무 말 없이 한참동안을 그곳에 그렇

게 앉아 있었다. 묵묵히 일을 계속 하던 그가 조심스럽게 입을
열었다.

"내가…… 어디 멀리…… 가야 할 것 같다……"

"왜요?" 하고 나는 그의 팔에서 얼굴을 들며 대수롭지 않게
물었다.

"응, 그냥."

그의 얼굴이 평상시처럼 장난기있어 보이지 않았다. 나는 조
금 걱정이 되기 시작했다.

"얼마나…… 멀리요?"

"응, 아주…… 아주 아주…… 멀리……"

"그 아주 멀리가 어딘데요?" 내가 초조하게 물었다. 잠시 생
각을 한 뒤 그는 "응…… 아프리카, 저…… 아프리카 같은 데"
하고 대답했다. 그렇게 먼 아프리카를 왜 갑자기 가야 한다는
것인지 나는 어리둥절했다. 분명히 출국금지가 되어 있어 여권
을 받기가 쉽지 않을 텐데 갑자기 아프리카를 간다니…… 황당
하기도 하고 속이 상했다.

"오랫동안 가요?"

"응, 아주…… 아주 안 올지도 몰라…… 괜찮을 수…… 있
지?" 그가 물었다.

"그럼, 나도 같이 가면 안돼요?"

"……안돼."

"왜 안돼요?" 나는 불안해지기 시작했다.

"그냥…… 나…… 혼자 갈 거야."

"그래도 안돼요. 나도 같이 갈 거예요! 아프리카보다 더 멀어도 같이 갈 수 있어요!"

그는 거기서 말을 멈추었다. 나는 그런 야속한 말을 하는 그 사람이 원망스럽기만 했다. 내가 무슨 잘못을 해서 그런 것일까, 아니면 내가 갑자기 싫어져서 나와 모든 것을 버리고 떠나겠다는 것일까. 나는 안타깝기만 했다. 그는 나의 작은 어깨를 잡아 자기의 가슴에 품고서 아무 말 없이 오랫동안 감싸안고 있었다. 그의 따뜻한 온기와 심장 박동이 느껴지며 내 마음은 옥양목처럼 하얗게 바래갔다. 그리고 아무것도 생각나지 않았다.

살며시 눈을 뜨니 눈가로 들어오는 수없이 많은 내 모습으로 만들어진 흑백사진 꼴라주가 어느덧 3분의 2 이상이나 판자를 채우고 있었다.

얼마 지나지 않아 「삼포 가는 길」의 녹음이 시작되었다. 내 목소리를 직접 더빙하기 위해 나는 저녁마다 남산에 있는 녹음실로 향했다. 처음부터 「삼포 가는 길」의 더빙은 쉽지 않았다. 각본이 워낙 많이 바뀐데다가 수없이 더해진 대사들 때문에 화면 속의 백화는 대본에도 없는 대사들을 쉬지 않고 재잘거리고 있었다. 그리고 나는 깜깜한 녹음실 안에서 화면 속의 재잘거리는 백화와 입을 맞추어야 했다. 녹음은 예전에 비해 훨씬 천천히 진행되었다. 그는 조정실에서 화면을 여러번 다시 돌려 내가 충분히 연습할 수 있도록 시간을 주었다. 그렇게 해서 녹음에 들어갔는데도 나는 별로 나아지지 않은 것같이 느껴졌다. 밤이 깊어가면 갈수록 눈앞이 아른거리고 혀가 꼬여 녹음 도중 대사를 놓치기 일쑤였다. 나는 녹음기사님들과 선배님들에게 죄송스럽기 짝이 없었지만 내 감정이야 어찌되었건 일단 NG를 내지 않기 위해 오직 화면 속에서 움직이는 백화의 입을 놓치지 않는 데에만 전력을 다했다.

그렇게 매일 밤 녹음실에서 전전긍긍하며 작업하던 도중 스튜디오에서 촬영한 영달과의 정사장면을 녹음할 차례가 되었다. 활활 타는 모닥불을 가운데 두고 완전 나체인 백화와 영달이 벌이는 불같은 정사 장면이었다. 그날 밤 촬영했던 내 얼굴 두 컷은 정사장면 직전에 들어가 있어서 모든 것은 내가 연기한 과감한 정사장면으로 보였다. 나는 내가 그렇게 과감한 정사장면의 주인공이라는 것에 말할 수 없이 놀랐지만 그렇다고 놀란 기미를 보일 수는 없었다. 사람들이 나를 어리다고 우습게 생각할 것 같아서 태연한 척 행동하며 녹음을 계속했다.

녹음이 한창 진행되고 있던 어느날 그는 조정실 한가운데 서서 그날의 첫 더빙을 시작하기 위해 화면을 돌릴 준비를 하고 있었다. 도착한 지 얼마 되지 않았던 나는 그가 있는 조정실에서 녹음할 장면들에 대한 설명을 들으며 준비를 하고 있었다. 그때 안쪽으로 난 작은 문으로 베레모를 눌러 쓴 분이 미소를 지으며 조정실로 들어오는 것이 보였다. 전에 그분을 만난 적은 없지만 나는 그분이 누구라는 것을 한눈에 알아볼 수 있었다. 멋진 스타일의 김수용 감독님이었다. 당시 김 감독님은 모 맥주회사 광고에 모델로 출연하고 있었는데 그 때문인지 처음 보는 분인데도 불구하고 낯이 많이 익은 듯한 기분이 들었다. 조정실 가운데서 화면 쪽을 내려다보며 서 있던 그는 김 감독님에게 간단한 눈인사를 한 후 별 관심이 없는 듯 하던 일만 계속했다. 김 감독님이 우리 녹음실에 일부러 들른 것이 반갑고 궁금했던 나는 하던 일을 멈추고 김 감독님에게 "안녕하세요" 하고 친절하게 인사를 했다. 그러나 바쁜 듯 움직이며 김 감독님이 있는 쪽을 쳐다보지도 않는 그의 표정이 심상치 않았다. 나는 이내 불편하고 멋쩍어져서 잠시 그곳에서 얼쩡거리다가 아래층의 깜깜한 녹음실로 내려가버렸다. 그날치 녹음이 끝나고 집으로 돌아가는 길에 그가 차 안에서 나에게 물었다. "너 그 김 감독 알지?"

"네…… 아, 아니요. 그냥…… 맥주광고에 나오잖아요. 그 멋진 모자 쓰고."

"너한테는 그게 멋지니?"

"네?" 나는 그의 말뜻을 이해할 수가 없었다.

"너 그 사람 맥주광고에서 봤다고 그랬지?"

"네."

"나는 적어도 네가 그 사람한테 '그 맥주광고에 나오는 분 맞죠?' 하고 묻기라도 할 줄 알았어. 그런데…… 그런 말은 안 하고……" 거기서 그는 말을 끊었다.

"네……?"

나는 그가 무슨 말을 하는 건지 좀처럼 감을 잡을 수 없었다. 처음으로 그는 짜증을 부리듯 전에는 하지 않던 행동으로 나를 당황하게 만들었다. 내가 무슨 잘못을 한 것인지 정확히는 알 수 없었지만 단지 김 감독님을 대하는 나의 태도가 그를 대단히 불편하게 했다는 것만은 확실했다.

집에서나 밖에서나 그는 예전에 비해 눈에 띄게 말수가 줄어들었다. 장난기 어린 말과 행동으로 항상 나를 웃으며 대하던 그는 날이 갈수록 점점 과묵해졌으며 나는 그에게서 순간순간 이상스런 거리감을 느끼기도 했다. 집에서 조금이라도 혼자 있는 시간이면 그는 혼자서 말없이 방구석에 앉아 내 사진을 오려 붙이는 일에만 열중하고 있었다. 벽에 세워둔 꼴라주 판자는 어느덧 4분의 1 정도의 오른쪽 귀퉁이만 남기고 갖가지 모습과 표정의 나의 얼굴들로 온통 가득 차 있었다.

그러는 동안에도 그는 나와 오붓한 둘만의 시간이 되면 말할 수 없이 부드럽고 애절하게 자신의 사랑을 표현했으며 불같이 정열적이었다. 이 우주 안에 오직 그 한순간만이 우리 앞에 존재하는 듯 그는 우리 둘만의 순간에 철저했다. 그는 이 세상에 오직 한 송이밖에 없는 귀한 꽃을 대하듯 소중하게 나를 대했고 나로 하여금 이 세상에서 나만이 자신 앞에 존재하는 듯 느낄 수 있도록 해주었다. 나와 있는 둘만의 세계를 그는 한없이 행복해했다. 나를 만나기 위해 태어났고 나를 사랑하기 위해서만 존재하고 나를 위해서 목숨을 저버릴 수 있는 그런 완전한 사랑을 그는 나에게 표현했다. 그리고 나는 한치의 의심도 없이 그를 믿었다. 내가 없는 그의 세계는 존재하지 않았고 그 사람이 없는 나의 세계도 존재할 수 없었다.

1975년 4월 3일

「삼포 가는 길」의 녹음이 거의 막바지에 이르렀다. 남해에서 재촬영해온 부분을 제외하고는 거의 모든 것이 끝난 셈이었다. 마지막까지 영화사와 대립하며 뒤로 미루어온 남해 장면은 아직 편집이 안된 상태여서 그는 녹음실로 가기 전에 편집실에 먼저 들러야 했다.

늦게 잠자리에서 일어난 우리는 정오가 거의 다 되어서야 같이 집을 나섰다. 햇살에 봄기운이 가득 도는 화창한 날씨였다. 시내로 나가는 길에 우리는 전에 그 사람과 내가 간단하게 예를 올린 그 절이 있는 동네로 들어갔다. 절집에서 멀지 않은 골목들이 만나는 턱에 어느 할머니가 사는 작은 민가가 있었다. 겉으로 보기에는 보통 민가였지만 할머니의 추어탕이 일품인 집이었다. 우리가 햇볕으로 가득 찬 자그마한 뜰로 들어서자 이내 그를 알아본 할머니가 부엌에서 나왔다. 음식점같이 꾸미지도 않은데다가 손님이라고는 우리가 전부였다. 우리는 마당 장독대 옆에 있는 평상에 앉아서 정오의 봄볕을 온몸에 맞으며 할머니가 만들어주는 추어탕으로 아침 겸 점심을 먹었다. 식사를 마친 후 그곳을 떠난 우리는 곧장 충무로 쪽으로 향했다. 나는 그를 충무로의 편집실 앞에 먼저 내려주었다. "이따가 녹음실에서 보자" 하면서 차에서 내리는 그를 배웅한 나는 2시에 있는 TV 드라마 연습을 위해 비원 쪽에 있는 운현궁 스튜디오로 향했다.

연습을 끝낸 후 내가 남산에 있는 녹음실에 도착한 것은 5시가 조금 넘어서였던 것 같다. 전과 다름없이 나는 덜렁덜렁 혼자서 녹음실 계단을 올라 조정실로 들어갔다. 조정실 안이 썰렁했다. 평상시 같으면 먼저 와 있는 이 감독을 비롯해서 녹음기사와 다른 배우들이 녹음을 시작하기 위해 모두들 분주하게 복작거릴 시간이었다. 나는 어리둥절해서 주변을 둘러보았다. 백일섭 선배님과 녹음기사 한 사람이 한쪽에서 바둑을 두며 녹음실을 지키고 있었다.

"오늘 녹음 안해요?" 하고 내가 물었다.

"어, 숙아…… 저, 오늘 일이 좀 있었다" 하고 선배님이 바둑돌을 내려놓으며 내게 말했다.

"무슨 일이요?"

"이 감독님이 쓰러졌어."

"네?" 나는 갑자기 뒤통수를 맞은 듯 아찔했다.

"녹음하려고 준비하다가 그렇게 됐어. 모두들 요 아래 있는 성심병원으로 갔으니까 다들 지금 거기 있을 거야."

"왜 쓰러져요?"

"모르지, 피를 토한 걸로 봐서 뭐가 많이 안 좋으신 것 같던데. 빨리 그리로 가봐."

눈앞이 깜깜해졌다. 그야말로 마른 하늘에 날벼락이었다. 그가 쓰러지다니, 그것도 한마디 예고도 없이 갑자기, 그럴 리가 없는데…… 혹시 점심으로 먹은 추어탕이 잘못된 것인가. 같이 먹은 나는 괜찮은데, 그럼 무슨 일일까…… 머릿속에 별의별 생각이 다 지나갔다.

남산 녹음실에서부터 퇴계로 성심병원까지 가는 길이 숨이 막히게 길게만 느껴졌다. 병원에 도착하기도 전에 내가 먼저 기절해버릴 것만 같았다. 마침내 병원에 도착한 나는 급히 2층으로 뛰어올라갔다. 녹음실에서 온 사람들이 눈에 띄었다. 나는 그중 한 사람을 잡고 다급하게 물었다. "이 감독님 어디 있어요?"

그 사람이 한쪽 벽에 붙어 있는 TV 화면을 가리켰다. 그 앞에 녹음실 스태프들이 웅성웅성 모여서서 화면을 보고 있었다. 화면에는 어디가 어딘지 알아볼 수 없는 몸의 부위가 가득했다. 나는 그 앞에 선 사람을 잡고 다시 물었다. "이 감독님 지금 어디 있어요?"

"지금 응급수술 받고 있어요" 하며 그가 화면을 가리켰다.

나는 화면을 보며 정신이 멍해졌다. "저게…… 이 감독님이에요?"

그 사람이 고개를 끄덕였다. 저 알아볼 수도 없이 뭉클거리는 고깃덩어리 같은 것이 내가 지난밤 팔베개를 베고 그 가슴에 내 얼굴을 묻은 채 달콤한 냄새를 맡으며 잠으로 떨어졌던 포근한 그 사람이라니…… 내가 믿고 있던 세계의 실존에 대한 겉잡을 수 없는 혼돈이 머릿속을 뒤흔들었다.

"무슨 수술이에요?"

"위 수술이라는 것 같던데……"

"위 수술이요? 왜요?"

나는 너무나도 아는 것이 없었다. 간에 문제가 있어서 몇년 전에 한번 입원했었다는 이야기를 들은 적은 있지만 왜 갑자기 위 수술을 받고 있는 것인지를 설명해줄 수 있는 사람은 없었다. 정확하게 무슨 일인지 아는 사람이 한 명도 없는 것 같았다. 나는 솟구치는 눈물을 삼키며 일단 그곳에서 수술이 끝나기만을 기다리는 수밖에 없었다.

수술은 밤늦게까지 계속됐다. 누군가에 의하면 그는 많은 피를 잃었으며 수술 도중 몸 전체 피의 3분의 2 정도를 수혈받았다고 했다. 그곳에 모여 있던 사람들이 한 사람 두 사람씩 집으로 돌아가는 것이 보였다. 그러나 놀란 가슴과 숨막히는 두려움으로 눈물로 범벅이 된 나는 수술이 끝날 때까지 화면에서 눈을 떼지 못하고 굳어져 있었다. 그를 거기다 두고 혼자 집으로 돌아갈 수는 없는 일이었다.

수술이 끝나고 그가 중환자실로 옮겨졌다는 말을 듣고 나는 중환자실 문이 바로 마주 보이는 곳에 자리를 잡고 앉았다. 혹시나 멀리서라도 그를 볼 수 있지 않을까 하는 기대와 그곳에서 누구라도 그와 연관된 사람을 찾을 수 있지 않을까, 그러면 그의 상태를 알려주지나 않을까 하는 조바심에서 그 자리를 떠나지 못하고 중환자실 쪽으로 눈을 고정한 채 그곳에서 첫날 밤을 지새웠다.

다음날은 녹화가 있는 날이었다. 중태에 빠져 사경을 헤매는 그를 중환자실에 두고 새벽 일찍 병원을 나선 나는 녹화 준비를 챙기기 위해 자양동 집으로 들어갔다. 새벽 공기가 유난히 썰렁하게 느껴지는 건넌방으로 들어서자 한눈에 그가 만들던 사진 꼴라주가 덩그라니 벽에 기대어 세워져 있는 것이 보였다. 오른쪽 귀퉁이가 아직 채워지지 않은 채 묵묵히 서 있는 꼴라주에서 그의 숨소리가 느껴졌다. 왈칵 참았던 눈물이 치솟았다. 어제 이맘때만 해도 나는 아무 일 없이 이 방에서 잠자리에 누워 그의 곁에서 새벽 단꿈을 꾸고 있었다. 그런데 하루가 채 지나기도 전에 하늘과 땅이 뒤범벅이 되어버린 것이었다. 방을 둘러보았지만 그가 없는 방안에서 느껴지는 그의 체취는 나를 견딜 수 없이 힘들게 만들었다. 서둘러서 녹화에 필요한 것들을 가방에 넣었다. 그리고 벽에 걸려 있는 그의 옷도 몇가지 따로 챙겨넣었다. 그의 증세가 호전되면 집으로 돌아와야 할 테니 병원에서 갈아입을 옷이 있어야 할 것 같았다. 고여서 흘러 떨어지는 눈물을 머금으며 가방을 챙긴 나는 쫓기듯 그 방을 나와 여명이 채 가시지 않은 찬 새벽 공기를 마시며 다시 시내로 향했다.

정신없이 그날의 녹화를 마쳤다. 병원에서 의식불명으로 삶과 죽음의 길목을 헤매고 있을 그를 생각하니 나 자신의 목숨도 진정으로 살아 있는 것인지, 아니, 이 모든 것이 사실이 아닌 것은 아닌지 온몸의 감정이 모두 사라진 듯 아무것도 느낄

184

수가 없었다. 옳고 그름을 판단하는 능력도 점점 흐려져가는 것 같았다. 나는 그저 늘 하던 것처럼 주어진 일을 하고 사람을 만나면 웃고 아무 일도 없는 양 허수아비처럼 몸을 움직였다. 누구한테 어디서부터 어떻게 이야기를 해야 할지도 몰랐다. 누에가 고치를 짓듯 나는 무의식 속에 고치를 지었고 그 안에서 더이상 감정을 느낄 수도 없고 사물을 제대로 판단할 능력도 잃은 듯싶어졌다.

나는 곧바로 병원으로 돌아갔다. 아직 그는 깨어나지 않은 그대로였다. 다시 중환자실 앞에 혼자 자리를 잡고 앉았다. 가끔 눈에 익은 사람들이 들르긴 했지만 그의 상태가 좋지 않은 데다가 중환자실 면회가 가능하지 않은 상태라 그냥 돌아서곤 하는 것이 보였다. 그래도 나는 그 중환자실 앞에 있는 것이 차라리 편했다. 보이지는 않지만 벽 안쪽 멀지 않은 곳에 그가 있다는 사실이 자양동 집으로 혼자 들어가는 것보다 훨씬 마음을 편하게 해주었다. 나는 준비해온 코트를 둘러쓰고 중환자실 문 밖의 작은 의자에서 둘째날 밤을 눈물로 지새웠다. 그리고 그후의 매일 밤을 그곳에서 그렇게 지새웠다.

좀처럼 그의 상태가 호전된다는 말은 들리지 않았다. 그는 깊은 잠에 빠져 있었다. 이상스러운 것은 나의 의식세계였다. 나는 점점 더 나 자신 속 깊숙한 곳으로 빠져들어가 더이상 아무엇도 알지도 느끼지도 못하는 상태에 접어들었다. 눈물이 범벅이 되어 말라붙은 얼굴을 하고 배가 고픈지 아닌지도 판단할수가 없었다. 나는 될 수 있으면 몸을 작게 움츠려 코트 속에말아넣고 다섯 개씩 이어붙여진 플라스틱 병원의자에 웅크리고서 오직 그를 깨어나게 해달라는 간절한 소원만 안고 중환자실쪽을 바라보며 하루종일 앉아 있었다. 눈은 뜨고 있으나 아무것도 보이지 않았고 귀는 열려 있으나 아무것도 들리지 않았다. 누가 나를 알아보든 말든 내가 아는 사람이 지나가든 말든나는 넋나간 사람 모양 눈물만 흘리고 앉아 있었다.

중환자실 앞에서는 나 말고도 다른 환자 가족들이 늘 밤을지새곤 했다. 기다리다가 운좋게 사랑하는 사람이 입원실로 방을 옮기기라도 하면 의사 선생님께 "감사합니다"를 연발하며기뻐하는 소리가 너무나도 부럽게 들려왔다. 혹은 한참동안 통곡을 하다가 짐을 챙겨서 병원을 떠나는 사람들도 보였다. 삶과 죽음이 엇갈리는 중환자실 앞의 광경은 내가 살아 있다고믿고 있는 이것이 정말로 산 것인지 아니면 모든 게 꿈인지를어지럽게 했다. 나의 의식은 꿈과 실존세계를 넘나들고 있었고모든 것이 사실이 아닌 현상인 것처럼 내 앞에서 전개되었으며때로는 시간과 장소에 대한 감각조차 불투명해졌다.

그러나 그런 가운데도 오직 하나, 나는 그의 의식이 돌아올수 있도록 온 힘을 다해 마음속으로 빌고 또 빌었다. 끼니도 잊고 모든 것을 다 잊은 채 중환자실 문턱에서 여전히 사경을 헤매고 있는 그를 지키고 있었다. 내가 잠깐이라도 자리를 떠나면 그의 의식이 영원히 돌아오지 않을 것만 같았다. 내가 그곳에서 정신적으로 그를 붙잡고 다시 돌아올 수 있도록 해야 할 것만 같았다. 나는 보이지 않는 끄나풀로 그와 나 사이를 팽팽하게 잡고 그가 돌아올 수 있기를 눈물로 간구했다.

그곳에 가끔 한번씩 들르는 선배 배우 한 분이 있었다. 대중적으로 많이 알려진 배우는 아니었고, 그의 설명으로는 그와 친분이 있어 그의 곁을 맴도는 사람이라고 했다. 나와는 잘 아는 사이도 아니었고, 그가 작품을 할 때 현장에서 단역 배우들 관리나 이런저런 잔일 하는 것을 몇번 보았을 뿐이었다. 그 선배는 다른 보호자가 없는 그에게 공식적인 보호자 역할을 하고 있는 것 같았다. 정기적으로 가끔씩 병원에 들러 소식을 챙기고 중환자실 주변을 둘러보기도 했다. 그 선배는 올 때마다 중환자실 앞에서 초주검이 되어 있는 나를 보다가 내 앞으로 다가와 명령하듯 말했다. "보는 사람들도 있고 한데 매일같이 여기 이러고 있으면 어떻게 해…… 여기 이러고 있지 말고 들어가요."

"내가 여기 있어야 되는데요."

"그래도 남들이 이상하게 생각할 것 아닙니까? 기자들도 왔다갔다 하는데……" 그는 생사의 갈림길을 헤매고 있는데 나는 남들이 어떻게 생각하는지 남의 눈을 신경써야 한다는 것이었다. 어차피 세상에 다 알려진 일인데 그 상황에서 내가 그의 곁에 있는 것이 마땅치 않다는 그 사람의 태도에 나는 할 말이 없었다.

"알았어요. 그럼 나중에 올게요."

기운이 빠진 나는 그 사람의 말에 선선히 동의하고 병원을 나왔다. 해가 막 지고 충무로에는 어둠이 깔리고 있었다. 막막했다. 왜 내가 그의 곁에 있는 것이 옳지 않은 일인지 이해할 수가 없었다. 그러나 누가 뭐래도 멀리 갈 수는 없는 일이었다. 무슨 일이 있어도 나는 그가 있는 곳 근처에 있어야 했다. 그가 깨어나서 나를 찾으면 내가 꼭 그곳에 있어야 했다. 그리고 내가 너무 멀리 가면 그가 깨어나지 않을 수도 있을 것 같았다. 나는 일단 명동성당이 있는 쪽을 향해 걸었다. 가로등 불빛과 상점에 밝혀진 네온들이 흐르는 눈물에 가려 희미하게 아롱거렸다. 나는 그분을 위해 기도를 할 장소가 필요했다. 누구의 눈도 신경쓸 필요가 없는 곳에서 나보다 위대한 신에게 매달려야 했다. 그것밖에는 방법이 없었다. 나의 힘은 너무 미약했고 나는 너무나 아는 것이 없었다.

성당 앞에 도착한 나는 안으로 들어가기 위해 거대한 성당 문 앞에 서서 나의 조그만 체구로 문을 밀었다. 성당 문은 안으로부터 굳게 잠겨 있었고 아무리 힘을 주어 밀어도 그 육중한 문은 나에게 열리지 않았다. 나는 꼭 그곳에 들어가야 했다. 그리고 애원해야 했다. 다시 그 문을 두드려보았다. 그러나 아무 소용이 없었다. 나는 다른 문이 있는지 주변을 둘러보았다. 성당 건물의 왼쪽으로 담이 이어지고 거기 그 안쪽으로 들어갈 수 있는 문이 보였다. 다시 그 앞으로 가서 문을 두드렸다. 나는 누구에게라도 위안받고 싶었다. 그리고 그를 살릴 수 있는 방법을 알고 싶었다. 아무리 울며 문을 두드려도 문은 열리지 않았다. 신마저도 나를 외면하고 있는 것 같았다. 눈물이 소나기같이 흘러내렸다. 나는 성당 건물과 담이 만나는 불빛이 닿지 않는 깜깜한 구석에서 눈물을 쏟으며 주저앉았다. 그리고 연거푸 "도와주세요"를 연발하며 소리 높여 울었다.

방문객이 다 집으로 돌아갔을 때쯤 다시 병원으로 돌아온 나는 구석진 곳으로 옮겨 자리를 잡았다. 중환자실 바로 맞은편에서 오른쪽으로 조금 떨어진 계단 뒤쪽 구석진 벽에 의자들이 줄지어 붙어 있었다. 그 자리에서는 중환자실이 똑바로 잘 보였지만 중환자실 쪽에서는 잘 눈에 띄지 않는 적당한 구석자리였다. 나는 매일 밤 그 자리에서 깨어나지 못하고 있는 그의 곁을 지켰다. 남들이 무어라고 해도 사경을 헤매고 있는 외로운 그를 혼자 두고 떠날 수는 없었다. 나는 있는 힘을 다해 그를 붙잡으려고 노력했다. 그리고 계속해서 그 위대한 신에게 그가 돌아올 수 있게 해달라고 간절하게 기도했다.

매일같이 중환자실을 지키고 있노라면 늦은 아침이나 이른 오후쯤에는 사람들이 그를 보러 들렀다가 이내 실망하여 그대로 돌아가곤 했다. 그러던 어느날 오후, 그날도 몇명의 방문객들이 중환자실 문 앞을 서성거리고 있는 것이 보였다. 그는 아직도 혼수상태였으며 물론 중환자실 출입은 누구에게도 허용되지 않았다. 서성거리는 방문객들 사이로 그의 누님이 멀리서 보였다. 그와 함께 마장동 집에 들렀을 때 몇번 뵌 적이 있는 영희 어머니였다. 영희의 오빠로 보이는 듯한 사람과 함께 중환자실 앞에서 안타깝게 서성이던 그분이 외진 구석에 혼자서 자리를 잡고 앉아 있던 나를 발견했다. 키가 크고 체격이 좋은 그분은 곧장 나를 향해서 다가왔다. 초췌한 나의 모습을 생각할 겨를도 없이 나는 두르고 있던 코트를 내리고 자리에서 일어섰다. 그분이 내 앞에 정면으로 와 서서 발을 멈추었다.

"이게 다 너 때문에 이렇게 된 거다. 앞으로 다시는 나타나지도 말아라."

그분은 그 한마디를 남기고 곧바로 돌아서서 계단을 돌아 병원 밖을 향해 나가버렸다. 그 비수 같은 한마디는 그렇지 않아도 허덕이고 있던 어린 나의 심장에 여지없이 날아와 꽂혔다. 나는 화살에 맞은 새처럼 푸드득거리며 떨어졌다. 이제 아무 희망도 없었다. 그렇게도 나에게 따뜻하던 그는 내가 알지도 못하는 이유로 쓰러졌으며 며칠이 지나도록 깨어나지 못하고 있었다. 그리고 그가 없는 나의 존재는 얼음장같이 차가운 사회 현실에 꽁꽁 얼어붙어 더이상 한기를 넘길 수 있을 것 같지 않았다. 거기다가 그가 이렇게까지 된 것이 정말 나의 잘못이라면 더군다나 나는 나 자신을 용서할 수 없는 일이었다.

나는 사람들이 두려워지기 시작했다. 아무도 만나고 싶지 않았다. 어차피 나의 마음을 조금이라도 알아줄 사람은 한 사람도 없는 것 같았다. 나의 가슴은 얼음장같이 차갑게 식었으며 나의 혀는 굳어져 더이상 한 마디의 말도 만들어낼 수가 없었다. 그의 따뜻한 목소리가 그리웠다. 그가 나를 바라보는 사랑 가득한 정겨운 눈길이 그리웠다. 그의 숨소리를 한번만 들을 수 있다면 내 마음이 풀릴 것 같았다. 그의 눈길을 한번만 더 마주 볼 수 있다면 모든 것이 하얗게 치유될 것 같았다. 그러나 그 순간 오직 나에게 남은 희망이란 아직도 그 사람이 내 앞에 건너다보이는 중환자실 벽 저편에서 기구에 매달려 숨을 쉬고 있다는 것뿐이었다. 나는 앉았던 자리로 무너지듯 주저앉았다. 그리고 전보다 더 작게 몸을 움츠려서 코트를 머리까지 둘러쓰고 소리나지 않게 흐느끼며 그를 외쳐 불렀다.

기도에 응답하시는 분이여

성심병원 중환자실 앞에서 매일같이 그의 곁을 지킨 지 일주일이 되었다. 내 몸의 존재를 의식할 수도 없을 만큼 나는 죽은 듯 그곳에서 의자에 몸을 숨긴 채 붙어앉아 있었다. 가끔 방문객이 그를 찾는 소리가 들리거나 의사 선생님이 지나기라도 하면 솔깃하게 그쪽의 동태를 살피는 것 외에는 다른 아무것도 안중에 들어오는 것이 없었다.

그때 누군가 그의 의식이 돌아오고 있다고 말하는 소리가 귓전을 스쳐갔다. 나는 고개를 번쩍 들고 둘러보았다. 하얀 가운을 입은 의사 선생님이 그 선배에게 하는 소리였다. 자리에서 벌떡 일어나 그쪽으로 다가갔다. 의사 선생님의 말에 의하면 그는 방금 전 의식이 돌아왔으며 이대로 상태가 좋아지면 머지않아 입원실로 옮길 수도 있다는 것이었다. 나는 하늘을 나는 듯 기뻤다. 그간의 고통과 수고가 한순간에 사라지는 것 같고 얼어붙었던 가슴이 한꺼번에 녹아내리는 듯싶었다. 그의 의식이 마침내 정말로 돌아온 것이다. 결국은 한번도 직접 만나보지 못했던 그 위대한 신이 나의 애절한 기도에 응답한 것이라고 믿었다. 마음속으로 감사에 감사를 연발하며 나는 녹아내리듯 휘청거리는 몸을 가누며 다시 구석자리로 돌아갔다.

나는 될 수 있는 한 사람들의 눈에 띄지 않도록 조심스레 행동했다. 그렇게 하지 않으면 그곳에서 그를 지킬 수 없을지도 모르는 일이었다. 그가 중환자실에서 일반병실로 옮겨질 때까지는 생명이 위험한 것이 확실했고 전혀 다른 사람을 만날 수 없는 것도 당연했다. 이제 나에게는 기다리는 일만이 남아 있었다. 그의 상태가 좀더 좋아질 때까지 그곳에 계속 남아서 기다려야 했다. 그러나 말할 수 없을 정도의 기쁨으로 이제는 기다리는 것이 조금도 힘들게 느껴지지 않았고, 차라리 그곳에서 내가 그렇게 기다릴 수 있다는 것이 행복하게 느껴졌다. 그를 다시 만날 수 있다는 희망에 나의 마음은 풍선과 같이 부풀었다. 이제 그를 만나서 지난 일주일 동안 있었던 일들을 같이 이야기하며 다시 집으로 돌아갈 것을 생각하니 웃음과 눈물이 엇갈리며 가슴이 벅차올랐다. 그러나 한편으로 그가 혼수상태에서 깨어난 건 사실이지만 아직도 중환자실에서 겨우 목숨을 유지하고 있다는 것은 커다란 그림자로 내 마음 한구석에 무겁게 자리잡고 있었다. 안도의 숨을 쉬기에는 아직 너무 일렀다.

그날 밤을 새고 다음날이 되자 그의 의식이 돌아왔다는 소식을 듣고 찾아온 방문객들이 한두 사람씩 늘어나기 시작했다. 그중에는 기자로 보이는 듯한 사람들도 더러 눈에 띄었다. 그러나 아직은 그를 만날 수 있는 상황이 아니었고 그때마다 사람들은 실망해서 돌아가곤 했다. 나는 늘어나는 방문객들을 피해 잠시 밖으로 나가서 그와 자주 걷던 오후의 충무로길을 오래간만에 가벼운 마음으로 혼자서 한 바퀴 돌았다. 그가 퇴원하면 해야 할 일들이 생각났다. 우선 평창동 입구 동네에 내가 보아둔 집을 그와 같이 가서 보아야 했고 곧 이사도 가야 했다. 그리고 「삼포 가는 길」의 녹음을 마치고 나면 당분간 그와 함께 둘이서만 같이 있을 시간이 많아질 것을 생각하니 가슴이 부풀었다. 전처럼 그와 함께 영화도 보러 가고 술집에 앉아 밤 늦도록 형이상학적인 인생과 예술론을 들으며, 하루종일 걸어서 산동네로 산보도 가고 또 해 떨어지는 백양나무숲에도 다시 가보고 싶었다. 그러나 그 무엇보다도 우선 당장 한번이라도 그를 보고 싶어 견딜 수가 없었다. 오직 단 한번만이라도 그의 곁에 기대어 앉아보고 싶었다. 그리고 그의 팔에 내 콧등을 비벼보고 싶었다. 그가 해준 팔베개를 베고 누워 그의 숨소리를 들으며 하룻밤만이라도 실컷 잠에 떨어져보고 싶기도 했다. 그가 나를 보며 장난스럽게 웃어대던 모습, 여드름 난 내 얼굴을 보고 한심해서 웃던 모습도 떠올랐다. 이제 이 모든 것이 가능해졌다. 곧 그가 일어나면 하고 싶었던 일들을 모두 할 수 있으리라 생각하니 마음이 구름처럼 가벼워졌다.

병원으로 돌아온 나는 아직도 남아 있는 방문객들을 피해 다시 구석자리에 가서 앉았다. 저녁때가 다 될 무렵 영화 「삼포

194

가는 길」에서 백화가 있던 술집의 주모로 출연했던 선배님이 그를 보려고 들렀다. 그 선배님은 영화에서 단역을 주로 하셨지만 이 감독과는 특별히 친분이 두터웠고 항상 그의 영화에 출연하시는 분이었다. 그 선배님은 멀찌감치 자리를 잡고 앉아 있는 나를 보고는 반가워하며 다가왔다. 영화에서는 백화와 주모가 직접 만나 연기를 하는 장면이 없어서 일을 같이 한 적은 없지만 다른 곳에서 한두 번 뵈어 나도 안면이 있었다. 나를 보자 우선 이 감독의 상태를 묻던 그 선배님은 나의 초췌한 모습을 보더니 이내 나를 걱정하기 시작했다. 내 상태가 말이 아니라는 것을 직감하신 모양이었다. 선배님은 다정한 목소리로 따뜻하게 안부를 물었다. 갑자기 왈칵 눈물이 쏟아졌다. 그가 쓰러진 이후 나에게 관심을 가져주고 따뜻하게 안부를 물어주는 사람은 그 선배님이 처음이었다. 선배님은 나의 예민한 반응을 측은해하며 내 옆에 앉아 나를 위로했다. 그리고 이제는 이 감독도 의식이 돌아왔으니 집에 가서 좀 쉬는 것이 어떻겠느냐고 권했다. 나는 어린아이같이 터지는 울음을 삼키며 "안돼요……집으로는 못 가요…… 가보려고 했는데 못 가겠어요. 두렵고 무서워서 방에서 혼자 잘 수도 없어요. 그래도 여기가 편해요…… 그냥 여기서 그 사람 곁에 있는 게 훨씬 편해요……"하고 대답했다. 그 선배님은 내 옆에 앉아 흐느끼는 나를 토닥여주었다. "괜찮아, 괜찮아…… 이 감독님도 이제 깨어났으니까

숙이도 기운을 차려야지. 그래야 이 감독님 다시 볼 때도 좋
구…… 그렇지." 나는 그동안 참았던 감정들이 더욱더 복받쳐
목이 메었다.

"밥은 먹었어?"

"괜찮아요."

나는 계속해서 쏟아지는 눈물을 참을 수가 없었다. 선배님은
나에게 자기 집으로 같이 가면 어떻겠느냐고 물었다. 집이 멀
지 않은 곳에 있는데다 혼자서 자지 않아도 된다며 나를 달랬
다. 그리고 내일 아침 일찍 다시 나를 이곳으로 데려다주겠다
고 약속했다. 나는 그를 혼자 두고 간다는 게 마음에 걸렸지만
선배님의 끈질기고 따뜻한 권유를 받아들이기로 했다.

그렇게 해서 그 선배님의 낯설지만 소박한 집에 도착했다.
선배님은 독실한 기독교 신자였으며 영화 단역을 해서 네 아이
를 혼자 기르고 있는 강한 어머니였다. 하루종일 일한 뒤 병원
에서 만난 나를 데리고 집으로 들어오신 선배님은 서둘러 부엌
으로 나가서 저녁준비를 해서는 나에게 저녁을 대접했다. 오랜
만에 먹어보는 따뜻한 저녁밥이었다. 우리는 이 감독님이 깨어
난 것을 기뻐하며 도란도란 웃으면서 같이 식사를 했다. 그리
고 나는 정말 오랜만에 방바닥이 따뜻한 잠자리에서 두 다리를
쭉 펴고 잠이 들었다.

토요일인 다음날 아침 일찍 나는 선배님이 차려주신 따뜻한 아침식사를 들었다. 훨씬 기운이 나는 것 같았다. 곧바로 집을 나선 우리는 병원으로 향했다. 저녁때 늦지 않게 집으로 돌아와 같이 저녁식사를 하자는 말을 남기고 선배님은 병원을 떠나 일할 곳을 향해 가셨다. 계속 중환자실 앞에서 그의 곁을 지키던 나는 오전 9시가 될 무렵 그가 오늘쯤 병실로 옮길 수 있을 것이라는 소식을 전해 들었다. 들뜬 마음에 방금 내가 들은 소식을 확인해보고 싶어 근처에 있던 간호원에게 다시 한번 확인했다. 어제부터 밤 사이 그의 상태가 많이 호전되었으며 병실이 준비되는대로 그날 오후쯤 일반병실로 옮겨질 것이라고 했다. 하늘을 날듯 흥분된 마음을 좀체 가라앉힐 수가 없었다.

그를 만나면 무슨 말부터 시작해야 할까. 그는 나에게 무슨 말을 할까. 사랑한다는 말을 할까, 아니면 보고 싶었다는 말을 먼저 할까? 아니면 많이 놀랐느냐고 물을까? 아니야, 먼저 놀라게 해서 미안하다고 그럴지도 몰라…… 철없는 나의 머릿속은 갖가지 행복한 기대와 생각 들로 가득 차 부풀어올랐다.

좀체로 움직이지 않는 것 같은 시곗바늘을 계속 주시하며 나는 중환자실 벽 저편에서 병실로 옮겨가기 위해 준비하고 있을 그의 모습을 떠올렸다. 마침내 사경에서 벗어나 자신의 숨소리를 다시 느끼고 창밖에서 스며들어오는 밝고 향긋한 봄날 아침의 향기를 맡으며 살아 있다는 충만함에 듬뿍 젖어 있을 그의 모습이 떠올랐다. 그리고 바로 며칠 전 이곳 중환자실 앞에서 같이 밤을 지새던 다른 환자들의 가족들이 생각났다. 사랑하는 사람이 일반병실로 옮겨가게 된다는 소식을 듣고 기뻐 어쩔 줄 몰라하던 그 사람들을 바라보며 부러워하던 기억이 생생했다. 그런데 그때 절망감 속에서 눈물로 헤매던 내가 지금 바로 그 부러워하던 사람이 되어 있는 것이 아닌가.

산다는 건 정말 묘하다는 생각이 들었다. 하늘에 있는 해도 같은 해요 뜨고 지는 달도 같은 달일 텐데, 하루가 지날 때마다, 아니 시간이 지날 때마다 주어지는 삶의 세계가 이토록 다른 이유는 무엇인지 참으로 알 수 없는 일이었다. 온 세상이 내 앞에서 당장이라도 끝나버릴 듯한 어두운 절망감과 심장을 도려내는 듯한 아픔 그리고 혼돈 속에서 솟구치던 눈물이 나의 마음을 걷잡을 수 없이 뒤흔들던 것이 하루아침에 희망과 기대로 변하고, 두둥실 떠오른 나의 의식세계는 봄의 화려한 향기를 느끼고 있었다. 무엇이 나를 그렇게 만드는 것일까? 그리고 그렇게 내 속에서 움직이며 변하고 있는 현실은 정말로 실재하는 현실인가? 실제로 피를 흘리듯 아프던 내 가슴이 한순간에 스치고 지나가는 부드러운 봄바람처럼 아무 일 없었던 양 기쁨으로 채워졌다. 그 모든 것은 하나도 빠짐없이 거짓이 아닌 살아 있는 감정들이었으며, 나의 삶을 주관하는 실존세계의 전부였다. 그것이야말로 '사랑'이란 이름의 포도주를 한꺼번에 들이키고 걷잡을 수 없이 빠져들었던 나의 취한 모습이었다.

이른 오후가 되었는데도 아무런 연락이 없었다. 초조한 나머지 나는 다시 근처에 있는 간호원을 찾아가 그의 상태를 물었다. 간호원 말에 의하면 그의 상태는 아주 좋은 편이며 밀려 있는 서류작업이 끝나는 대로 6층에 있는 병실로 옮겨진다는 것이었다. 나는 그가 옮기기로 되어 있다는 병실을 확인하기 위하여 우선 6층으로 올라갔다. 계단을 돌아 왼쪽으로 난 복도의 서쪽 끝에 있는 2인용 병실이었다. 문이 닫힌 병실에는 이미 들어와 있는 환자가 있다고 하여 안을 들여다볼 기회가 없었는데, 그 다른 환자는 교수이며 여행가인 김찬삼 씨라고 누군가가 귀띔해주었다. 병원 측에서 일부러 배려를 해서 그렇게 한 것 같았다.

숨막히는 초조함을 해소하기 위해 나는 잠깐 병원 밖으로 나가기로 했다. 4월의 화창한 봄 햇볕이 밝게 충무로를 내리쬐고 있었지만 아직 가시지 않는 한기가 목덜미를 차갑게 파고들었다. 4월에 부는 강한 바람과 옷깃 새로 파고드는 한기는 늘 나에게 혼돈스런 기분을 준다. 쏟아지는 밝고 따끈한 햇빛에 봄인가 싶어 닫혀 있던 마음을 열고 재킷의 단추를 하나둘 풀어놓으면 어느덧 열린 재킷 틈새로 가슴으로 파고드는 차가운 바람은 열려 있는 마음에 칼날 같은 상처를 주고 다시 움츠러들게 만들어버린다. 누군가 4월은 잔인한 달이라고 말했다. 아마도 봄과 꽃을 시샘하는 무겁고 어두운 겨울의 그림자가 마지막 행패를 부리기 때문이 아닌가 싶다. 그해 4월은 유난히도 찬바람의 행패가 강했다. 아직도 봄볕에 풀리지 않은 땅이 그대로 겨울처럼 얼어붙어 있었다.

을씨년스런 4월의 봄바람을 피해 병원으로 돌아온 나는 곧바로 6층을 향해 올라갔다. 짜릿한 병원의 소독약 냄새가 어느덧 내 몸에 배어 오히려 친근감이 느껴졌다. 나는 그가 조금 전에 무사히 병실로 옮겨졌으며 아직은 면회금지라는 소식을 전해 들었다. 방문이 허락될 때까지 나는 계단이 있는 건물의 중앙의 벽에 줄지어 붙어 있는 의자 중 구석진 자리에 몸을 붙이고 앉아 금방이라도 터질 것 같은 벅찬 마음을 가라앉히며 그를 만날 마음의 준비를 했다. 이제는 그를 다시 볼 수 있게 되었고 퇴원만 하면 다시 그와 함께 자양동 집 건넌방으로 돌아갈 수 있으리라 생각하니 마음이 느긋해졌다.

마침내 면회가 허락되었다는 연락이 왔다. 그곳 병동에는 어느 병실이나 마찬가지로 정해진 면회시간이 있었다. 오전 9시에 시작되는 방문시간은 오후 5시까지 계속되었으며 일요일은 방문객이 허용되지 않았다. 토요일인 그날 처음으로 허락된 나의 방문은 오후 4시가 훨씬 넘어서야 이루어졌다.

누군가 나에게 들어가보라고 말하는 소리가 들렸고 나는 두 근거리는 가슴으로 한 발자국씩 병실을 향해 걸어갔다. 반쯤 열린 문 안으로 언제 왔는지 그와 친분이 있다는 그 선배와 두어 명의 남자들이 한발 먼저 들어가 있는 것이 보였다. 안쪽으로 조심스레 발을 떼고 들어선 나는 오른쪽 벽에 붙은 높다란 병원 침대에 벽에 반쯤 몸을 기댄 채 앉아 있는 그를 발견했다. 깊숙하게 안쪽으로 드리운 눈동자와 회색 빛깔에 가까운 그의 무표정한 얼굴에서 무겁고 어두운 침묵이 감돌았다.

막상 그를 눈앞에서 마주 대하는 순간 알 수 없는 그의 압도적인 분위기와 나의 세계 사이에 막막한 거리감이 느껴졌다. 그리고 그 거리감을 좁히기 위해 어떤 말이나 어떤 행동도 끈이 될 수 없다는 것을 직감적으로 알 수 있었다. 그러나 나와는 별로 안면이 없는 그 두어 명의 남자들은 할말이 많은 것 같았다. 많이 놀랐다는 둥 이제는 안심이라는 둥 창문 턱에 걸터앉은 채 계속해서 자기들끼리 이야기를 주고받았지만 그는 아무런 반응 없이 묵묵히 벽에 기댄 채 몸을 지탱하고 있었다. 자신의 약한 면을 남에게 보이지 않으려는 그의 자태와 침묵 속에서 나를 의식하고 있는 그의 깊은 눈동자가 느껴졌다.

맞은편 침대의 김찬삼 교수라는 분은 갑자기 시끄러워진 방 분위기가 불편한 듯 등을 돌린 채 몸을 굽히고 벽을 향해 누워 있었다. 누군가 뒤에서 전해주는 접는 의자를 받아 침대에 바짝 붙여놓고 나는 그의 옆으로 내려앉았다. 말문이 떨어지지 않던 나는 그냥 그곳에서 그의 숨소리를 느끼고 있는 것만으로도 충분했다. 누군가가 내 등뒤에서 "숙이가 애를 많이 썼습니다" 하고 그에게 나의 처지를 설명하는 소리가 들렸다. 무엇으로도 표현할 수 없는 너무나도 엄청난 것을 우리는 경험했다. 그리고 그것은 말 이상의 것이었다. 나는 한 마디의 말도 할 수가 없었고 그것은 그도 마찬가지인 듯 보였다. 그는 우리 모두의 상상을 초월하는 극적인 경험에서 돌아온 사람이었고 그런 그 사람 앞에서는 어떤 말도 필요하지 않았고 중요한 것도 아니었다. 말이란 엄청난 경험과 감정을 설명하기에는 너무나 작고 미약한 수단이라는 것을 나는 그때 알게 되었다. 누군가가 이런 말을 했다. '인간이 느낄 수 있는 경험 중에 가장 깊고 아름다운 것들은 말로 표현되지 않는다. 왜냐하면 그 경험은 우주와 시간을 초월하는 경험이기 때문이다. 두번째로 깊고 아름다운 것들은 아무리 말로 표현하려 해도 듣는 사람에게 잘못 전달되고 만다. 우리가 말로써 표현할 수 있는 최상의 경험들은 세번째나 그 아래에 속하는 경험에 불과하다.'

그와 나는 이상하리만큼 처음부터 끝까지 한마디의 말도 주고받지 못했다. 그가 자리에서 일어나려는 듯 몸을 움직였다. 이내 나는 그를 부축하기 위해 자리에서 일어나 두 손으로 그를 붙잡았다. 그때 뒤에서 또 같은 목소리가 끼어들었다. "그래

그래 부축 좀 해드려. 화장실까지 부축해드려……"

그가 나의 어깨에 팔을 둘렀다. 침대에서 내려온 그는 자신의 온몸을 겨드랑이 아래에서 받치고 있는 나의 조그만 어깨에 기대고 조심스레 방문 입구 쪽에 있는 화장실을 향해 한걸음씩 떼어놓았다. 그는 나의 어깨를 자기의 가슴에 넣어 끌어안고 해 떨어지는 흙길을 걸었던 때처럼 될 수 있는 한 자신의 자태를 잃지 않으려고 노력했다. 내 몸에 의지하여 간신히 매달려 있는 그의 몸무게가 나를 누르며 힘겹게 한 발자국씩 앞으로 내딛을 때마다 고통을 참는 그의 숨소리가 역력히 느껴졌다. 화장실 안으로 들어간 나는 안에서 문을 닫아걸었다. 창문도 없이 흰 타일로 사방이 막힌 두세 평 남짓의 공간 안에서 우리는 순식간에 세상과 차단되었다. 그리고 그뒤 몇분간 그 공간에서 내가 경험한 것은 상식으로 설명할 수 없는, 자아의 판단을 초월한 순수경험 그 자체였다. 그것은 마치 성스러운 예식의 한 부분 같았다.

변기 앞에 그를 혼자 세워주고 한두 발자국 뒤로 물러나 벽에 붙어선 나를 옆에 두고 아무렇지도 않은 듯 소변을 보는 그의 뒷모습, 퍼붓는 소나기에 떨어지는 낙숫물처럼 소변이 변기로 떨어지는 소리가 타일벽에 반사되어 천둥 치듯 진동하던 그 자극적인 느낌 앞에서 나는 언젠가 그가 말한 대로 처절한, 그러나 죽도록 아름다운 인간만이 느낄 수 있는 순수한 경험의 목격자가 되었다. 그를 다시 부축해서 몇발자국 떨어진 세면대 앞으로 온 나는 수도꼭지를 틀고 손끝에 물을 묻혀 말없이 그의 이마에 바르듯 닦아내렸다. 그가 숨을 내쉴 때마다 썩은 듯한 핏물냄새가 독한 소독약 냄새와 어우러져 코끝을 자극했다. 나는 천천히, 아주 천천히 다시 손끝에 맑은 물을 묻혀 부어 있는 그의 얼굴에 바르고 조심스레 씻어내렸다.

다시 화장실 문을 열고 밖으로 나온 나는 그를 곧바로 침대 위로 부축했다. 힘들어하는 티가 역력했지만 그는 끝까지 자태를 흐트리지 않으려 애쓰며 벽으로 기대 조용히 자리에 누웠다. 5시가 거의 다 되어가는 것 같았지만 방문한 남자들은 아직도 할 얘기가 많은 모양이었다. 내가 먼저 자리에서 일어났다. 남자 중 한 명이 또 끼어들었다. "가려구? 그래, 이제 가봐."

나는 그 남자의 말을 귀 뒤로 흘리고 누워 있는 그의 앞에 말없이 섰다. 그리고 그의 가까이로 몸을 굽히며 조용히 그에게 마지막 인사를 했다.

"월요일 아침에 일찍 올게요……"

그렇게 병실문을 나섰다.

들뜬 마음으로 새벽같이 자리에서 일어난 나는 그가 있는 병원으로 가기 위해 채비를 하고 있었다. 내가 잠시 신세지고 있던 선배님댁의 아이들도 엉겁결에 다들 일어나 아침 준비를 하고 있었다. 그가 다시 내 곁으로 돌아왔다는 사실은 정말 꿈만 같은 일이었다. 이제는 그가 퇴원할 때까지 기다리는 일만 남았고 매일같이 그를 볼 수 있게 되었다는 기쁨에 나의 마음은 한쌍의 날개를 선물받은 기분이었다.

선배님이 분주하게 부엌에서 아침식사를 준비하는 소리가 들렸다. 구수한 콩나물국 끓이는 냄새와 달그락거리며 그릇 부딪치는 소리들이 부엌 선반 위에서 웽웽거리는 트랜지스터 라디오 소리와 함께 향긋하게 아침의 여명을 깨우고 있었다. 대야에 물을 받아 양치질과 세수를 끝낸 후 방으로 들어온 나는 옷장에 붙은 거울 앞에 앉아 깨끗하게 얼굴을 다듬었다. 이른 아침부터 특별히 화장을 해야 할 이유가 없었던 나는 맨얼굴에 정성들여 로션을 바르고 머리도 차분하게 빗어 뒤로 넘겼다. 며칠 전 자양동 집에서 싸들고 온 가방 안에서 깨끗한 옷을 꺼내 갈아입고서 거울 속에 비친 내 얼굴을 바라보는 순간 깊게 가라앉은 숨막히는 소리로 "문숙아! 문숙아!" 하고 나를 부르는 선배님의 목소리가 들렸다. 내가 부엌 쪽으로 몸을 돌리는데 벌써 다급히 방 안으로 들어서는 선배의 손에 라디오가 들려 있었다.

"이것 좀 들어봐, 이게 무슨 소리니?"

새벽 뉴스였다. 일요일 밤 8시경 영화감독 이만희 씨가 심장마비로 사망했다는 또박또박하고 맑은 아나운서의 목소리가 먼 종소리처럼 내 귀를 울렸다. 순간적으로 나의 중추신경이 부드럽게 정지해버리는 것을 느꼈다. 머릿속이 잡고 있던 풍선의 끈을 놓치듯 툭 끊어지며 의식이 공기 속으로 날아가는 것 같았다. 모든 시공간이 일시에 무(無)의 상태로 들어갔다.

"그럴 리가…… 없는데……"

아나운서는 벌써 차분하게 다른 뉴스를 보도하고 있었다.

"아닐 텐데…… 잘못된…… 내가, 오늘 아침, 간다고…… 그럴 리가, 심장마비가, 아닐 텐데…… 뭔가……" 나는 말을 잇지 못하고 횡설수설하기 시작했다.

"빨리 준비해, 가자."

다된 아침밥을 아이들에게 알아서 차려먹으라고 지시한 선배님은 정신나간 사람처럼 횡설수설하고 있는 나의 손목을 움켜쥐고 이른 아침 공기를 가르며 큰길을 향해 뛰었다.

절대로 그럴 리가 없다는, 행여나 하는 마음으로 나는 퇴계로 쪽으로 난 병원 정문으로 들어섰다. 현관으로 들어서자마자 중앙계단 옆으로 빈소의 팻말이 조그맣게 보였고 계단 뒤편에서 왼쪽으로 뚫린 조그만 공간에 벌써 몇몇 사람들이 모여 있었다. 나의 심장이 땅을 향해 서서히 무겁게 떨어지는 것이 느껴졌다. 사람들이 모여 있는 쪽을 향해 한 발자국씩 겨우겨우 걸음을 옮겼다. 덩치 큰 남자들 몇명이 작은 공간의 입구 쪽에 서 있는 것을 보고 나는 그 뒤쪽으로 가서 안을 들여다보았다. 멀지도 않은 바로 앞에 긴 나무상자 하나가 벽 쪽으로 놓여 있고 그 위에 덩그라니 그의 사진이 놓여 있었다. 나의 백짓장 같은 머릿속은 정리되지 않은 채 허공을 헤매고 있었다.

저게 뭘까? 그의 사진이 왜 저 위에 덩그라니 있을까? 이상하다, 그를 보려면 6층으로 올라가야 되는데…… 이 사람들이 왜 여기 이렇게 서 있지? 라디오 아나운서의 말이 사실이라면…… 저 나무상자 안에 그가 누워 있다는 말인가? 그럴 리가 없는데…… 내가 직접 확인하기 전에는, 그걸 어떻게 믿을 수 있어? 사람들이 무언가 꾸미고 있는 게 틀림없어…… 아니면 이게 다 꿈인가? 분명히 내가 오늘 아침에 일찍 온다고 했는데…… 그래서 나를 기다리고 있을 텐데……

머릿속에서 현실과 사실 그리고 착각과 망상이 모두 뒤죽박죽되어 뭐가 뭔지 분간할 수가 없었다. 심장도 이미 지구의 중심으로 빨려들어가버렸는지 아무런 느낌도 감정도 느낄 수가 없었다. 나는 내 앞에서 벌어지고 있는 그 이상스런 현실을 더이상 감당할 수 없어 멍하게 그 자리를 떠났다.

병원 문을 나선 나는 점점 차들이 불어나고 있는 아침의 거리를 무작정 걷기 시작했다. 도로를 질주하는 차량들이 슬로모션으로 상영되는 영상처럼 내 앞에서 천천히 물결처럼 흘러가고 있었다. '내가 보고 있는 이 거리는 진짜인가? 이 사람들은다 누구일까?' 나는 아무것도 느낄 수 없는 심장과 아무 생각도할 수 없는 머리로 내 앞에 펼쳐지고 있는 그 이상한 광경들을보며 어디론가 한없이 걷고 또 걸었다. 기운이 다 빠지고 다리가 휘청거릴 때까지 걷던 나는 지나가는 택시를 잡아타고 자양동 집으로 향했다. 아무 일도 없었던 양 대문을 열고 들어가 컴컴한 건넌방으로 들어갔다. 방안은 열하루 전 정오쯤 그와 함께 집에서 나설 때 그대로였다. 변한 것은 아무것도 없었다. 모든 것이 그 자리에 그대로 놓여 있었다. 나는 덩그러니 벽 한가운데 서 있는 그가 만들던 나의 흑백사진 꼴라주 앞에 섰다. 아직 오른쪽 위의 귀퉁이가 끝나지 않은 채 비어 있었다. 그가 돌아오는 대로 다시 사진을 오려 붙여서 마무리를 지을 것 같았다. 나는 그 흑백사진 꼴라주 옆에 앉아 그가 잘라 붙인 사진들을 하나하나 들여다보았다. 정말 정교하게 잘도 잘라 끼웠다는생각이 들었다. 수백장의 내 얼굴들이 이리저리 얽혀 커다란판자를 가득 메우고 있었다. 한 장 한 장의 사진마다 그의 손길과 숨소리가 느껴졌다. 방바닥에는 아직도 꽤나 많은 사진들이 가지런히 쌓여 있었다. 나는 그 사진들 옆에 가만히 쪼그리고 드러누웠다. 그곳에서 조금만 더 기다리면 그가 곧 돌아올 것만 같은 생각이 들었다. 지난 모든 일은 무언가 잘못된 꿈이었는지도 모른다는 멍한 희망으로 나는 아직도 그의 냄새가 물씬 풍기는 썰렁한 방에 혼자 누워 그가 오기를 기다렸다. 방안의 현실은 내 앞에서 아무것도 변한 것이 없었고 모든 것은 있던 그대로였다. 순간에서 순간으로 이어지는 현실의 체험은 한겹 가려진 또다른 현실의 가능성보다 안락하고 편안했다. 그러나 시간이 갈수록 그 또다른 현실의 가능성에 점점 불안해지기 시작했다. '만일 그 아나운서의 말이 사실이라면? 그리고 아침에 병원에서 보았던 것이……' 나는 그가 돌아오지 않는 어두운 빈 방에서 걷잡을 수 없는 불안에 몸을 떨고 있었다. 눈에 보이지 않는 현실의 거대한 공포가 금세라도 나를 삼켜버릴 것만 같았다. 얼른 자리에서 일어난 나는 다시 한번 쫓기듯 건넌방을 나온 뒤 서둘러 선배님과 네 아이들이 기다리고 있는 그 집으로 돌아갔다.

  그날 밤 잠자리에서 천장을 보고 누운 나는 옆에 누운 선배님에게 조용히 물었다. "심장마비는 왜 나는 거예요?"
  한참동안 말없이 생각을 하던 선배님은 "글쎄, 여러가지 이유가 있겠지. 아까 병원에서 들으니까 이 감독님은 수혈받은 피가 갑자기 심장에서 거부반응을 일으키면서 그렇게 됐다고 하던데…… 일요일 밤이라 병원에 전문의도 없었고…… 갑자기 일어난 일이라 일체 손을 쓰지 못한 것 같아" 하고 차분히 대답했다.

"내가…… 아침에 일찍 온다고 그랬는데……"

나의 가슴속에 알 수 없는 응어리가 생기기 시작하는 것이 느껴졌다. 그리고 내 머릿속은 또다시 뒤죽박죽 얽힌 실꾸리같이 더이상 아무 생각도 할 수가 없었다.

4월 15일

오전 10시에 충무로 한가운데 주차장으로 쓰이는 썰렁한 공터에서 조촐한 장례식이 거행되었다. 아침 일찍 선배님이 지어주신 식사를 하는 둥 마는 둥 끝낸 나는 나와는 상관도 없는 듯한, '장례식'이라는 이질감 느껴지는 단어에 아무런 반응 없이 묵묵히 외출 준비를 했다.

"검은 옷 가지고 있는 것 있니?" 하고 선배님이 내 눈치를 살폈다.

"검은 옷이요? 아니요……"

장례식에서 입을 옷을 준비할 만한 마음의 여유도 물론 있을리 만무였다. 나는 가지고 있던 가방을 열어 그 안의 옷들을 꺼내보았다. 늘 필요한 간단한 옷들과 그가 퇴원하면 갈아입을수 있도록 넣어둔 그의 옷 몇가지가 나왔다. 정말 신기했다. 그가 내 옆에 있는 것처럼 그의 향이 물씬 풍겼다. 그중 그가 늘입던 칼라가 달린 큼지막한 검정색 티셔츠가 눈에 띄었다. 그의 손때가 많이 타서 색깔이 바랜 듯한 셔츠에서 그의 체온이느껴졌다. 나는 셔츠를 들어 내 얼굴을 감쌌다. 그리고 그의 어깨에 내 콧등을 문지르듯 비비며 얼굴을 도톰한 셔츠 안으로묻었다. 그가 내 곁을 떠난다는 가능성은 아직도 나에게는 받아들일 수 있는 현실이 아니었다.

그의 따뜻한 체취가 짙게 밴 무릎까지 내려오는 검정색 티셔츠를 상복으로 입은 나는 찬바람이 감도는 충무로의 건물 사이공터에서 거행된 이유를 알 수 없는 장례식 행렬 맨 앞줄에 앉은 채 이상스럽기만한 그 나무상자를 줄곧 바라보고 있었다.그리고 장례식이 끝나자마자 사람들의 눈을 피해 곧 그곳을 떠났다. 집으로 돌아가는 차 안에서 선배님에게 물었다.

"오늘밤 이 감독님 산소로 가서 자나요?"

선배님은 아무런 대답도 하지 않았다.

"땅이 아직도 많이 얼어 있는데……" 목이 꽉 막혀왔다. "그사람은 외로움을 많이 타요…… 그리고…… 춥고 어두운 밤을 아주 힘들어해요.”

처음으로 내 눈에 눈물이 고여 떨어지기 시작했다.

몇주 전쯤 잠깐 지방에 다녀올 일이 있어서 그를 혼자 두고 집을 비운 적이 있었다. 바깥 날씨가 꽤나 쌀쌀하던 그날 어두운 방안에 혼자 앉아 내 사진을 오려 붙이고 있던 그에게 잠깐 지방에 다녀올 일이 있다고 말을 하고서 가방을 챙겼다. 아무 대꾸도 않고 하던 일을 계속하던 그를 두고 서둘러 집을 떠나 서울에서 그리 멀지 않은 지방으로 내려간 나는 괜스레 그가 마음에 걸려 아무 일도 할 수가 없었다. 그의 표정과 목소리 그리고 모든 것이 왠지 모르게 사무쳤다. 그가 그렇게 건넌방에 혼자 쓰러져서 밤을 지샐 것을 생각하니 가슴이 아파 견딜 수가 없었다. 나는 진행을 맡아보던 책임자에게 집에 급한 일이 생겨 가야 한다는 말을 남기고 스케줄을 모두 취소한 후 새벽 4시 첫차를 탔다. 사방이 껌껌한 이른 새벽의 찬 공기가 겨울 날씨 못지않았다. 집에 도착 한 나는 곧바로 건넌방으로 들어갔다. 창문이 있는 벽에 등을 대고 머리까지 이불을 둘러쓴 그가 움츠리고 누워서 잠들어 있는 희미한 모습이 외롭고도 슬프게 와닿았다. 얼른 입고 있던 옷을 벗어 방바닥에 던져놓은 채 이불 끝의 한쪽을 살며시 걷고 그의 가슴 안쪽으로 파고들었다. 잠결의 그가 팔을 둘러 나를 안으며 “벌써 왔어?” 하고 속삭이듯 물었다.

"응, 보고 싶어서요. 아무 일도 없었어요?"

"응……"

"정말이요?"

"응, 정말."

그는 팔과 다리로 나의 자그마한 몸을 둘러 감고 자기 안쪽으로 꼭 당겨 안았다. 훨씬 마음이 놓이는 것 같았다. 무의식과 완전히 차단된 나의 의식세계는 손을 내밀어 잡을 수 없는 그 무언가를 미약하게 느끼고 있을 뿐이었지만, 나의 영혼은 더는 한마디도 없이 묵묵하게 자신을 지키는 그에게서 흘러나오는 외롭고 슬픈 영혼의 노래를 들을 수 있었다. 자신의 비어 있던 가슴 안쪽을 나의 온기로 채운 그는 어린아이같이 새벽잠으로 편히 빠져드는 듯했다.

장례식 다음날 아침 일찍 일어난 나는 홀로 그에게 작별인사를 하기 위해 그가 묻힌 장지로 향했다. 이 사람 저 사람에게 물어 수없이 많은 무덤들이 즐비한 양지 바른 언덕에서 나는 그가 잠들어 있는 무덤을 찾아냈다. 방금 흙을 끌어다 덮어놓은 듯 풀 한포기 없는 둥근 묘 앞에 새로 세운 돌비석에는 그의 이름이 새겨져 있었다. 나는 들고 온 한 아름의 안개꽃을 그 앞에 놓았다. 몇점의 흰 구름이 둥실 떠 있을 뿐 중천에 오른 태양의 따끈한 햇살이 유난히 화창한 봄날이었다. 봉분 뒤편 흙더미에 몸을 기댄 나는 바로 내 아래쪽에 그가 누워 있다는 사실이 믿기지 않았지만 한편으론 거의 2주 만에 마침내 남의 눈이 닿지 않는 곳에서 그와 조용히 둘이서만 있게 된 것이 무엇보다도 편안했다. 흙더미를 어루만지는 나의 손가락에는 그가 끼워준 노란색의 반지가 햇빛을 받아 빛나고 있었다.

그날 나는 오후 내내 그가 잠들어 있는 묘 위에 얼굴을 묻고 그동안 가슴속에 엉겨 있던 슬픔을 풀어냈다. 붉은 흙더미를 안고 산이 떠나가라 짐승같이 통곡하기도 했고 강물처럼 흘러내리는 눈물을 마른 흙더미 위에 퍼부어놓기도 했다. 다른 사람들의 눈이 두려워 말 한마디 하지 못한 그 응어리를 그의 위에 토해내듯 쏟아놓았다. 따끈한 햇볕이 등뒤를 내리쬐는 묘 위에서 차라리 그대로 녹아 흙더미가 되어버렸으면 하는 생각도 했다.

그는 말로 설명하지 않아도 나의 마음을 아는 유일한 사람이었는데 나에게는 한마디 말도 없이 그곳에 잠들어 있었다. 그는 하루도 빼놓지 않고 자신의 팔로 팔베개를 해주었는데…… 그리고 나는 매일 같이 그의 품속에서 잠이 들었었는데…… 죽음이라는 알 수 없는 것이 그를 영원히 나에게서 데려가버렸다. 생전 처음으로 나는 그 죽음이라는 어처구니없는 큰 힘 앞에 굴복하지 않을 수 없었다. 그러나 너무 갑자기 나타난 그 큰 힘 앞에서 나는 있는 힘을 다해 또한 반항했었다. 그리고 나를 저버린 신에게 반항했다. 그렇게 빌고 또 빌었는데 끝내 나를 저버렸다는 배신감 때문에 도저히 신을 인정할 수 없었다.

내가 그를 사랑한다는 사실을 그는 늘 하늘에 감사했고 나라는 존재를 하늘이 선물한 소중한 한 송이 꽃으로 존중하고 사랑했었다. 그러나 그 하늘은 하루아침에 그와 나 사이를 갈라놓았다. 마지막 순간까지 내 앞에서 자신의 자태를 잃지 않았고 자신의 약한 모습을 보이지 않았는데, 조금이라도 더 많은 시간을 나와 함께 있고 싶어했는데, 그는 이제 어둡고 추운 땅속 골방에서 영원히 혼자 잠들어야 했다. 그는 나에게 사랑받기 위해 노력하거나 강요하지 않았고 오직 의심없이 사랑을 주는 데에만 전력을 다했다. 태초부터 마지막까지 자신의 영혼이 사랑했고, 사랑하고, 사랑할 단 하나의 별을 보듯 나를 대했으며 끝날까지 나에게 그것을 의심없이 믿게 해주었는데, 그런 사랑의 힘을 제치고 끼여들어온 죽음이란 무엇이며, 나의 애절한 간구를 끝내 저버린 신이란 대체 무엇인가……

이 모든 일이 아무런 이유 없이 나와 그의 완전하고 아름다운 삶의 순간에 일어났다. 신이 나를 저주한 것일까. 사랑이란 무엇이며 나는 누구일까. 나의 가슴이 이렇게 죽도록 아픈 것은 무엇 때문일까. 하늘같이 땅같이 내가 사랑하던 그는 왜 몇 치 아래 어두운 땅속에 말없이 갇혀 있으며 그가 꽃같이 목숨같이 사랑하던 나는 왜 그가 누워 있는 흙구덩이 위에서 내리쬐는 햇볕을 받으며 눈물을 쏟아붓고 있는 것일까…… 어린 나에게 이 모든 것은 풀리지 않는 의문일 뿐이었다.

등뒤에서 누군가 부르는 소리가 들렸다. "이봐요 색시, 괜찮수? 이제 좀 일어나보시우." 나는 눈물에 퉁퉁 부어 흙더미에 묻힌 얼굴을 들었다. 근처에서 묘를 정리하던 일하는 아주머니였다. "아이구! 이러다가 산 사람 잡겠네. 무슨 깊은 사연이 있는 것 같은데, 아이구, 어쩌겠수…… 자, 얼굴 좀 닦아보시오" 하며 가지고 있던 수건을 내밀었다. 큰숨을 몰아쉬고 나는 차분한 목소리로 "괜찮을 거예요……" 하고 대답한 뒤 마음을 가다듬고 묘를 등뒤로 하고 돌아앉았다.

기울어지고 있는 햇살이 내 눈 안으로 눈이 부시게 들어왔다. 무덤 사이로 멀어져가는 흰 수건을 두른 아주머니의 뒷모습에서 원시적인 편안함이 감돌았다. 나는 정리되지 않는 모든 의문들을 접고 그곳에서 한동안 그의 품에 안겨 있듯 흙무더기 위에 옆으로 기대 누웠다. 그가 끼워준 예쁜 반지가 반짝이는 손가락으로 붉은 흙을 긁적거리며 그가 여러번 나에게 불러달라고 부탁했던 그 노래를 천천히 흥얼거렸다.

엄마…… 엄마……
나 죽거든

앞산에…… 묻지 말고……

뒷산에도 묻지 말고

양지 바른 곳으로……

비가 오면…… 덮어주고……

눈이 오면…… 쓸어주오……

정든 님이 오시거든……

사랑했다…… 전해주오……

나는 조용히 그에게 작별인사를 했다. "너무 외로워하지 말아요…… 다시 올게요……" 그가 잠들어 있는 양지 바른 언덕을 뒤로 하고 골짜기를 걸어내려가기 시작했다. 먼지 나는 신작로에 타박타박 울리는 내 발자국 소리가 투명하게 귓전을 울렸다.

그로 인한 충격은 나로 하여금 인간의 삶과 죽음에 대한 근본적인 의문을 불러일으키기 시작했다. 그리고 나 자신의 존재와 그 뒷면에 존재하는 우주적인 의식세계의 가능성에 대한 자각의 씨를 움트게 했다. 안전하게 닫혀 있던 신체의 막을 찢고 새 생명을 탄생시키는 출산의 아픔처럼 천지가 뒤흔들리는 고통으로 산산이 깨어져버린 나의 자아 속에서 새로운 의식세계가 서서히 탄생하고 있었다. 이제는 평범하게 잘 사는 것만으로는 나의 영혼을 충족시킬 수 없는 나의 운명을 받아들여야 했다. 그는 영화의 마지막 장면에서처럼 자신이 가진 모든 것을 나에게 주고 그렇게 내 곁을 떠나갔다. 그러나 나는 백화같이 그대로 역에 남아 있을 수는 없었다. 나는 내가 알지 않으면 안되는 근본적인 삶의 이유를 찾아나서기로 했다. 그것이 정확히 무엇이며 그것을 찾으려면 어디서부터 시작해야 하는지도 알 수 없었지만 나는 모든 것을 뒤로 하고 그가 잠들어 있는 한국을 떠나기로 마음먹었다.

큰길로 나가는 신작로를 따라 걷다보니 산 쪽으로 길게 뻗은 고랑에는 물먹은 봄풀들이 어느새 파릇파릇 싹을 틔우고 있었다. 훤하게 트인 골짜기 아래 멀리 보이는 들녘 위로 고운 노을이 잔잔히 내리고 있었다.

03

에필로그

2004년 뉴욕

유난히도 추운 겨울이 일찍 찾아왔다. 허드슨 강을 건너 불어닥치는 찬바람이 뺨을 가르듯 에일 때면 회색으로 변해가는 하늘을 배경으로 겨울 휴가를 준비하는 오색찬란한 상점의 장식들이 맨해튼을 단장한다. 코트 깃을 올리고 목도리로 얼굴까지 감싼 뉴욕 사람들은 생기있고 빠른 걸음으로 분주하게 어딘가를 향해 걷는다. 여름 내내 찌는 듯한 맨해튼 시내의 열기를 피해 피난가듯 떠났던 도시인들은 가을이 되면 모두들 다시 사랑하는 자신들의 도시로 돌아오고 추수감사절이 지나면서 맨해튼은 최고의 절기를 맞는다. 거리마다 온갖 장식으로 치장한 쇼윈도우들은 저마다 자기들의 상품을 야단스럽게 자랑하고 선전해댄다.

5번가 거리 모퉁이마다 군밤장수가 등장할 무렵이면 나는 방금 구운 따끈한 군밤 한 봉지를 사서 까먹으며 쎈트럴 파크를 길게 가로질러 81번가와 콜럼버스 길 사이에 있는 나의 작은 아파트로 걸어서 귀가하곤 했다. 내가 3년 동안 살던 아파트는 쎈트럴 파크 서쪽 입구의 자연사박물관 근처, 아스테리아 담쟁이가 뒤덮인 자그마하고 오래된 5층짜리 건물의 1층에 자리하고 있었다. 그 담쟁이 덩굴 속 어딘가에 자리잡고 살고 있는 한무리의 참새떼가 종일 쉬지 않고 지저귀며 소음과 공해로 둘러싸인 나의 작은 공간을 방문하곤 했다. 나는 아침마다 창문을 조금 열고 빵부스러기나 좁쌀을 창문턱에 내어놓았다. 흰눈이라도 펑펑 쏟아지는 날이면 잊지 않고 얼지 않은 물까지 종지에 담아 참새들을 위해 내놓곤 하는 것이 숨막히는 도시 안에서 자연을 만나는 나의 작은 의식이 되었다.

뉴멕시코 주 북부의 고산 사막지대를 떠난 이후 건강 때문에 작품활동을 잠시 중단하고 있던 나는 이곳저곳에서 주워들은 건강과 음식에 대한 정보들을 체계있게 정리하고 깊이 배워보기 위해 맨해튼에 있는 '뉴욕 치유음식 연구기관'에서 운영하는 자연음식 조리사 과정을 마치고 매크로바이오틱(macrobiotic, 일본 불교의 수행음식에 기반한 질병치유 섭생법)을 연구하는 구시 연구소(Kushi Institute)와 요가와 아유르베다 의학(Ayurvedic medicine, 인간의 자가치유능력을 극대화하는 인도 고대의학)을 연구하는 아슈람 크리팔루(Kripalu)에서 인턴십을 끝낸 후 동양영양학 본부에서 음양설과 오행사상에 대한 별도 강의를 듣고 있었다.

금방이라도 눈이 쏟아질 것같이 하늘이 찌뿌듯한 어느날 아침, 내가 캘리포니아 주에서 작품활동을 하며 요가와 명상을 가르칠 당시 친분을 쌓은 범휴 스님에게서 전화가 왔다. 범휴 스님은 20년 넘게 한국사회와 동떨어진 생활을 하고 있던 내가 처음으로 만난 한국 스님이었다. 자그마한 체구에 눈빛이 맑고, 지혜로운 대화와 함께 나에게 차를 대접하며 한국불교의 깊은 가르침을 전해준 분이다. 스님은 볼 일이 있어 지금 막 뉴욕에 도착했으며 여장을 푼 후 나를 만나서 같이 가고 싶은 곳이 있다고 했다. 나는 스님을 유리방울 속 같은 나의 아파트로 초대했다.

온몸으로 방랑수행자의 분위기를 풍기는 '천상'이라는 키가 헌칠하신 스님과 함께 달팽이집처럼 도는 좁은 계단을 올라와 삐걱거리는 이중문을 통해 들어오시는 범휴 스님에게서는 한국인의 정서에서 찾아볼 수 있는 소박한 편안함이 물씬 느껴졌다. 천상 스님이 입고 있는 천조각을 잇대어 손으로 기운 낡은 승복도 뉴욕의 오래된 옛 건물들과 어울려 오히려 멋스러워 보였다. 황병기의 가야금 산조와 함께 차를 달여 마신 후 우리는 맨해튼 동쪽에 자리한 뉴욕 주재 한국 총영사관으로 향했다.

페이(I. M. Pei) 씨가 디자인한 멋진 건물에 백남준 씨의 작품이 두드러지게 눈에 띄는 1층 로비에서 총영사님 부부와 영사관의 다른 분들과 만난 우리는 그곳에서 멀지 않은 곳에 자리한 유엔 본부 빌딩으로 향했다. 그곳에선 한국음식 축제가 벌어지고 있었다. 한국을 떠난 이후 한국 밖에서 한국사람들이 그렇게 많이 모인 곳을 가보기는 처음이었다. 긴장으로 눈이 휘둥그레진 나는 줄곧 두 분 스님 뒤에서 분위기를 엿보며 조심스레 한국인 사회를 다시 만나게 되었다.

예전이나 지금이나 내게는 늘 떠도는 습성이 있다. 특별한 계획이나 목적 없이 떠도는 그런 방랑벽이다. 큰 산이나 강 아니면 바다, 광야와 사막, 거대한 신비의 나무숲 등 자연은 나의 방랑벽을 자극하는 원천이라 볼 수 있다. 사람들이 사는 사회에서 멀리 떨어져 침묵하는 자연과 만나게 되면 사람들이 복작거리는 절이나 교회에서도 찾을 수 없는 평안함을 다시 찾게 된다. 거대한 화강암 산봉우리는 나에게 우주의 지혜와 역사를 보여주는 스승과도 같다. 끝없이 펼쳐지는 고원이나 사막에 불쑥불쑥 솟아 있는 붉은 모래산들은 지구의 숨소리를 들을 수 있는 어머니의 가슴팍과도 같다. 굽이굽이 흐르는 강줄기를 바라보면 '기(氣)'의 흐름을 한눈에 보게 되며, 바다 한가운데 앉으면 우주의 심성을 들여다보는 것 같다. 거대한 나무들이 우거진 신비한 숲속은 나에게는 사찰과 같은 곳이며 수백년 된

거목의 숨소리는 나의 작은 가슴을 벅차게 진동시키는 우주의 염불이 된다. 나는 그 안에서 나의 숨소리를 다시 찾고 맥박을 느끼며 스스로를 거대한 침묵으로 연주되는 웅장한 교향악의 한부분으로 조율한다. 그중에서도 더욱 매혹적으로 나를 끌어 당기는 지구의 한귀퉁이들이 있다. 그런 곳을 만나게 되면 나는 더욱 오랫동안 그곳에 머물며 그 자연과 좀더 긴 시간을 두고 하나가 되고 싶은 충동이 생긴다. 그럴 때마다 나는 짐을 챙겨 그곳으로 옮겨가서 몇년씩 살곤 했다.

그러나 뉴욕으로 올 때의 이유는 그것과 달랐다. 순전히 사람 때문이었다. 그리고 그 사람들이 이루어놓은 시대 최고의 문화 때문이었다. 많은 사람들과 풍요로운 문화 가운데서 다시 한번 살아보고 싶은 마음이 생겼다. 뿐만 아니라 내가 낳아 기른 두 아이들이 그곳에서 대학을 다니고 있었다. 그러나 막상 옮기자니 문제가 있었다. 예전에 잠시 살아본 적이 있어 대강 짐작은 하고 있었지만 우선 심각하게 문제가 되는 것은 공해였다. 공기가 탁해 숨을 쉴 수가 없는 것이었다. 행여나 지하철이라도 타게 되면 오래 전에 납이 섞인 페인트로 벽을 바른 지하철 내부에서 벗겨지는 페인트 가루들이 전동차가 쏜살같이 지나갈 때마다 내 허파 속으로 납가루를 밀어넣었다. 될 수 있으면 큰 숨을 쉬지 않으려고 노력하면서 전동차가 빨리 오기를 기다리노라면 시내를 주름잡고 누비는 거대한 쥐들이 두려움없이 빈 지하철 사이를 뛰어다닌다. 가능한 한 지하철을 피하기 위해 나는 발이 편한 신발을 신고 간편한 옷차림을 하고서 배낭에다 하룻동안 필요한 모든 것을 넣어 짊어지고 시내를 활주하기로 했다. 하지만 고산을 등반할 때와 같은 차림을 하고 차량의 물결 속을 헤치고 걸을 때에도 소음과 공해는 자연의 침묵에 익숙해진 나의 감각을 뒤흔들어놓았다. 나의 심장소리는 지나가는 대형버스에서 브레이크를 밟을 때마다 터져나오는 공기 빠지는 소리로 대치되어버리고, 귀청이 떨어져라 울리는 공사장의 굉음은 머나먼 자연의 침묵과 전혀 딴판의 현대판 교향악을 창조하여 우주 속으로 끊임없이 주파수를 발사하고 있었다. 큰 도시를 떠나 오랫동안 떠돌 때에는 숲속에서 나뭇잎 떨어지는 소리나 흰 눈이 소록소록 내리는 소리조차도 커다란 율동이 되어 내 귀를 울리고 가슴속에 자리잡곤 했었다. 그것에 익숙한 나의 여린 감각 앞에 뉴욕의 소음과 공해는 난폭하고 압도적인 것이었으며, 예상했던 것 이상으로 나를 당황하게 만들었다. 그렇게 지내던 가운데 나는 그동안 내가 살던 다른 곳에서는 경험하지 못했던 '작은 한국'을 만나게 된 것이었다.

그 행사를 계기로 시내에 나갈 때마다 32가에 있는 한국타운을 들르는 것이 하루의 낙으로 변했다. 책방에 들러 한국어로 씌어진 책들을 들여다보며 시간 가는 줄 몰랐고, 어렸을 때 먹어본 크림빵과 곰보빵에 팥빙수를 시켜 먹어보기도 했다. 가장 맛있다는 전 세계의 빵과 과자의 원조가 모여 있는 뉴욕에서 가장 관심이 있었던 것이 값싼 크림빵과 곰보빵이라는 것이 참을 수 없이 우스웠지만 잃어버린 나의 어린 시절을 다시 찾은 듯한 애틋한 감정 때문에 나는 한동안 32번가 한국타운을 신나게 드나들었다.

얼마 후 총영사의 부인에게서 전화가 왔다. 부인은 다짜고짜 나에게 물었다. "음식도 하시고 요가도 가르치고 그림도 하신다면서요?" "네, 뭐⋯⋯" 하고 머뭇거리며 대답하자 부인은 "조그맣고 너무 예쁜 집에서 사신다고 누가 그러던데⋯⋯ 한번 가보고 싶어요. 점심 좀 해주세요" 하는 것이었다. 유엔 본부에서의 한국음식축제에서 만난 뒤 영사관저의 만찬에 초대받아 저녁을 잘 얻어먹은 것은 사실이지만 내가 초대하기도 전에 나더러 점심을 해내라고 직접 초대를 부탁하다니. 얼떨결에 나는 "아 네, 그럼⋯⋯ 그러세요." 하고 대답했다. "몇명이 같이 갈 테니까 부탁해요."

전화를 끊은 나는 잠시 혼란스러웠다. 그러나 내 입가에는 이내 커다란 미소가 지어졌다. 그런 것이 바로 한국사람만이 가진 정다운 행동이었다. 초대하지 않은 손님은 옆에 앉혀놓고도 으레 밥 한숟갈 주지 않는 삭막한 서양사회의 풍습에서 내가 오랫동안 잊고 살았던 한국인만의 따뜻한 정이었던 것이다.

나는 '정'이란 말을 무척 좋아한다. 영어에는 '정'이라는 말이 없다. 그래서 나는 잘 아는 서양사람들에게는 '정'이란 말뜻을 알아들을 수 있도록 설명을 한 뒤 그다음부터는 '정'이란 말을 그대로 영어에 넣어서 쓴다.

한국인은 '정'이 많다. 그리고 의리가 있다. 그러나 서양사회에서는 '정'이란 위험하다. 가장 가까운 사람들 사이에서도 그렇게 마음을 열고 주고받다가는 큰코다친다. 게다가 갖가지 인종이 모여사는 바닥에서 의리란 있을 수 없다. 오직 '법'만이 존재한다. 그 가운데서 뭐든지 되면 좋고 안되면 그만이다. 바로 그것이 한국에서 온 나에게는 아무리 시간이 흘러도 이곳이 항상 외롭고 쓸쓸하게 느껴지는 가장 큰 이유 중 하나였다.

꽤 오래 전 언제부턴가 나는 집 안에 될 수 있으면 서양식 가구를 쓰지 않는다. 한국에서 가져온 몇점의 낡은 고가구를 이곳저곳에 놓고 사용할 뿐이다. 색깔이 바래고 손때 묻고 닳은 소박한 우리 가구를 쓰다보면 훈훈한 인간미가 느껴진다. 가구가 너무 반듯하고 반짝거리면 그 가구에서 풍기는 분위기가 차갑고 완전해서 부드러운 푸근함이 없다. 그러나 조금 모자라는 듯, 빈 듯한 데서 오는 가능성과 여유에는 완전하고 꽉 찬 것에서는 찾아볼 수 없는 편안함이 있다. 그것이 서양예술과 동양예술의 큰 차이점 중 하나다. 서양예술은 주로 꽉 짜인 구도에

신들의 형상을 닮은 완전한 인간의 모습을 선택해서 표현한다. 그에 비해 동양의 예술은 꽉 채우지 않은 공간의 여유를 허락하고 자연을 즐겨 소재로 삼는다. 실내장식도 마찬가지다. 서양식에서는 주어진 공간에 갖가지 물건들을 여유없이 꽉 채우게 마련이다. 앉을 곳과 누울 곳이 가구에 의해 미리 정해지고, 남아 있는 빈 자리도 갖가지 물건들로 채워진다. 그리고 그 물건들은 대개 자연환경을 해치고 인간에게도 해로운 물질들로 만들어져 있다. 그러나 내가 알고 있는 한국의 문화는 채우는 것보다는 빈 공간을 사랑하는 여유가 있다. 나는 그 여유가 마음에 든다.

나의 텅 빈 듯한 뉴욕 아파트 거실에서 한국사람들의 점심파티가 벌어졌다. 낡은 교자상 하나와 두 개의 끄덕거리는 팔각형 주안상을 붙여놓고 바닥에 둘러앉은 사람들이 거실을 꽉 메웠다. 나는 내가 아주 어렸을 때, 우리가 가난하던 시절에 시골에서 먹던 서민적인 음식들을 장만했다. 뜸이 잘 든 유기농 현미 잡곡밥에 양념과 기름을 많이 쓰지 않고 간단하게 무친 신선한 야채로 어린시절 음식을 재현했다. 내가 열살이 될 때까지 살았던 양주에서 우리가 일군 밭에서 재배한 야채로 해먹던 음식의 기억들은 지금도 나의 건강식의 기본이다. 여러 곳을 찾아다니며 체계적으로 배운 세계의 모든 건강식과 병을 다스리는 치유음식은 결국 순박하고 가난하던 시절 우리가 주로 먹던 바로 그 음식들로 돌아가고 만다. 재미있는 것은, 건강식이나 치유음식은 어느 나라의 문화를 막론하고 화려하고 아름답게 꾸민 궁중음식이나 귀한 재료를 써서 힘들여 조리한 상류사회의 음식이 아니라 아직도 흙냄새가 풍기는, 가공되지 않은 가장 서민적인 자연식이 주류를 이룬다는 것이다. 건강식은 자연 그대로의, 실체의 모습을 잃지 않고 보존하여 기가 살아 있는 재료들로 있는 그대로의 아름다움을 표현하여 조리하고 그 자리에서 섭취하는 것이 제일이다.

두말할 것도 없이 세계 각국 최고의 음식을 가장 혁신적인 분위기에서 늘 즐길 수 있는 곳이 뉴욕의 맨해튼이다. 그리고 그 안의 모든 사람들은 늘 무엇인가를 먹는다. 도시의 현대인들은 이제는 배가 고파서 먹기보다 대개 삶을 즐기는 방법의 하나로 음식을 먹는다. 그렇지 않으면 욕구불만을 해소하기 위해, 혹은 심심한 것을 견디기 위해 무언가를 계속해서 먹고 마신다.

전통적인 문화에서도 음식의 역할은 다양하다. 음식을 먹는 것은 몸에 원동력이 되는 자연적인 물질을 섭취하는 것이고, 그 물질은 바로 몸속에서 흡수되어 우리의 몸 자체로 변하게 된다. 그러나 그외에 다른 이유들이 있다. 그중에 가장 중요한 것이 나눔의 기쁨이다. 어린시절 기억들 중 행복했던 많은 기억들은 명절이나 생일 때 음식을 장만하시던 어머니와 친척 아주머니들 그리고 동네 아낙들의 기쁜 웃음소리로 남아 있다. 그리고 음식을 중심으로 둘러앉은 모든 사람들의 행복한 나눔은 배를 채우는 식사라는 관념을 넘어서 인간과 인간 사이의 긴밀한 유대의 풍요로운 예식이 되는 것이다. 그 예식은 우리의 몸을 살지게 하는 음식과 더불어 우리의 마음을 살지게 한다. 그날, 오랫동안 고국을 떠나 이국 생활에 익숙해져 있던 뉴욕의 한국인들인 나의 새로운 친구들과 간소한 식단의 소박한 음식을 나누었던 나의 의도는 그 예식에 다름아니었다.

깊은 마음의 충격과 상처에서 오는 아픔을 안고 도망치듯 한국을 떠난 후 오랜 세월이 흘렀다. 두 아이의 출산만은 꼭 한국에서 하고 싶다는 소망으로 아이를 낳을 때마다 한국으로 돌아갔던 것을 제외하고는 그동안 나는 찾고자 했던 많은 것들의 답을 얻기 위해 한국사람이라고는 거의 볼 수 없는 곳들을 전전하며 거의 30년이 되는 세월을 떠돌았다. 그리고 결국 나는 뉴욕의 한모퉁이에서 한국을 다시 만나게 된 것이다. 그러나 생각해보면 그것은 한국'사람'들과의 재회였지만, 한국의 문화와 예술은 그보다 오래 전에 내게 찾아왔었다.

남들은 모두 부러워했지만 내게는 맞지 않았던 결혼생활을 청산하고 나는 아직 나이 어린 두 아이들을 데리고 플로리다

주의 미술대학에 입학했다. 2년제 시립대학에서 3학기 동안 미대 입시를 준비하며 약간의 학점을 미리 따놓은 관계로 나는 서양화 전공의 대학생활 4년 동안 남는 학점시간에 동양예술사 관련 강좌를 모두 택해 공부할 수 있었다. 특히 그 학교에는 미국에서 저명한 동양미술사학자가 한분 계셨다. 나는 그분의 과목을 하나도 빠트리지 않고 학기마다 수강했다. '아시아 예술사' '중국철학사' '불교예술사' '중국미술사' '일본미술사' 등 그 교수님의 강의는 학기마다 다양했다. 그러나 안타깝게도 내가 그렇게도 그리워하고 알고 싶어하던 '한국미술사'는 찾아볼 수가 없었다. 나는 나 자신을 알기 위한 하나의 과정으로서, 나를 형성했고 나의 사고방식을 철저하게 좌우하는 한국문화와 예술에 대한 모든 것을 객관적인 견해로 알고 싶었다. 나의 동양예술에 대한 정열에 관심이 많았던 그 교수님은 나의 안타까움을 이해하신 듯 일본미술사 강의시간이면 한국미술사에 대한 자료를 구할 수 있는 대로 많이 구해 곁들여 강의를 해주셨다. 그분을 통해 나는 한국문화의 진정한 아름다움을 볼 수 있는 힘이 생기기 시작했다. 그리고 그 서양학자가 보는 한국의 전통문화와 불교문화를 통해 내가 가슴 깊은 곳에서부터 사모해 온 한국을 처음으로 다시 만나게 되었다.

그날 나의 뉴욕 아파트에서 점심식사를 나누었던 분들 중 몇명이 나에게 요가를 배우고 싶다는 청을 했다. 요가를 가르칠 때 쓰는 전문용어를 한국어로 잘할 수 있을지 자신이 없었지만 그분들이 모두 영어를 편히 하시는 분들이라 큰 문제는 없을 것 같았다. 우선 나는 한국타운의 책방에 들러 한국어로 된 요가 비디오테이프를 구해 중요한 용어를 대강 익힌 뒤 일주일에 두번씩 그분들과 만났다. 우리는 신학자인 현경 교수의 아파트와 고대 한국의 미술품과 그림이 가득 전시되어 있는 강 선생님의 화랑에서 요가 연습을 시작했다.

내가 요가를 처음 시작한 것은 싼타페에 살고 있을 때였다. 싼타페는 캐나다에서부터 내려오는 콜로라도 산맥의 마지막 산인 샹그리데 그리스도 산이 사막으로 떨어지는 지점에 위치한 해발 약 3300미터의 고산도시이다. 도시의 한쪽에는 높은 산이 자리잡고 있으며 다른 한쪽은 사막으로 연결되어 있다. 조용하게 자연과 더불어 살고 싶어하는 시민들의 투표에 의해 3층 이상의 건물을 짓지 못하며, 큰길을 제외한 모든 길이 포장하지 않은 흙길로 남아 있고, 밤에는 가로등 점등도 제한을 한다. 내가 살던 진흙 벽돌로 지은 토담집은 싼타페 강을 옆으로 끼고 골짜기 길을 따라 산으로 올라가다가 오른쪽으로 들어서는 흙길 골목에 자리잡고 있었고, 작업실은 그곳에서 그리 멀지 않은 골짜기 윗길에 있었다.

대기 중의 습도가 낮고 공해에 오염되지 않아서 약 100킬로

미터 이상의 먼 거리가 육안으로 늘 선명하게 보이는 그곳은 갖가지 색깔을 가진 땅이 열린 채 숨쉬고 있는 것이 느껴진다. 눈의 감각이 발달한 시각예술을 하는 사람들에게 싼타페 주변은 천국과도 같다. 게다가 건조한 공기는 오일 물감과 다른 재료들을 빨리 마르게 해주어서 오래 기다리지 않고도 계속해서 작업할 수 있는 장점까지 가지고 있다. 그리고 싼타페는 세계적으로 지형이 신비하고 아름답기로 유명한 지역인 콜로라도 플래토우로 들어가는 관문이며 광대한 고(高)사막지대에서 물이 있는 오아시스이다. 끝없는 사막과 산으로 둘러싸인 작고 동떨어진 도시이긴 하지만 각종 예술활동을 하는 사람들이 집중적으로 많이 살고 있으며, 극장과 화랑 그리고 미술관이 잘 발달해 있고, 사막 한가운데에는 우뚝하게 지어진 수준 높은 오페라하우스도 자리하고 있다. 매년 여름마다 별빛 쏟아지는 사막 한가운데에서 세계적인 오페라 가수들의 공연을 관람할 수 있다는 것은 세계 어디에서도 찾아볼 수 없는 특별한 진풍경이다.

나는 그곳에서 해마다 있는 개인전을 준비하기 위해 하루종일 작업실에서 혼자 작업을 하며 지내곤 했다. 내 체격에 비해 훨씬 큰 대형 작품들을 만들던 나는 유독성 화학제품으로 된 그림 재료들 때문에 두통을 앓기 시작했다. 작업실에서 멀지 않은 곳에 신선한 공기를 마시기 위해 작업 도중에도 즐겨 가던 가든 까페가 있었다. 각종 예술잡지가 그득하고 커피맛이 일품인데다 한국의 초가집 마당을 연상시키는 잘 쓸린 흙바닥에 차미소라는 사막에서 자라는 관목 덤불들이 노란 색깔의 꽃으로 뒤덮여 있는 토담벽의 까페이다. 머리가 아플 때마다 나는 그곳에 들러 일을 도와주는 빌과 함께 맨발로 차미소 꽃덤불 사이에 놓인 의자에 앉아 작품에 관한 것들을 의논하곤 했다. 빌은 마음씨 착하고 키가 큰, 샛노란 머리카락에 하늘색 눈을 가진 화가였다. 빌은 나의 건강을 걱정해주며 몸에서 독성을 제거하지 않으면 위험하다고 늘 충고했다. 나는 빌의 권유로 티아스라는 요가 선생님을 만나게 되었고, 시간이 허락하는 대로 그분께 열심히 요가를 배운 지 4년 만에 첫번째 요가 강사 자격증을 따냈다. 후에 나는 에릭이라는 또다른 저명한 요가 선생님과 더 공부를 한 후 치유를 위한 요가 강사 자격증을 따기도 했다.

해가 갈수록 개인전을 둘러싼 갤러리와의 갈등이 심해졌다. 나와 1년에 한번씩 정기적으로 전시회를 하던 어느 갤러리에서는 그해 5월로 예정된 전시회를 불과 한달 남짓 남겨놓고 나의 작품을 소장하고 있는 동부의 수집가를 작업실로 보냈다. 개인전이 시작되기 전에 미리 작품을 보고 싶다는 수집가의 요청이 있었던 것 같다. 나의 스튜디오는 어디서부터가 그림이고 어디서부터가 벽인지 구분하기가 어려울 정도로 페인트로 뒤덮여 있었다. 수집가는 그 가운데서 작은 작품 21점이 모여 구성되는 큰 작품 한 점과 두 점의 대형 작품을 골라냈고, 곧이어 그 작품들에는 '예매'라는 빨간 딱지가 붙여졌다. 통례에 따라 나는 갤러리 측에 그 작품들도 전시회에 포함시켜 달라고 요청했으나 갤러리 측에서는 그럴 수 없다는 답을 보내왔다. 한달 만에 나는 생각지도 않았던 새 작품들을 그려 그 빈 자리를 메워야 했다. 그렇게 그 개인전을 끝낸 후 마침내 나는 다음 개인전을 취소하고 말았다. 그리고 건강에 점점 더 관심을 갖기 시작했다.

개인전의 스트레스에서 벗어난 나는 그곳으로 이주해서까지 살고 싶어했던 진정한 이유인 콜로라도 플래토우에서 더 많은 시간을 보내기로 결정했다. 그곳은 내가 가장 좋아하는 지구의 지형 중 하나이다. 콜로라도 플래토우는 북아메리카 대륙에서 남북으로 뻗어내린 두 산맥인 시에라네바다 산맥과 로키 산맥의 남쪽에 자리하고 있는 거대한 원형 분지다. 뉴멕시코 주의 싼타페가 동쪽 끝의 관문이고, 서쪽으로는 네바다 주의 라스베가스가 있는 모하비 사막에까지 이른다. 남쪽으로 애리조나 주의 플랙스태프와 사도나가 있으며 북쪽으로는 산악자전거를 타는 사람들의 천국인 유타 주의 모압이 있고 병풍처럼 둘러친 로키 산맥의 남쪽 끝이 장관으로 펼쳐진다. 위성사진을 통해서 보면 이 지역은 주변 지역으로부터 불쑥 솟아올라 있는 원형의 거대한 고원지대이다. 그리고 그 가운데로 젖줄 같은 신비의 콜로라도 강이 흐르며 그랜드 캐년을 조각하고 있다.

내가 콜로라도 플래토우에 처음 관심을 갖기 시작한 계기는 미대 1학년 때 필수과목이던 인류학 시간이었다. 서부 아메리카 인디언의 생태와 문화, 특히 12~13세기에 자취를 감춰버린 아나사지(Anasazi) 인디언들의 문화가 꽃피었던 그곳에 나는 말할 수 없는 매력을 느꼈다. 여름방학이 시작되자마자 캠핑 장비를 챙긴 나는 일곱살짜리 딸을 데리고 뉴멕시코 주의 엘바커키로 날아갔다. 그리고 그곳 공항에서 사륜구동의 큰 차를 빌렸다. 연약한 젊은 여자가 어린아이를 데리고 그런 세상과 동떨어진 곳을 혼자 여행한다는 데 반대하는 사람들도 있었지만 나는 아랑곳하지 않았다. 싼타페에서 시작된 나의 여행은 고사막지대를 누비며 5주간 계속되었다. 그중에서도 특히 아름다운 곳들은 국립공원이거나 인디언 보호구역이기 때문에 음식과 잠자리는 가져간 것으로 해결해야 했다. 나는 그때 그곳에서, 어미라는 이유 하나로 나를 하늘같이 믿고 사랑하는 어린 딸과 함께 며칠이 지나도 사람의 눈에 띄지 않는 곳들을 누비며 처음으로 우주의 맥박을 느꼈고 신의 존재를 이해하기 시작했다.

대학을 졸업하면서 나는 바로 사륜구동차를 구입하였다. 쎄인트 피터즈버그 미술쎈터에서 열린 첫 전시회가 끝나자마자

대자연 속에서

가진 것을 모두 정리하고 콜로라도 플래토우의 동쪽 관문인 싼타페로 가기 위해 미국 남단과 텍사스 주를 가로질러 거대한 서부로 향했다.

뉴욕 아파트의 둥글고 높다란 창문의 창살을 휘감은 아스테리아 덩굴 사이로 소록소록 흰 눈이 내리는 것이 보였다. 창턱에 쌓이는 눈을 걷어내고 나는 좁쌀이 담긴 종지를 내놓았다. 길 건너로 보이는 5층짜리 빨간 벽돌건물들을 배경으로 조용히 내리는 눈이 나의 아파트를 특별히 운치있고 포근하게 만들어주고 있었다. 바닥에 덩그라니 놓여 있는 상 앞에서 거문고 산조를 들으며 한국에서 가져온 다관에 차를 달여 마셨다. 거문고의 선율을 듣고 있으면 글로 표현할 수 없는 한편의 시를 듣고 있는 것 같은 느낌이 든다. 이렇게 흰 눈이 소록소록 내리는 날에는 더욱이나 그렇다. 담백하고 소박하고 정직하고 단순하며 시적이다. 그런 거문고 선율에 비해 가야금 산조는 화려하고 흥이 있다. 그래서 여러 사람과 함께 있을 때는 가야금 산조를 듣지만 홀로 있을 때에는 거문고 산조를 즐겨 듣는다.

지난해 녹아내릴 듯 뜨거운 뉴욕 아스팔트의 열기를 피해 동부 캐나다의 북쪽에 있는 섬인 노바스코시아에서 빨간 머리 친구와 함께 여름을 보낸 적이 있다. 춥고 긴 겨울과 짧지만 아름다운 여름을 가진 그곳은 인구밀도가 낮아서 관광객들이 넘쳐나는 다른 곳들에 비해 아직 더럽혀지지 않은 산과 바다가 소복하게 아름다움을 지키고 있는 곳이다. 북쪽으로 뻗은 산맥을 넘어 섬의 북쪽 끝에 이르면 시퍼런 북녘 바다가 끝도 없이 바라다 보이는 벼랑 위에 트룽파라는 티베트의 스님이 세운 절이 있다. 그분이 돌아가신 후 지금은 페마라는 저명한 미국인 여자 주지스님이 세계 각지에서 온 스님들과 침묵으로 명상수행을 하고 있는 세상과 단절된 절이다. 거기까지 온 김에 나는 한나절을 그곳에 앉아 명상의 시간을 가진 후 친구와 함께 폭포수가 흐르는 골짜기를 따라 벼랑 아래로 내려갔다. 수십만년 동안 물에 씻겨 닳아진, 사람의 손을 타지 않은 주먹만한 자갈들이 바닷가를 온통 뒤덮고 있었다. 하늘과 바다 그리고 돌들이 모두 하나가 되어 원시로부터 지금까지 자연의 순리를 따르며 평화롭게 지구의 귀퉁이를 지키고 있는 것이었다. 그 앞에 서자 문명인이라 자처하던 나의 오만이 부끄러워졌다. 입은 옷을 모두 벗고 몸을 물에 담그니 원시의 자연은 금세 나를 자기들의 한부분으로 포용해버린다. 여름이면 물의 흐름을 타고 올라오는 남쪽의 걸프 스트림 덕분에 예상외로 물이 차지 않았다. 짧은 여름 몇달을 빼고는 얼음과 눈으로 덮여 있는 그 지역의 모습이 상상이 되지 않았다. 짠 물이 흐르는 내 몸을 자갈 위에 내어널듯 햇볕 아래 길게 누웠다. 나를 위해 늘 고생하는 내 몸이 나에게 고마움을 표하는 것이 느껴졌다. 살며시 샛눈을 떠보니 최북단 대서양의 따끈한 태양빛이 눈 안으로 가득 들어와 하얗게 부서진다. 나의 몸이 땅인지 바다가 나의 몸인지…… 서서히 주변의 모든 것과 하나가 되는 순간 내 몸과 마음은 아무것도 생각나지 않는 편안함 속으로 녹아들어가 바래듯 사라져버리고 떠나버린 자아의 빈 자리에는 깨어 있는 순수 의식만이 나의 숨소리를 느끼고 있었다.

유네스코에서 세계 전통도시로 지정한 루넨버그로 가는 차 안에서 나는 친구에게 그동안 내가 늘 생각하고 있던 마우이 섬에 가서 한번 살아보고 싶다는 이야기를 주고받았다. 태평양 한가운데 떠 있는 하와이 군도 일곱 개 섬들 중 하나인 마우이 섬은 음과 양을 상징하는 두 개의 분화구로 이루어진 신비한 섬이며, 그중의 하나인 '할리야칼라'는 '마우이'라는 이름의 태양신이 살고 있다는 전설을 가지고 있었다. 그동안 그 섬으로 가서 살아보고 싶은 마음이 여러번 들었지만 시간이 맞지 않아 그냥 묻어두기로 했었던 것이다. 그런데 몇년간의 혼잡한 뉴욕생활을 거치면서 그곳에 가고 싶은 충동이 점점 강해졌다. 밝은 태양 아래서도 왠지 모르게 쓸쓸하고 빈 듯한 정취가 무겁게 풍기는 노바스코시아의 대기가 묘하게도 아름다운 을씨년스러움을 나에게 선사했다.

뉴욕으로 돌아온 지 얼마 되지 않아 아파트 주민협회에 아파트를 정리하겠다는 의사를 통보했더니 옆집에 사는 사람이 나의 아파트를 사겠다는 뜻을 밝혔다. 이곳 뉴욕에서 겨우 한국 문화에 다시 익숙해졌는데 뉴욕을 떠난다고 생각하니 마음이 무거웠다. 그때부터 나는 집이 완전히 정리될 때까지 뉴욕의 모든 것을 마음껏 즐겨야겠다고 생각했다. 유난히 일찍 찾아온 겨울은 내가 살던 아파트 창가를 때이른 함박눈으로 곱게 단장해주었고 나는 서서히 뉴욕을 떠날 마음의 준비를 하고 있었다.

추위가 더욱 심해지는 양력설이 지나기 전에 뉴욕을 떠나기로 작정했다. 하와이로 가는 길에 전에 살던 싼타페에 들러 그곳에서 다시 한번 크리스마스를 보내고 싶었다. 그곳에서는 해마다 아름다운 크리스마스 촛불축제가 벌어진다. 해가 지기 전부터 캐년 길 주변 옛 도시의 거리는 차량을 모두 통제하고 가로등 불빛을 끄고서 누런 종이봉투에 모래와 함께 넣은 양초와 수없이 많은 촛불로 골목마다 장식을 한다. 머리에서 발끝까지 두툼하게 옷을 차려입은 사람들이 삼삼오오 짝을 지어 노래를 부르며 걸어서 축제에 참여한다. 찻집과 갤러리 그리고 까페들은 가게 앞에 손을 녹일 수 있는 소나무 장작불을 지펴놓고 계피향이 나는 뜨거운 사과싸이더를 대접하는 것이 통례로 되어 있다. 연인이나 가족 그리고 친구 들과 함께 크리스마스 이

브의 노래를 부르며 걷는 촛불축제는 해마다 이어지는 싼타페
의 소박한 풍습이다.

크리스마스가 가까워지자 맨해튼은 축제 분위기로 들떠서
술렁거리기 시작했다. 록펠러쎈터 앞 대형 크리스마스 트리의
점등식과 함께 뉴욕 시내는 공식적으로 연말 축제에 들어간다.
수많은 불빛이 반짝거리는 대형 크리스마스 트리 앞의 네모난
광장이 스케이트장으로 변해 그림엽서처럼 긴 목도리를 두른
사람들이 황금빛 조각 아래서 빙글빙글 돌며 스케이트를 탄다.
쎈트럴 파크의 야외 스케이트장도 이내 문을 열고 겨울 축제
분위기를 한껏 더한다. 산타클로스 복장을 한 구세군 사람들이
이웃을 돕자는 구호를 외치며 5번가 모퉁이마다에서 땡그랑거
리며 종을 울린다. 물밀듯이 흘러가는 사람들이 화려하게 장식
해놓은 백화점의 쇼윈도우 앞에서 최신 크리스마스 장식들을
보며 환성을 터트리고 길목에서는 소금빵과자와 군밤을 굽는
구수한 냄새가 뿌얀 연기와 함께 초저녁의 찬 공기를 따뜻한
기분으로 바꾸어준다. 가끔씩 지나가는 축제 단장을 한 마차들
이 빨간 모포를 두른 관광객을 태우고 지나가면 커다란 성당의
열린 문 안에서 웅장하게 미사가 거행되는 것이 들여다보인다.
코가 떨어져버릴 것만 같은 날카로운 찬 공기를 맞으며 공원
옆길을 걸어 집으로 향하기 전에 나는 우선 김이 모락모락 나

는 일본식 우동집으로 들어가서 따끈한 우동국물로 몸을 데웠다. 훈훈해진 몸에 털모자를 깊게 둘러쓰고서 눈발이 날리기 시작하는 공원 서쪽 길로 콧노래를 부르며 집을 향해 걸었다.

그렇게 뉴욕에서의 겨울을 마무리하며 너무 추워지기 전에 마우이 섬으로 짐들을 부치기 위해 잘 안 쓰는 큰 물건들을 먼저 상자에 넣어 포장하기 시작했다. 거실에는 사각형의 갈색 종이상자들이 점점 늘어났다. 언제나 그렇듯이 떠난다는 것은 허전하고 힘든 일이다. 특히 현란하게 눈과 마음을 끄는 온갖 것들이 가득 찬 뉴욕을 버리고 떠나가기란 쉬운 일이 아니었다. 그동안 아무렇지도 않게 보아온 것들도 유난히 아름답고 귀하게 느껴져 떠나는 마음을 더욱 울적하게 했다.

아침부터 회색 하늘이 낮게 드리운 날 현경 교수한테서 전화가 왔다. 링컨쎈터에서 「삼포 가는 길」이라는 영화를 곧 상영하기로 되어 있는데 같이 가지 않겠느냐는 내용이었다. 나는 갑자기 찬물을 뒤집어쓴 듯 입을 꼭 다물고 아무런 대답도 하지 못했다. 그동안 나는 누구에게도 나의 이력에 대해 거론하지 않았고 「삼포 가는 길」이라는 영화의 제목조차도 입밖에 내지 않았다. 혹시나 누가 나를 알아보기라도 하면 이내 그 자리를 빠져나와 사람들을 피하곤 한 것이 30년이나 되었다. 우물거리며 말을 못하는 나에게 현경은 다정하면서도 단도직입적인 말투로 또박또박 말했다. 무슨 이유로 내가 그런 말을 입밖에도 꺼내지 않는지 모르겠지만 자신이 생각하기에는 그 영화에 나오는 여자 주인공이 나인 것이 분명하며, 자신은 내가 원하든 그렇지 않든 나의 의견을 존중하겠지만, 또한 내가 원치 않더라고 자기는 나의 의견과 상관없이 혼자서 그 영화를 보러 갈 것이라고 했다. 나는 끝까지 우물거리며 한번 더 버티어보았지만 현명한 현경은 나에게 생각해보라는 말을 남기고 전화를 끊었다.

나는 그 자리에서 숨막히듯 떨려오는 가슴을 억제할 수 없었다. 맞다. 그 영화였다…… 그 「삼포 가는 길」이었다. 30년간 가슴에 담아둔 채 생각하지 않으려고 애쓰고 쫓기듯 떠돌며 살게 했던 그 영화가 더이상 피할 수 없이 내 앞을 덮친 것이었다. 나는 「삼포 가는 길」이란 영화를 다시 볼 용기가 없었다. 그 말 자체를 듣는 것만으로도 힘들었다.

내가 그 영화를 처음이자 마지막으로 본 것은 1975년 봄, 단성사에선가 있었던 시사회에서였다. 그를 잃은 지 얼마 되지 않아 정신없이 힘들었던 당시 혼자서 그 시사회에 참석한 뒤 원작자인 황석영 씨 옆에 앉아 숨죽이며 울음을 참고 본 것이 마지막이었다. 그 이후 나는 더이상 과거와 마주치지 않기 위해 있는 힘을 다해 도망다닌 셈이었다. 그러나 도망다니다가 마침내 덫에 걸린 산짐승처럼 더이상 나의 아픈 과거를 피할 수 없게 되고 말았다. 푸근하고 온화하게 느껴졌던 뉴욕의 한국인 사회와 다정한 사람들을 떠나 외딴 섬의 외진 곳으로 다시 도망치기 직전, 나는 운명의 덫에 걸린 것이었다.

처음에는 아무 일도 없었던 듯 생각하려고 노력했다. 그러나 마음속에서 일어나는 회오리바람처럼 걷잡을 수 없는 동요에 무관심한 척하기에는 덫에 걸린 발목이 너무나도 아파서 한 발자국도 앞으로 떼어놓을 수가 없었다. 이것이 무슨 뜻인지는 모르겠지만 만나지 않으려고 그토록 도망다니던 영화 「삼포 가는 길」이 30년 만에 나를 찾아내고 만 것이, 게다가 내가 사는 집에서 멀지 않은 링컨쎈터에서 상영한다는 것이 우연치고는 너무나 운명적으로 여겨졌다.

나는 진정되지 않는 가슴을 안고 망설였다. 그냥 도망쳐버릴까. 다시 그 영화를 대할 수 있는 힘이 내게 있을까. 그러나 우연은 그것만이 아니었다. 「삼포 가는 길」을 촬영하던 당시 나의 나이는 만으로 스물한살이 되기 몇달 전이었다. 헌데, 나의 딸주이가 몇달만 있으면 스물한살이 되니, 정확히 그때의 나와 같은 나이였다. 그냥 지나치기에는 너무나도 많은 우연이 한꺼번에 밀려왔다. 나는 본래부터 우연이란 것을 믿지 않는다. 거기에는 내 나름의 이유가 있다. 모든 것은 상대적이며 필연적이다. 단지 제한된 자아의 의식 속에서 우연이라고 해석될 뿐이다. 나는 우연이라는 모습으로 계속 내 앞에 다가오는 숙명적인 사건들을 받아들이기로 결심했다. 우선 주이에게 전화를 했다. 대강 상황을 설명한 후 엄마가 네 나이였을 때의 모습을 보고 싶으냐고 물었다. 나이에 비해 생각하는 것이 성숙한 주이는 쾌히 승낙을 했고, 나는 현경에게 다시 전화를 했다.

춥고 질척한 저녁이었지만 따뜻한 옷으로 무장을 하고 링컨 쎈터까지 걷기로 했다. 암스테르담 가를 걸어 브로드웨이로 접어들자 분주한 사람들의 종종걸음이 연말의 축제 분위기를 한껏 더했다. 지나가는 사람들마다 온화한 얼굴로 선물 꾸러미들을 들고 어디론가 향하는 것을 보며 나는 떨쳐버릴 수 없는 긴장된 마음을 진정하기 위해 될 수 있는 한 천천히 걸어서 극장으로 향했다. 극장 앞에는 벌써 현경의 연락을 받고 나온 듯 친분이 두터운 몇몇 지인들이 나를 맞이했다. 밝은 색깔의 긴 코트를 입은 현경은 감옥에 갇혀 있다가 나온 죄수를 축복이라도 하는 듯 꽃다발까지 준비해 기다리고 있었고 나의 긴장감은 더욱 심해져서 숨이 막힐 지경이었다. 이렇게, 인생을 이해하고 나를 사랑하는 사람들에게 둘러싸여 나는 나의 「삼포 가는 길」을, 아니 그의 「삼포 가는 길」을 30년 만에 뉴욕 시내 한가운데서 다시 만나게 되었다.

영화가 시작되자 30년 전의 기억들이 한꺼번에 생생하게 밀려왔다. 크게 숨을 들이쉬었다. 두근거리던 가슴이 차분하게 가라앉으며 담담해졌다. 예상외로 침착하고 객관적인 나의 모습이 나 자신을 놀라게 했다.

처음부터 대관령 고지의 설원으로 시작되는 장면들이 시야를 강하게 자극하며 그의 숨결이 한꺼번에 살아나는 듯 느껴졌다. 특히 백화가 나오는 장면이 시작되자 그의 말소리와 냄새까지도 어제의 일인 양 내 몸을 진동하며 자극했다. 30년 동안 유리병에 넣어 간직한 보석처럼 색깔 하나 바래지 않고 기억속에 소중하게 보관해온 것들이었다. 필름의 상태나 손으로 자른 필름의 마디들이 어느 먼 옛 시대의 영화를 보고 있는 듯했지만 장면 장면마다 그의 손길이 느껴지는 눈물겹도록 아름다운 영화였다. 그때의 그보다도 나이가 많은 성숙한 여인이 되어 그의 마지막 영화 앞에 앉아 있는 나를 그는 상상이라도 할 수 있었을까.

이제는 스물한살의 어린 배우가 아닌, 인생이라는 거대한 배를 타고 삶의 강을 건너온 나의 눈 안에 그 영화를 만들고 있던 그의 눈이 비추어졌다. 화면 속 배우의 눈이 아닌 그의 눈으로 영화를 볼 수 있는 기회가 나에게 주어진 것이었다. 나는 그 영화를 만들던 그의 눈으로 영화를 볼 수 있게 된 것에 너무나도 감사했다. 30년이란 긴 세월이다. 그렇게 서로의 자리바꿈을 하기까지 나에게는 30년이란 노력이 필요했던 것이다. 그동안 나는 나의 모든 감정을 말살해버리고 아무 일도 없었던 양 행

동하며 아픔과 두려움으로 가득 찬 과거를 피해 이리저리 쫓기
듯 하루하루를 살았지만, 애절하게 아름다운 영화의 장면 장면
이 내 앞에서 펼쳐질 때마다 가슴속 깊숙이 묻어버렸던 그의
숨결이 물안개처럼 곱게 피어오르고 있었다. 아픔으로 닫혀 있
기만 하던 마음이 이제 승화된 현실을 받아들일 준비가 된 듯했
다. 그리고 피해서 도망다니던 그 영화와 나의 과거를 이제는
차분하게 사랑으로 받아들일 마음의 준비도 되어가고 있었다.

그해, 한없이 기뻤어야 할 대종상 시상식날 백짓장처럼 무표
정한 얼굴로 아픈 마음을 감추고 슬프게 수상하던 기억과, 그
의 이름이 불렸을 때에도 아무런 느낌도 없던 비참하게 닫혀버
린 나의 가슴과 입술은 차라리 이 세상에서 사라져버리기를 원
했던 내 영혼 안에서 만성우울증이 되어 30년 동안 나를 따라
다녔다. 그후 베를린 영화제에 그와 내가 같이 초청되었다는
연락을 받았지만 알 수 없는 인생에 대한 회의와 그당시 나로
서는 도저히 이해할 수 없는 삶에 대한 허무함으로 우울증은
점점 더 깊게 뿌리 내려갔다. 오랜 외국생활을 하는 동안 수차
례에 걸쳐 정신과 의사의 도움을 받았고, 많은 시간을 외진 곳
에서 명상과 요가를 배우며 지냈다. 그러나 깊은 곳에서 굳게
닫혀버린 철문은 열리지 않고 나의 영혼을 어두운 동굴 속에
가두어버렸다. 그런데 어두운 극장 안에서 기억속에서 지워버
리려 애썼던 그 영화를 보며 그의 숨결을 다시 느끼는 순간, 굳

게 닫힌 거대한 철문 안에서 나의 영혼이 아직도 살아서 노래 부르고 있다는 것을 느끼게 되었다. 뿐만 아니라 나를 죽도록 짓눌러온 그 철문의 열쇠가 실은 나의 손에 쥐어져 있었다는 것을 알게 되었다.

그 긴 시간 동안 나를 짓누르고 있던 것은 미움과 증오 그리고 죄책감이라는 어둡고 무거운 철문이었다. 누군가 이런 말을 했다. 사랑과 미움은 동전의 양면일 뿐이며, 사랑이 깊을수록 미움과 증오도 깊어진다고. 그 두 감정은 같은 곳에서 나오기 때문이라고. 말 한마디 없이 내 곁을 훌쩍 떠난 그에 대한 나의 사랑은 미움으로 얼어붙었고, 그리 될 때까지 아무것도 몰랐던 나 자신에 대한 실망과 증오 그리고 그를 끝내 구하지 못했다는 죄책감이 온통 뒤엉켜서 나를 가두는 감옥이 되었다. 나는 오랫동안 이유를 알 수 없는 가슴앓이를 하며 어둡고 외로운 세월을 보냈다. 그러나 영화 속에서 백화가 나오는 장면마다 놓치지 않고 그녀를 따라잡는 카메라의 뒤편에서 그의 눈길을 의식하는 순간, 나의 무거운 철문 사이에 균열이 생기고 그 안에 감금되어 있던 아름다운 멜로디가 새어나오기 시작하는 것을 느낄 수 있었다. 그 멜로디는 아름답고 부드러운 사랑과 그리움의 노래였다. 나는 그 아름다운 멜로디에 이내 취해버렸고, 그 철문을 활짝 열고 나오고 싶었다. 성숙한 모습으로 사랑을 이해하고 받아들일 때가 되었다는 생각이 들었다. 그러기 위해서는 내 안에 깊게 자리한 미움과 죄책감을 이제 내려놓아야만 했다. 그리고 그 일은 오직 '용서'를 통해서만 이루어질 수 있는 것이었다. 그를 용서하고, 무엇보다도 나 자신을 용서해야 했다. 또한 나의 간절한 애원을 저버렸다고 생각했던 신을 용서해야 했다. 바로 그 용서가 내 손에 쥐어진 철문의 열쇠라는 것을 알게 되었다. 그리도 오랜 세월 동안 아무에게도 말하지 않고 혼자만의 비밀로 간직한 채 가슴앓이를 해온 내 인생의 엄청난 사건의 실마리가 마침내 내 눈 앞에서 풀리기 시작한 것이었다.

마지막 순간까지 한마디의 말도 없이 혼자서 신음하다가 떠나버린 그에 대한 사랑이 미움으로 변해 내 가슴속에 맺혀 있었다는 것은 상상도 하지 못한 일이었다. 물론 그가 그런 이야기를 떠벌이며 누구에게 의논할 성격의 소유자는 아니었지만 그래도 적어도 나에게는 한마디라도 할 수 있지 않았을까 하는 생각에 그당시 나는 그에게서 버림받은 것 같은 비참한 기분이었다. 또한 그가 은연중에 내비친 말과 행동에도 불구하고 아무것도 알아채지 못한 것과 그에게 도움이 되지 못했다는 죄책감은 늘 나를 따라다니며 괴롭혔고, 그것은 감당하기 힘든 것이었다. 몇번의 짧은 시간을 제외하고는 한번도 떨어져 있지 않았고 그림자같이 서로를 지켰던 그의 마지막 한해 동안 자신의 아픔을 홀로 감당했던 그 앞에서 아무것도 하지 못했던 나 자신을 용서하기란 쉬운 일이 아니었다.

흰 눈으로 가득 찬 화면 안에서 행복한 듯 장난치는 슬프고 우울한 세 인물을 바라보던 나의 눈에서 주르르 눈물이 흘러내렸다. 겉으로 밝고 소박해 보이는 화면과 퍼져나가는 인물들의 웃음소리 뒤편에 여러 겹으로 섬세하게 짜여진 어둡고 절망적인 그의 노래를 이제야 진실로 이해하고 들을 수 있게 된 것이었다. 자세를 흩뜨리지 않고 현장에서 늘 커다랗게 웃던 그의 목소리가 단아한 화면 속 세 인물들의 웃음소리와 겹쳐지며 퍼져나가고 있었다. 그는 끝까지 나에게 자신의 약한 모습을 보이지 않았고 한마디의 말로도 나를 놀라게 하지 않았다. 그리고 그것은 나를 버린 것이 아니라 그가 나에게 할 수 있었던 최대의 사랑의 표시였다는 것을 뒤늦게 깨우치게 된 것이었다.

매순간마다 나에게 표현한 그의 사랑은 목숨을 다한 사랑이었다. 삶의 경험이 짧았던 나는 세상의 모든 남자들이 당연히 그렇게 여자를 사랑하는 줄로만 알았을 뿐이다. 그렇게 간단한 하나의 진실을 받아들이는 데 30년이 걸린 것이다. 삶이란 정말 미묘하고 알 수 없는 것이다. 한순간 모든 것을 안다 싶으면 한순간 아무것도 아는 것이 없다. 한순간 거대한 내가 존재하는가 하면 한순간 나는 한 송이 작은 들꽃보다도 미약하다. 한순간 내가 살아 있음이 진실로 영원한가 하면 또다른 한순간 내가 살아 있음이 순간의 망상임을 확인한다. 하나의 작은 진실을 알기에 수없이 많은 시간이 걸리며, 그 작은 사실을 과거에 알지 못했음을 한탄하게 된다. 허나 한탄은 도움이 되지 않는다. 용서만이 모든 것을 해결한다. 진실로 용서하고 나의 허물을 겸손하게 받아들일 때 서로를 용서하고 세상을 용서할 수 있다. 미흡한 나의 과거가 용서라는 의식을 거쳐 나를 누르던 죄책감으로부터 해방되는 순간, 그 밑바닥에 사랑과 그리움만이 가득 남아 있었음을 확인한다. 그리고 그것이 모든 것의 본질임을, 신과 만나게 되는 우리의 근본임을 알게 된다. 신은 완전하므로 용서받을 필요가 없다. 오직 존재할 뿐이다. 용서받은 우리도 신과 같이 오직 존재할 뿐이다.

오래 전 영화를 보던 때나 마찬가지로 두드러지게 드러나는 끊임없는 더빙 실수가 여전히 나를 불편하게 했지만, 두 손으로 귀를 막아 대사를 차단한 뒤 바라보니 그가 현장에서 보았던 화면들을 더욱 생생하게 느낄 수 있었다. 카메라 뒤편에서 화면을 들여다보고 있는 그의 눈은 자신의 화면과 사랑에 빠져 있었다. 다듬어지지 않은 듯한 화면이 반듯하고 깍듯한 형식에서 벗어나 아름다움 그 자체로 장면장면이 이어지고 있었다. 유치하거나 화려하지 않은 소박하고 세련된 화면의 색상은 완숙한 예술인만이 느끼고 표현할 수 있는 단아하고 아름다운 서

정시였다. 어느 장면에서 끊어놓아도 구도와 색상이 완전한 하나의 화면은 넘치지 않는 한폭의 동양화였다. 정장을 입지도 않고 자신을 내세우지도 않는 그의 성격같이 꾸미거나 격식을 차리지 않은 솔직하고 소박한 화면의 아름다움을 보며 어느새 그에 대한 연민과 그리움이 내 가슴속을 가득 채우고 있었다.

지난 30년간 그는 몇달에 한번씩 정기적으로 나의 꿈속에 나타났다. 처음 10여년 가량은 대개 꿈속에서 그가 나를 알아보지 못하고 그냥 묵묵히 지나쳐버리거나 아니면 늘 거리를 두고 무표정한 얼굴로 나에게서 멀어져가는 꿈이었다. 꿈에서 깨어나면 나는 걷잡을 수 없이 안타깝고 슬픈 마음에 잠을 이루지 못하거나 다음날은 하루종일 아무 일도 할 수가 없을 정도였다. 같은 꿈들이 계속해서 반복되며 15,6년쯤 지난 어느날 밤, 나는 지금도 생생하게 기억하는 신비스런 긴 꿈을 꾸었다.

꿈은 사람들이 많이 오가는 재래식 시장거리로 보이는 곳에서 시작되었다. 지나가는 사람들 사이에서 서로를 보고 선 그와 나는 말 한마디 없이 서로의 눈을 보며 의사를 소통하고 있었다. 꿈속에서도 나는 너무나 기이하고 후련하다고 생각했다. 서로의 생각을 말로 표현할 필요가 없이 눈빛만으로도 정확하게 대화할 수 있었다. 그리움에 찬 깊은 눈의 대화와 함께 그는 나의 어깨를 자신의 겨드랑이 안으로 넣었다. 우리는 붐비는 길을 따라 천천히 걸어서 길이 끝나는 곳에 도착했다. 길 끝에는 거대한 이글루 같은 돔 형태의 둥근 건물이 있었고, 그 입구가 장터길이 끝나는 곳과 연결되어 있었다. 우리는 자연스럽게 아무 장식도 없는 그 입구를 지나 안으로 들어갔다. 아무것도 없이 텅 빈 거대한 원형의 공간이 둥그런 천장으로 연결된 컴컴하고 어슴푸레한 곳이었다. 거대한 무덤 속을 연상케 하는 그곳에서 우리는 오른편 벽에 등을 기대고 바닥에 앉았다. 그와 몸을 포개어 구석에 앉으니 이내 거대하고 둥근 실내의 컴컴한 구석으로 둘러앉은 사람들이 눈에 띄기 시작했다. 원형 공간의 넓은 천장이 바닥과 맞닿은 구석을 따라 사람들이 한줄로 앉아서 움직이는 모습이 희미하게 보였다. 그와 나는 아무 말 없이 구석에 기댄 채 평화롭게 앉아 있었다. 몸의 맥이 한군데도 막히는 곳 없이 모든 것이 편안하고 부드럽게 느껴졌다. 그때 둥근 천장의 가운데 가장 높은 곳이 서서히 하늘을 향해 열리는 것이 보였다. 그리고 방금 열린 원형의 입구를 통해 하늘로부터 들어오는 뿌연 빛이 바닥에까지 비쳤다. 하늘을 향해 뚫린 원형의 높다란 입구와 바닥으로 떨어지는 그 둥근 빛의 그림자가 푸른빛의 뿌연 유리관 같이 빛으로 연결되어 있었고 사람들이 둘러앉은 바닥의 구석진 곳들은 중앙의 빛의 기둥에 의해 더욱 어둡고 침침하게 보였다. 둘러앉아 있던 얼굴을 알아볼 수 없는 사람들이 한 사람씩 빛줄기 가운데로 나와 섰다.

그리고 천천히 들림을 받듯 빛을 타고 하늘로 뚫린 입구로 떠오르고 있었다. 한마디 말도 없이 진행되는 너무나도 기이한 장관을 나는 넋나간 사람처럼 바라보았다. 긴 시간 동안 서두르지 않고 한사람씩 차례대로 올라가는 것을 나는 그의 가슴에 기대앉아 놓치지 않고 지켜보고 있었다. 마지막 한 사람이 올라가고 나자 조용하고 텅 빈 거대한 실내에는 그와 나만이 남아 있었다. 우리는 조용히 자리에서 일어나 중앙을 향해 걸어가서 하늘을 향해 뚫린 입구의 아래쪽 빛 가운데 섰다. 그가 자신의 두 팔로 나의 어깨를 감싼 채 이제 자신이 올라가야 할 차례라며 말없이 두 눈으로 나에게 말했다. 나는 당신이 가시는 곳이면 나도 같이 가겠다고 했다. 그러나 그는 나의 눈을 깊이 들여다보며 아직은 나의 때가 아니니 이곳에 남아 있어야 한다고 했다. 편안한 마음으로 나는 조용히 그를 놓았다. 그리고 이내 서서히 위를 향해 떠올라가기 시작하는 그의 모습을 지켜보았다. 하늘로 뚫린 둥근 입구를 향해 올라간 그는 마침내 빛과 하나가 되며 하얗게 바래져갔다. 나는 뿌연 빛 가운데 서서 그가 올라간 위쪽의 하얀 빛을 쳐다보고 서 있었다. 그 둥근 입구가 천천히 닫히기 시작했고 컴컴하고 텅 빈 둥근 실내에 혼자 남은 나는 훨씬 원숙해진 기분으로 시장거리로 나가는 입구를 향해 서서히 걸어가며 꿈에서 깨어났다.

그당시에는 몰랐지만 지금 와서 보니 영화 속의 영달과 백화가 이별하는 감천역 장면이 나중에 다시 촬영된 남해의 마지막 장면으로 필름 마디가 강하게 튀며 거칠게 편집되어 있었다. 영화사의 의도에 따라 나중에 첨가된 부분이었다. 그의 주관적인 견해의 마지막 장면과 영화사 측의 객관적인 견해의 마지막 장면이 끝까지 대치했던 기억이 생생하게 되살아났다. 옆에 앉은 주이는 제 나이 또래인 엄마의 모습이 신기한 듯 화면에서 눈을 떼지 않고 끝까지 조용하게 영화를 지켜보고 있었다. 영어 자막이 있어서 한국말이 서툰 그 아이에게 일일이 설명해줄 필요가 없는 것이 다행이었다. 거친 말투와 한국인 특유의 욕이 섞인 대사들이 그대로 번역되지 못하는 것은 서운했지만 대강 내용을 알아듣기에는 문제가 없는 듯했다. 오랫동안 내 가슴을 누르고 있던 커다란 돌덩어리가 서서히 무너져내리면서 후련하고 착잡한 마음이 엇갈리는 가운데 그 마음의 안쪽으로부터 다시 맑은 샘물이 솟듯 새로운 사랑과 연민의 정이 솟아오르는 것이 느껴졌다.

극장 밖으로 나오니 그새 겨울비가 내린 모양이었다. 아직도 빗방울이 가시지 않은 채 흥건히 젖은 도로 위를 달리는 차 바퀴들이 요란한 물소리를 내며 밤공기를 가르고 있었다. 나는 코트 깃을 세우고 모자를 깊숙이 눌러쓴 뒤 주이와 함께 질척한 아스팔트를 따라 네온이 밝게 빛나는 브로드웨이 쪽을 향해 걷기 시작했다.

그로부터 며칠 후 태양신의 섬 마우이로 떠날 준비를 마친 나는 정들었던 미국 본토를 떠나는 기념으로 한번 더 대륙 횡단을 하기로 결정했다. 싼타페에서 크리스마스 저녁을 보낼 수 있도록 날짜를 맞추어 겨울비 쏟아지는 잿빛의 맨해튼을 빠져나가기 위해 새벽같이 강변도로로 접어들었다. 허드슨 강을 건너 멀리 보이는 이 시대 최고의 도시 맨해튼이 호보큰의 공장 연기 속에서 뿌옇게 멀어지고 있었다. 이유도 없이 빗줄기 같은 눈물이 쉬지 않고 흘러내렸다. 마침내 차가 동부의 도시권을 벗어나자 끝없이 뻗은 고속도로 앞에 아련하게 펼쳐진 셰년도어의 겨울 언덕들이 은은하게 퍼지는 아침 햇살을 받으며 피어오르고 있었다.

사랑에 빠져 있을 때는 긴 시간도 순간처럼 빨리 지나가버리고 순간의 경험이 영원처럼 느껴질 때도 있습니다. 이 책은 한때 유명했던 어느 한 사람의 이야기이기 이전에 그 오묘한 사랑의 이야기입니다. 우울한 고뇌 속에서 허덕이던 한 예술가의 마지막 사랑에 대한 절실한 이야기이며, 그 사랑의 경험을 통해 인간으로서 성숙하고 근본적인 삶의 의미를 찾으려 떠돌게 되는 또 한 사람의 이야기이기도 합니다.

때로는 마냥 긴 듯하게만 느껴지는 삶의 여정에서 어느 짧은 순간들의 충격적인 경험들은 인생의 궤도를 변하게 하고 먼 훗날 자신이 생각지도 않았던 먼곳에 와 있다는 것을 알게 됩니다. 그것이 운명이든 아니면 선택이었든, 그 짧은 순간들은 영원이란 의식 앞에서 청사진으로 기록되고 우주의 무한한 주파수 속으로 바래갑니다. 기억속에서는 늘 무지개처럼 피어 있던

순간들을 이제는 태양빛과 하나가 되어 하얗게 바래도록 놓아
줄 수 있을 것 같습니다.

끝나지도 않은 원고를 보고 격려해주며 힘이 되어주신 뉴욕
의 강 선생님 부부께, 그리고 특별히 힘드신 가운데도 적극적
으로 용기를 주신 김석철 교수님, 옆에서 굳건하게 힘이 되어
주신 한지현, 백낙청 교수님 들께 깊은 감사를 드립니다. 아직
모든 것이 서툴기만 한 저를 격려하고 도움이 되어주신 황석
영, 허문영 선생님께도 진심으로 감사의 말씀을 드리고 싶습니
다. 창비 편집팀 여러분께도 감사드립니다.

2007년 7월 마우이에서

문 숙

마지막 한해
이만희 감독과 함께한 시간들

초판 1쇄 발행 / 2007년 8월 3일

지은이 / 문 숙
펴낸이 / 고세현
책임편집 / 김정혜
펴낸곳 / (주)창비
등록 / 1986년 8월 5일 제85호
주소 / 413-756 경기도 파주시 교하읍 문발리 513-11
전화 / 031-955-3333
팩시밀리 / 영업 031-955-3399 · 편집 031-955-3400
홈페이지 / www.changbi.com
전자우편 / literat@changbi.com
인쇄 / 우진테크

ⓒ 문 숙 2007
ISBN 978-89-364-7134-7 03810